À L'AUBE DU SOLEIL VERT
Isabelle Morot-Sir

Autres ouvrages

Aux éditions Publibook

À l'aube du soleil vert, 2003
La Fleur bleue, 2004
Attention ! Un train peut en cacher un autre, 2005
El Matador, 2005
De lettres en lettres... Année 1912, 2006
Journal personnel et intime d'une nouvelle Zingara, 2007
El Matador 2, 2013
La Citadelle des Dragons, 2014
Le journal de Lorelei, 2014
El Matador 3, 2015
De lettres en lettres... année 1925, 2015
La fleur de l'ombre, 2016

Éditions Indépendantes

Une histoire de coquelicot, 2017
La citadelle dans la montagne, 2017
Les carnets de Lou-Anne, la Louve, 2017
El Matador 4, 2018
Sans relâche, 2018
Les Citadelles T1&2, 2018
El Matador : l'intégrale, 2018
Les carnets de Lou-Anne, La Questrice, 2018
Le journal de Lorelei, 2019
Sans peur et sans reproche, 2019
Unis pour la vie, 2019

Isabelle Morot-Sir

À L'AUBE DU SOLEIL VERT

Préface

Cette histoire a été imaginée au début des années 2000, publiée une première fois en 2003, elle revient aujourd'hui. J'espère que vous apprécierez ce voyage aux côtés de Samantha.

Sans être une vernienne, l'œuvre de Jules Verne me fascine et mon roman favori, celui qui a bercé mon enfance de dizaines de lectures, reste « L'île mystérieuse ». Cette histoire se veut une sorte d'hommage à ces moments de magies passés à lire les aventures de Cyrus Smith et ses compagnons.

Bon voyage !

« *Mon esprit ne se refuse point à admettre que toutes les îles, émergées de ce vaste Océan, ne sont que des sommets d'un continent maintenant englouti, mais qui dominait les eaux aux époques antéhistoriques.* »
L'Île mystérieuse (1873-1875) Jules Verne

« *Te voilà donc redevenu homme, puisque tu pleures.* »
L'Île mystérieuse (1873-1875) Jules Verne

Chapitre 1

Début mai, l'été semblait déjà vouloir s'annoncer, le soleil était radieux en un pied de nez aux événements survenus ces dernières quarante-huit heures…

Malgré l'ombre sournoise qui s'étendait au-dessus d'elle, Paris continuait à vivre. En cette fin d'après-midi, les embouteillages battaient leur plein comme toujours. Le métro était pris d'assaut, et tout un chacun s'évertuait, comme si de rien n'était, à rentrer chez lui, après une longue journée de travail.

Certains, faisant fi de la pollution, remontaient les avenues en V.T.T, ou bien encore, slalomaient entre les passants, en rollers. C'était d'ailleurs le cas d'une jeune fille aux longs cheveux blonds, répondant au prénom de Samantha.

Elle filait rapidement, ses cheveux ondoyant derrière elle, afin de retrouver toute sa bande de copains avec qui elle avait rendez-vous sur le Champ de Mars.

Là, elle vit Olivier et leurs amis, tous étudiants à l'école vétérinaire de Maison Alford.

Elle venait tout juste d'avoir vingt et un ans.

Ils se tenaient sous le ventre noir et gris du colossal engin spatial, lorsque plusieurs navettes en jaillirent. Le spectacle était fantastique, digne d'un blockbuster du cinéma d'outre-Atlantique !

En effet, cette gigantesque soucoupe, figée dans le ciel de la capitale, relevait davantage d'un film de science-fiction que d'une réalité tangible.

Ainsi que chaque terrien, la jeune fille avait vu et entendu, deux jours auparavant, la déclaration de guerre qui avait été faite par le chef suprême de ces étranges envahisseurs, sur toutes les télévisions et radios de la planète et qui, depuis, tournait en boucle sur les réseaux sociaux.

Ils avaient pu voir leurs ennemis : des humanoïdes qui leur ressemblaient de manière troublante, hormis la couleur grise de leur peau, de leurs cheveux et de leur taille considérable…

Les Zatbars, puisqu'ils se nommaient de cette manière, étaient divisés en deux groupes : les Bartzangas, la caste soldat, mesurant près de deux mètres et les Zells, les Seigneurs de Guerre, plus grands, comme la jeune fille ne tarderait pas à l'apprendre.

Pour l'instant, elle était là, plantée sur le Champ de Mars, Olivier à ses côtés, ainsi que des centaines d'autres badauds, scrutant mi-effrayés, mi-curieux, le ballet des navettes.

De cette journée, la jeune étudiante ne devait guère se rappeler d'autres choses. Elle était venue pour voir des Zatbars de plus près, son vœu allait bientôt être exaucé et bien au-delà !

La sortie en formation des soucoupes n'avait rien de gratuit : libérant soudain un gaz soporifique, ils endormirent avec une facilité décevante, tous les badauds trop confiants…

Samantha se réveilla nauséeuse et engourdie, dans la soute peu confortable d'un vaisseau de transport Zatbar, à destination de Zatbara, leur planète mère.

Ils étaient déjà en orbite autour du gigantesque globe vert, attendant sans doute un ordre d'atterrissage, par un contrôleur du ciel ou quelque chose d'approchant, s'imagina la jeune fille.

Par l'un des minuscules hublots, elle put admirer Zatbara la Magnifique, verdoyante et grandiose, à la dimension des géants Zatbar. Son cœur battait la chamade, elle avait peur, pourtant sa curiosité était tout aussi forte.

Ils avaient tous été plongés dans une profonde léthargie, assez longtemps pour leur permettre de traverser plusieurs galaxies afin de parvenir jusqu'à leur destination.

Les Zatbars, experts en déplacement intergalactique, maîtrisaient les spirales du temps, sachant passer d'une galaxie à une autre au moyen des trous noirs, véritables raccourcis temporels. Eux seuls étaient ainsi capables d'atteindre les confins de l'univers en des temps records. La jeune étudiante ne pouvait cependant pas appréhender ce genre de théorie, trop éloignée de tout ce qu'elle connaissait.

Mais la réalité était celle-là : gazés et endormis, les terriens étaient emmenés en esclavage sur Zatbara…

Chapitre 2

Quelques heures à peine après l'atterrissage, tous les terriens furent débarqués à grand renfort d'électro-fouets. Grâce à sa petite taille, Samantha passa très vite, réussissant à ne pas être frappée. Malgré sa peur et son angoisse d'être traitée comme du bétail, elle ne pouvait s'empêcher de tout observer.

Ils étaient plusieurs centaines d'êtres humains à être descendus ainsi du ventre d'acier du vaisseau. Autour d'elle aucun visage de sa connaissance : où était passé Olivier, et tous ses autres camarades ? Elle ne devait jamais plus le savoir. Sans doute avaient-ils été véhiculés et transportés par un autre engin. Elle ne pouvait que se borner à l'imaginer…

Ils avaient donc été débarqués, pauvre troupeau humain, transbordé de la soute à un long et sinistre couloir, crûment éclairé, et sévèrement gardé par de rudes Bartzangas. Ils n'avaient même pas eu l'occasion de sentir l'air frais de cette planète, ni même d'en apercevoir son soleil.

Terrifiée, hébétée, elle cligna des yeux sous la dure lumière du long couloir, la gorge asséchée par la soif et l'appréhension. Poussée inexorablement en avant par ceux qui, derrière elle, fuyaient les coups de fouets.

Ils atteignirent alors un rétrécissement où ils ne pouvaient plus que passer un à un. Samantha sentit poindre un début de panique. Cependant son tour arriva et il lui fallut bien s'engager dans l'étroit passage, s'attendant à chaque pas à recevoir un coup de marlin sur la tête comme les bœufs à l'abattoir !

En fait rien ne lui arriva. Au bout de quelques mètres, elle déboucha sur une salle où déjà, un grand nombre d'êtres humains se déshabillaient. Sur le mur lui faisant face, un grand panneau clignotait : « déshabillez-vous, ne gardez rien sur vous », rédigé dans une dizaine de langues terrestres.

Elle frissonna, gagnée par une peur grandissante. Toute cette mise en scène lui rappelait un peu trop crûment les images effroyables de la Shoa.

Pourtant, il lui fallut bien s'exécuter. Elle ôta son short, son tee-shirt, ses sous-vêtements, les quelques bijoux qu'elle portait. Une fois nue, elle fut brutalement propulsée sous une rangée de douches. L'eau était tiède, bien qu'elle sentît le désinfectant.

Tout à coup, la jeune fille reprit espoir. Allons, si les Zatbars prenaient la peine de les convoyer vivants puis de les laver, ce n'était sans doute pas pour les transformer en steaks !

Une fois désinfectés, les humains passèrent sous de gigantesques séchoirs propulsant un air brûlant, avant de déboucher dans une autre salle. Là, chacun reçut un vêtement d'une couleur particulière. Des combinaisons grises ou vert kaki pour la plupart des hommes et des femmes d'un certain âge. Souvent rouges pour les jeunes filles et certains jeunes garçons.

Pour sa part, Samantha eut une minuscule robe tunique rouge vif, des mains d'un Zatbar au regard narquois. Ses doigts d'un gris anthracite l'effleurèrent volontairement. Elle sursauta de dégoût et courut à l'autre bout de la salle, le cœur battant, les larmes aux yeux, désemparée, serrant la ridicule étoffe contre elle.

Elle s'affala sur un banc jeté contre un mur, observant les allées et venues. Déjà bon nombre de ses compatriotes avaient revêtu leurs nouvelles tenues, certaines jeunes femmes arborant une robe semblable à la sienne. Sans doute leurs mensurations avaient-elles été prises lors du passage dans le petit couloir, car tous les vêtements étaient parfaitement ajustés.

Plus elle considérait ses consœurs ainsi affublées et moins l'envie d'exhiber ses formes devant les Zatbars la séduisait. Machinalement elle tripota la robe, ne se décidant pas à la passer. C'est alors qu'elle aperçut une chose étrange, à quelques pas d'elle, roulée en boule sous un banc. Elle se pencha et, l'attrapant, elle reconnut une combinaison grise, comme celle portée par certains terriens. Observant plus attentivement ceux qui avaient ce type de vêtement, elle remarqua qu'ils étaient en général plus chétifs ou plus âgés que la moyenne. Résolument, elle jeta la robe sous le banc et enfila le vêtement. Il était un peu grand pour sa mince corpulence, néanmoins elle s'y sentit à l'aise. Le tissu à lui seul ne pouvait constituer une barrière protectrice, cependant il la réconforta.

Elle ignorait alors tout du tri effectué par les Zatbars afin de sélectionner leurs différents types d'esclaves : en kaki les travailleurs de force, les serviteurs de maison en gris, les courtisanes en rouge… Sans le savoir, elle venait d'échanger une carrière de prostituée contre celle de femme de ménage !

Quel aurait été son destin, si un vague instinct de survie ne l'avait pas poussée à effectuer cette permutation ?

Remake d'un passé honni, elle fut exhibée sur un marché et vendue en tant qu'esclave à une riche famille. L'expérience fut traumatisante, la laissant à la fois déboussolée et emplie d'amertume.

Elle commença alors une carrière de nurse, au sein d'une puissante famille Zell. Elle dut prendre très vite ses habitudes et s'adapter vaille que vaille, à sa nouvelle existence.

La vie des Zatbars n'était somme toute pas si opposée que ça à celle des terriens. Ils formaient des familles soudées, élevant leurs enfants et tentaient d'améliorer leur quotidien. Si Samantha était choquée par la succession d'événements, le fait d'échouer dans un milieu familial, fut un léger amorti à sa situation : cela aurait pu être pire, elle en avait bien conscience !

Les Zatbars, les Zells tout particulièrement, étaient très misogynes, ce qui frappa immédiatement la jeune française. Les mâles étaient de puissants guerriers, parcourant les galaxies, faisant des guerres pour leur profit ou pour celui des peuples à qui ils louaient leurs services. Ils étaient en effet de redoutables mercenaires. Ils partaient ainsi en mission aux confins d'univers lointains, laissant leurs épouses au foyer, mettant leur point d'honneur, et chacun savait combien l'honneur était primordial chez les Zells, à ce que leur épouse demeure en paix et en sécurité dans leur confortable résidence sur Zatbara.

Les femmes Zells étaient éduquées depuis la plus tendre enfance afin de remplir un rôle prédéterminé : élever avec amour leurs enfants, gérer d'une main sûre leur maison peuplée d'esclaves et assurer un repos bien mérité au retour de leur Seigneur.

Chez les Zatbars, ainsi que Samantha devait l'apprendre, le repos du guerrier n'était pas une vaine expression…

Chapitre 3

La famille parmi laquelle elle débarqua vivait en périphérie de la ville, dans un quartier réservé à l'élite, où de vastes demeures, dignes d'un décor californien, se nichaient au creux de parcs verdoyants.

Paradoxalement, les Zatbars ne pouvant vivre sans la violence et la guerre, savaient aussi apprécier une certaine douceur, aussi l'expression « Home Sweet Home » aurait pu devenir une devise nationale !

La maison de la famille Zell Am Zeltrad, dans laquelle Samantha arriva, était spacieuse, luxueuse et meublée avec un goût raffiné par Zornia, la maîtresse des lieux. Tout de suite, Samantha se vit attribuer une minuscule pièce située sous les combles qu'elle devait partager avec Laurie, la femme de ménage.

Bien évidemment, Samantha ne comprenait rien au Zaltrin, la langue officielle, faite de grondements et d'expressions rauques et gutturales. Cependant, très vite, elle dut se familiariser au dialecte local entre maîtres et esclaves : un mélange de différents idiomes terriens et de Zaltrin.

Zornia Zell Am Zeltrad était une grande et belle Zatbar à la silhouette longiligne, aux gestes souples et félins, propres à sa race. Elle avait d'immenses yeux jaunes, caractéristiques de sa caste.

Samantha l'apprit par la suite, les Zells étaient non seulement plus grands que les Bartzangas, mais leur morphologie était aussi plus harmonieuse. Les traits de leur visage étaient purs, fins, toute leur apparence reflétant la noblesse de leur caste supérieure. Eux seuls, d'ailleurs, possédaient ces étranges yeux jaunes. Les Bartzangas, la caste des soldats, étaient plus petits, toisant tout de même près de deux mètres. Leur apparence était plus rude, leurs faciès plus brutaux, leurs gestes moins souples. Ils étaient de surcroît reconnaissables à leurs yeux d'un noir profond. Tout leur physique, en fait, était en rapport avec leur fonction de combattants.

Zornia apparaissait donc comme l'archétype même d'une noble Zell. Elle se vêtait avec élégance de longues et diaphanes robes aux couleurs chaudes, jaunes ou safran, qui s'accordaient à merveille avec le ton gris pâle de sa peau. Avant les retours de son Seigneur et époux, elle se faisait poser de somptueuses extensions en fausse chevelure gris argent qui rehaussait magnifiquement le port altier de sa tête.

Lorsque Samantha arriva au sein de cette famille, Zanasco Zell Am Zeltrad, l'époux de Zornia, était en mission. Il était le commandant suprême du vaisseau intergalactique *Le Destructeur* et ne devait rentrer, pour une longue permission, que quelques semaines plus tard. La jeune terrienne put ainsi s'accoutumer à sa nouvelle vie sans le regard pesant du maître des lieux.

Le travail de Samantha consistait à s'occuper des enfants de la famille. Il lui fallait laver, soigner, mais aussi distraire trois petits d'âges variés, turbulents et pleins d'énergie.

Zortaya avec ses quinze ans était l'aînée, c'était une jeune fille rieuse, belle et grande comme sa mère.

Même si cela pouvait sembler étrange, la Française ne pouvait que se projeter dans cette jeune fille qui, par bien des aspects, lui ressemblait.

Après Zortaya venait l'exubérant Zertab, petit garçon rempli de vie, âgé de huit ans, qui lui aussi dépassait Samantha d'une bonne tête ! Enfin, bébé Zinac, le petit dernier, n'avait encore que quelques mois. C'était un adorable poupon dodu et souriant. Samantha, qui n'avait jusque-là pas vraiment fréquenté de bébé, fondit pour celui-ci, si craquant avec ses gazouillis joyeux et ses grands yeux dorés.

Elle mit bien sûr quelques jours afin de s'adapter à l'échelle des meubles, des pièces et de toute la maison. Les plafonds se perdaient à des hauteurs vertigineuses de plus de quatre mètres, quant aux portes, elles lui faisaient l'effet d'entrées royales ! Évidemment le mobilier était lui aussi conçu à l'échelle de ses occupants, aussi Samantha se croyait une Lilliputienne égarée dans un monde de géants ! Elle finit par s'habituer à ces chaises où elle ne touchait pas le sol, à ces placards inaccessibles à qui n'était pas champion de Parkour !

Les Zatbars vouaient une véritable dévotion pour leur famille, en particulier pour leurs enfants ; ceux-ci, malgré une éducation assez rigoureuse, étaient les rois de la maison.

Samantha notait toutes ces observations entre effarement et sidération.

Frédéric, le cuisinier de la famille Zeltrad, était Français, Parisien. Il vivait sur Zatbara depuis dix ans déjà. Il avait été enlevé alors qu'il faisait de la voile en solitaire, au large des côtes bretonnes. C'est ainsi que Samantha avait appris que la terre était surveillée par les Zatbars depuis des dizaines d'années et que les racontars sur les ovnis étaient une réalité bien fondée. Elle qui s'en était toujours ouvertement moquée se sentait un brin stupide à présent !

Frédéric avait une petite quarantaine d'années, s'il n'était pas très satisfait de son sort de cuisinier esclave, il enjoignait Samantha de ne pas se plaindre, la situation pouvait être bien pire… Les Zeltrad étaient de « bons maîtres » qui en tout état de cause ne battaient pas leurs serviteurs au fouet électrique. Ces réflexions donnèrent des frissons d'horreur et de rage à la jeune fille : cela ne pouvait que lui rappeler des souvenirs pas très glorieux de la propre histoire de l'humanité.

Presque immédiatement, la jeune fille lui parla d'évasion et de liberté, ce qui le fit rire aux éclats : il n'y avait aucun espoir de s'échapper, elle ne quitterait jamais Zatbara, autant qu'elle se fasse à l'idée tout de suite.

Elle fut choquée et démoralisée pendant quelques jours, puis son naturel optimiste reprit le dessus. Allons, elle trouverait bien un moyen, elle ne tenait pas à moisir toute sa vie en tant que nounou ! D'autre part, elle s'inquiétait pour sa famille et ses amis laissés sur Terre, que devenaient-ils ?

Avec Frédéric et Laurie, ils n'étaient que trois humains, les autres esclaves se composaient de Kerness. Ces derniers étaient de doux et délicats humanoïdes, dotés de six membres longs et souples, aux mains préhensiles, très recherchés par les Zatbars pour leur dextérité manuelle. Les Kerness étaient timides et la jeune terrienne n'entra pas vraiment en amitié avec eux ; il faut dire que s'occuper des enfants Zeltrad était une activité à temps plein, de jour comme de nuit !

Aussi étonnant que cela puisse paraître, ces redoutables guerriers savaient se montrer très tendres avec leurs proches. Ainsi, il ne leur serait jamais venu à l'idée de s'isoler chacun dans une pièce pour dormir. Une salle spécialement aménagée d'un immense matelas parsemé de coussins et de douces couvertures, faisait office de chambre et de lieu de repos unique pour toute la famille ; les enfants, dormant serrés tendrement contre leurs parents, recevaient toute la douceur, l'affection et la tendresse qu'ils désiraient.

Zornia parla ainsi avec mépris à Samantha de cette coutume terrienne tellement cruelle, pour eux, qui était d'abandonner les enfants seuls dans le noir, loin des bras rassurants de leurs parents… Elle-même dormait avec son tout petit Zinac blotti contre elle tel un chaton. Le spectacle était, il est vrai, très émouvant. Les deux plus grands s'écroulaient à l'heure qui leur convenait, pêle-mêle sur le grand matelas, parmi les coussins douillets. Parfois, ils invitaient la jeune terrienne à partager leur somme. En toute bonne foi, Samantha dut s'avouer que cette manière douce et ludique d'appréhender le sommeil était très agréable.

Frédéric expliqua à Samantha combien les Zatbars aimaient manger. À cause de leur incroyable vitalité, force et énergie, ils brûlaient leurs calories à une vitesse stupéfiante. Ils étaient forcés de se nourrir de manière gargantuesque afin d'assurer leurs fonctions vitales. N'ayant pas toujours le temps d'ingurgiter les 5 000 ou 6 000 calories quotidiennes nécessaires, ils avalaient alors des barres vitaminées hypercalorifiques, qui constituaient d'ailleurs la base alimentaire des soldats Zatbars.

Cependant, lorsqu'ils en avaient le temps et le loisir, ils aimaient s'attabler de longues heures durant autour de mets délicats. La famille Zeltrad avait une agréable salle à manger qui donnait sur une cour intérieure où l'on pouvait apercevoir une splendide piscine en mosaïque, ainsi qu'un jardin aux fleurs luxuriantes. La salle avait des lumières tamisées qui lui conféraient une ambiance chaude, douce et intime. Tout le long des murs se trouvaient de vastes lits de repos, couverts de somptueux tissus aux couleurs chatoyantes. Une table en bois marquetée occupait l'espace central et servait à recevoir les plats. Deux servantes Kerness assuraient le service.

Pour l'instant, Samantha prenait peu à peu pied dans cette nouvelle famille, considérant avec étonnement leurs coutumes, qui en fin de compte n'étaient pas aussi éloignées de celles des Terriens qu'on aurait pu le croire.

Le matin, elle levait les enfants et après avoir rapidement avalé une barre vitaminée arrosée d'un jus de fruit, elle mettait bébé Zinac dans sa poussette motorisée et emmenait tout le monde à l'école : Zortaya à l'école des Jeunes Zells Réunis, où elle apprenait tout ce qui était indispensable à sa future vie d'épouse d'un Seigneur de Guerre. Un peu plus loin, Zinac et sa nounou terrienne laissaient Zertab à ce qui équivaudrait à l'école communale du quartier. Dans deux ans, il intégrerait l'École Des Jeunes Soldats puis, cinq ans plus tard, il passerait à l'Académie réservée à l'élite Zell, d'où il ne sortirait qu'à l'âge de vingt ans, chef d'une section Zatbar, commençant ainsi sa carrière militaire.

Cette organisation rigoriste de la vie choquait la jeune terrienne, faisant lever en elle des vagues de féminisme palpitantes, bien inutiles toutefois dans cette société !

En effet, hormis une minorité qui devenait chercheur ou enseignant, les Zatbars étaient tous des guerriers ; ils ne savaient rien faire d'autre… De toute façon rien d'autre ne les intéressait ! Les femmes, quant à elles, semblaient pleinement satisfaites par leur destinée. Cela donnait la nausée à Samantha, bien qu'en même temps elle se fichât un peu de leur organisation sociale : elle avait des problèmes bien plus criants !

D'après ce qu'elle avait saisi, leur système économique était très stable, basé sur un comité au sommet duquel se trouvait une sorte d'empereur qui prenait les décisions finales. Cela semblait fonctionner, avec pour preuve qu'ils ne se faisaient jamais la guerre entre différentes ethnies… L'idée leur semblait même risible, c'était d'ailleurs un fréquent sujet de moquerie de leur part lorsqu'ils parlaient de la Terre : leur planète était six fois plus importante que cette dernière, ils étaient ainsi presque trente milliards Zells et Bartzangas réunis, vivant harmonieusement, alors que les êtres humains avec à peine sept milliards d'individus n'avaient de cesse de se battre stérilement !

Pour tout Zatbar la guerre était une chose sérieuse, puisqu'elle faisait vivre leur planète entière ; ils la pratiquaient en hommes d'affaires avisés, jaugeant leurs futures victimes pendant de nombreuses années afin de noter leurs ressources et leur système de défense. Ils n'attaquaient que si le potentiel à gagner était supérieur, bien évidemment, aux moyens mis en œuvre pour la conquête. Ils ne frappaient qu'à coup sûr, après de minutieux examens, en étant certains de la victoire. Leur puissance de feu était colossale, leur technologie dépassait l'imagination et leurs milliards de soldats constituaient une puissance bien trop démesurée pour trouver beaucoup d'adversaires aptes à leur résister.

Zertab apprendrait donc à devenir un véritable Seigneur de guerre, comme son père, le père de son père et ainsi de suite. Il ne rêvait d'ailleurs que de coups et de bosses, se jetant sans cesse dans des défis hallucinants avec ses camarades. Les Zatbars aimaient le danger, ils se lançaient ainsi souvent dans des jeux, ou plutôt des joutes, qui auraient tué à coup sûr un être humain bien charpenté ! Eux, grâce à leur vitalité et à leur métabolisme hors du commun, s'en sortaient avec tout juste quelques égratignures.

Ainsi ils aimaient la chasse. Ils s'y adonnaient dans les profondes forêts de Zatbara, à pied et à l'arme blanche. Le jeune Zertab s'y exerçait, aussi attendait-il avec impatience le retour de son père, afin de se mesurer à nouveau aux forces vives de la nature. Il n'espérait pas encore cette année pouvoir attraper un rhinocéros laineux, l'animal le plus dangereux de cette planète, à cause de sa taille formidable alliée à un très mauvais caractère, néanmoins il en rêvait !

Samantha constatait ces différences sociétales avec un effarement mêlé de stupeur : tout était si proche et si antagoniste en même temps.

En fin de compte, la vie dans la famille Zeltrad était plutôt douce. Les jours s'écoulaient paisiblement, sans heurt, aussi désespérait-elle de trouver un quelconque moyen d'évasion. Et si Frédéric avait raison ? À cette seule pensée ses cheveux se dressaient sur la tête, il était hors de question qu'elle vive en esclavage jusqu'à la fin de ses jours ! Elle était née libre et elle regagnerait sa liberté. En attendant elle rongeait son frein.

Chapitre 4

Un après-midi, Zornia était sortie avec sa navette, sorte de véhicule personnel à mi-chemin entre une voiture, un avion et une petite soucoupe volante. Elle était donc partie visiter quelques amies, comme elle avait coutume de le faire, pendant que Samantha restait à la demeure Zeltrad, afin de veiller sur Zinac.

Ils étaient tous les deux en train de s'amuser à patauger dans le petit bain de l'imposante piscine lorsque la sonnerie mélodieuse de l'holophone retentit. Samantha attendit quelques secondes, peut-être un autre serviteur se déciderait-il à répondre ? Peine perdue. En soupirant, elle retira bébé Zinac de l'eau et l'enveloppa prestement dans une serviette de bain puis sans même prendre le temps de s'essuyer, elle pénétra en courant sous le patio couvert et frôla un bouton qui clignotait vivement, établissant ainsi le contact avec son interlocuteur. Aussitôt une immense silhouette, taille réelle, se matérialisa devant elle. Elle sursauta, à nouveau surprise par la réalité trompeuse de l'image virtuelle ; décidément elle ne s'habituerait jamais à ce genre d'engin, où était son bon vieux smartphone ?

Zinac hurla de joie, s'agitant avec furie. Elle le changea de bras afin de l'appuyer sur sa hanche, le bébé était lourd et ses mouvements désordonnés n'aidaient certes pas la jeune fille !

— Qui es-tu ? interrogea sèchement l'hologramme du Zatbar, qui considéra la jeune terrienne avec sévérité.

— Je suis Samantha, Seigneur, la nourrice des enfants, répondit-elle dans un langage hésitant.

Le Zatbar, vêtu d'un rutilant uniforme noir à parements dorés, signe d'un grade supérieur, la toisa puis jeta :

— Va me chercher ta maîtresse, Zornia.

— Elle est sortie, Seigneur, expliqua Samantha en tentant de juguler les efforts du bébé qui tentait de se saisir de l'image en trois dimensions.

— Bien. Dis-lui alors que le Seigneur Zanasco rentre de mission demain soir.

La jeune fille hocha la tête, impatiente d'échapper au regard jaune, inquisiteur, du Zell. Toutefois, ce dernier prenait son temps, la détaillant lentement des pieds à la tête. Samantha serra les dents, furieuse contre elle-même de ne pas avoir pris le temps de s'envelopper dans une serviette : le minuscule maillot de bain ne dissimulant pas grand-chose de sa gracile silhouette. Le regard du Zatbar se fit plus pesant. Avec une sorte de sourire il lança :

— Ma chère Zornia a toujours eu un goût excellent pour ses esclaves… J'ai hâte de te connaître jeune terrienne ; en attendant occupe-toi bien de mon fils !

Puis il coupa la communication et l'hologramme s'évanouit, au grand désespoir de Zinac qui hurla de frustration.

« Zanasco, ainsi c'était le Seigneur Zanasco lui-même », songea Samantha un peu perplexe, ne sachant que penser de leur bref dialogue. Malgré ces quelques semaines passées sur Zatbara, elle n'avait encore qu'une très vague idée du comportement des mâles Zatbars. Elle n'avait vu jusqu'à présent que le côté féminin, feutré et plutôt paisible.

Sitôt que Zornia rentra, elle lui fit part du message, celle-ci esquissa un sourire. Les Zatbars, en particulier les Zells, exerçaient un contrôle strict sur leurs émotions. En dehors d'une profonde intimité, ils ne laissaient rien paraître, pourtant ses grands yeux dorés rayonnèrent d'une joie qu'elle ne parvint pas à cacher. Aussitôt après avoir congédié la jeune fille, elle appela son coiffeur et sa manucure habituelle : elle avait encore quelques heures pour se faire belle !

Le lendemain arriva bien vite. Toute la famille au grand complet, Samantha comprise, afin qu'elle s'occupe de Zinac, prit place dans la navette.

En s'installant à côté du fauteuil spécial pour le bébé, Samantha admira silencieusement le confort du véhicule, son silence, sa vitesse : une technologie très avancée, bien éloignée de celle des humains.

Le trajet jusqu'à l'héliport fut court, déjà Zortaya et Zertab couraient jusqu'à une immense terrasse qui surplombait le gigantesque tarmac. Zornia, suivie par Samantha portant un Zinac ravi de la promenade, les rejoignirent. La vue était époustouflante, le trafic aérien intense. La jeune terrienne se sentit presque écrasée devant l'hallucinant spectacle des vaisseaux qui atterrissaient, décollaient, en un ballet ininterrompu.

La bouche bée, elle ne pouvait détacher son regard du spectacle, alors que les enfants Zeltrad, eux, n'en voyaient pas tout l'extraordinaire. Ils ne cherchaient qu'à reconnaître, parmi les centaines de vaisseaux, celui de leur père. Tout à coup, Zertab hurla :

— C'est lui ! Je le vois !

Zornia fronça les sourcils puis confirma la nouvelle d'un hochement de tête. Samantha scruta dans la direction indiquée par l'enfant, n'apercevant pas grand-chose. Pour elle ces engins se ressemblaient tous. De toute manière, sa vue ne pouvait rivaliser avec celle ô combien perçante d'un Zatbar. Tous ces engins qui se livraient à ce prodigieux ballet ne lui semblèrent pourtant pas du même type que la gigantesque soucoupe qu'elle avait vue flotter au-dessus de Paris. Elle se tourna vers Zortaya, lui faisant part de son étonnement :

— C'est ça, son vaisseau ?

Zortaya éclata de rire. À son âge, elle n'avait pas encore une bonne maîtrise d'elle-même, mais cela viendrait.

— Non, ça c'est juste un transporteur qui permet de faire la navette entre la soucoupe et la planète. *Le Destructeur,* est un vaisseau intergalactique. Il reste en orbite géostationnaire, il est tellement gigantesque qu'il écraserait la ville s'il atterrissait !

Samantha hocha la tête, faisant voleter quelques mèches blondes. Oui, elle ne voyait que trop bien de quoi elle parlait…

Zertab s'immisça dans la conversation, en s'exclamant fièrement :

— Moi, j'y suis déjà allé ! Je suis monté dans le poste de pilotage, je me suis même assis à la place du premier navigateur ! Quand je serai grand, je serai commandant, comme papa !

Samantha lui sourit gentiment et détourna le regard. Il était inutile qu'il voie ses yeux pleins de larmes… Au travers du jeune Zatbar, elle se revoyait tout enfant, attendant elle aussi sur un tarmac le retour de son père, commandant de bord d'un Boeing 747. Elle avait été si fière le jour où, pour la première fois, il l'avait emmenée voir son avion, visiter la cabine ; elle avait même pu toucher la barre de pilotage. Alors oui, sans doute comprenait-elle ce que ressentait le petit Zertab, même si, pour elle, l'évocation d'un tel engin spatial ne pouvait qu'être synonyme de peur et de destruction.

À la suite de Zornia qui les entraînait vers un ascenseur panoramique menant sur le parvis même du tarmac, la jeune terrienne secoua rageusement la tête, chassant au loin ses souvenirs ; l'inquiétude qu'elle éprouvait pour sa famille la taraudant sans cesse : que devenaient-ils ? Quand les reverrait-elle ?

Elle se sentit tout à coup très seule, presque découragée : comment allait-elle se sortir d'un tel guêpier ? La puissance Zatbar était colossale, alors qu'elle n'était qu'une faible et vulnérable terrienne.

Ils n'attendirent qu'un court moment au bas de l'ascenseur, sur un immense parvis prévu à cet effet. Déjà de nombreuses autres familles Zatbar guettaient, elles aussi, le retour de leur guerrier. Samantha se sentit encore plus seule, perdue dans la foule grise des gigantesques Zatbars.

Bientôt, une navette ressemblant à celle que possédaient les Zeltrad, quoique légèrement plus grande, se gara sur le parvis. Plusieurs Seigneurs de Guerre en descendirent avec dignité.

— Papa ! C'est papa ! s'écria Zertab en trépignant de joie.

La foule s'écartant devant lui, Zanasco Zell Am Zeltrad, immense, resplendissant dans son uniforme noir et or, se dirigea droit vers sa famille, dont il avait été séparé depuis de si longs mois.

Zornia semblait presque petite aux côtés de son imposant époux. Elle s'inclina gracieusement devant lui en signe de bienvenue. Saisissant l'une de ses mains, il lui baisa tendrement le creux du poignet. Puis il entraîna sa famille dans son sillage ; des effusions plus longues seraient pour plus tard et réservées à la plus stricte intimité.

Pendant le trajet du retour, les enfants, intimidés par la présence tant attendue de leur père, se tenaient pour une fois tranquilles. Seul Zinac gazouillait en balançant son hochet. Zornia et Zanasco discutaient à mi-voix, en Zaltrin. Samantha, qui ne comprenait rien à ces grognements rauques et particuliers, s'intéressa plus spécialement à la conduite de la navette. Le pilotage lui parut presque aussi simple que celui d'une voiture terrienne.

La soirée, dans la grande salle à manger des Zeltrad, fut très gaie. Après un accueil si froid et si réservé, chacun semblait presque laisser tomber un masque : les enfants se déchaînaient à nouveau, Zinac, heureux de l'ambiance, criait de joie et pataugeait dans tous les plats servis par les délicats Kerness, au grand dam de Samantha, mais c'était bien la seule à s'horrifier de cela. Les serviteurs, eux, étaient presque rendus translucides de timidité à cause de la présence de leur maître.

Zanasco avait ôté sa veste d'uniforme et, confortablement allongé sur un lit de repos, semblait se détendre, goûtant avec appétit de tous les plats que lui proposait Zornia, souriant aux histoires que ses enfants lui racontaient avec force cris.

Il avait bien sûr ramené de nombreux cadeaux de sa lointaine mission, bijoux et tissus exotiques pour sa compagne, un drôle de petit animal ressemblant à un lémurien ou à un minuscule singe à l'étonnante fourrure d'un blanc neigeux pour Zortaya, des gadgets incroyables pour Zertab. Zinac ne fut pas non plus oublié, il reçut pour sa part un bâton empli de graines multicolores qui imitait le bruit de l'orage lorsqu'il était agité. Samantha reconnut immédiatement un bâton de pluie tel qu'en fabriquaient les Amérindiens, pour leurs rituels sacrés. Son cœur se serra. Où le Zatbar avait-il eu un tel objet ? Existait-il quelque part, aux confins de lointaines galaxies, d'autres peuples adorateurs des éléments naturels ? Qui étaient-ils ? Que leur était-il arrivé ?

    La soirée fut bercée par le tintement de la pluie, jusqu'au moment où Zinac s'écroula, épuisé de sommeil dans les bras de son père. Celui-ci le tendit à la jeune terrienne en prenant garde de ne pas l'éveiller, la considérant d'un lourd regard jaune. Elle partit le plus vite possible, et ne fut soulagée qu'une fois loin de la salle, qu'elle eut enfin couché le bébé, et qu'elle se soit elle même blottie au fin fond de son lit, sous les combles.

Chapitre 5

Pour Samantha, le lendemain et les journées qui suivirent furent un crescendo qui l'amena à prendre la décision irrévocable de s'enfuir.

Avec le retour du Seigneur Zanasco, la vie changea, non seulement pour la jeune fille, mais pour toute la maisonnée. Tout n'était que prétexte à d'intimes fêtes que le couple Zeltrad partageait avec d'autres Zells : les mets les plus raffinés et les alcools fruités, dont les Zatbars étaient particulièrement friands, coulaient à flots. Les danseurs et les musiciens Kerness ajoutaient leurs notes lascives, il n'en fallait pas plus pour que les couples réunis échangent de lentes et sensuelles caresses, l'éclairage particulier soulignait alors en vif argent les courbes voluptueuses des femelles.

Quelquefois, des esclaves de races diverses étaient conviés à ces incroyables orgies qui pouvaient durer jusqu'au matin. Les humains étaient tout particulièrement appréciés et recherchés à cause de leur parfaite compatibilité sexuelle, en dépit de la différence de taille.

Quelques jours après son arrivée, Zanasco, qui n'avait cessé d'observer Samantha de son regard jaune où brillait une lueur de plus en plus concupiscente, l'invita un soir à se joindre à eux. La jeune terrienne, affolée, tenta bien de discuter, mais Zornia se montra inflexible : c'était un véritable honneur qui lui était fait, à elle malheureuse humaine ! Contrainte et forcée, revêtue d'une minuscule robe blanche qui dévoilait plus qu'elle ne cachait son corps mince, Samantha, terrorisée, se glissa dans la salle à manger. Déjà plusieurs couples de Seigneurs Zell étaient là, devisant et dévorant avec bonne humeur et appétit.

Elle se terra sur l'un des lits de repos, se blottissant contre quelques coussins moelleux, ne faisant plus un geste, essayant, grâce à une immobilité de statue, de se faire oublier. Mais la ruse, si ruse il y avait, ne fonctionna pas. Seulement quelques minutes après, Zanasco l'appela près de lui. Elle pâlit et se rencogna un peu plus dans ses coussins, son regard bleu, glacé d'appréhension. Alors Zornia elle-même se leva et vint la chercher, la faisant asseoir sur la couche où était étendu son époux. Il se mit à lui caresser ses longs cheveux blonds en se récriant en Zaltrin quelque chose que Samantha ne comprit pas. En tout état de cause, c'était certainement flatteur, puisque les autres Zatbars, s'approchant à leur tour, voulurent eux aussi toucher la soie de sa chevelure. Placée dans le rôle d'un drôle d'animal de compagnie, Samantha était à la torture. Elle n'osait même pas imaginer la suite de la soirée…

Heureusement pour elle, les serviteurs Kerness apportèrent de nouveaux mets et de nouveaux carafons de cet alcool de fruits. Elle profita alors de la distraction pour se faufiler à bas du lit. Prestement elle gagna la baie vitrée ouverte sur le jardin. En trois pas elle était dehors, abandonnant les Zatbars à leur fête !

Elle courut droit devant elle, ses pas l'amenant presque naturellement jusqu'au garage où était garée la navette personnelle de la famille Zeltrad. Sans plus réfléchir, elle pénétra dans la cabine et referma sans bruit la porte coulissante. Elle effleura le bouton de démarrage comme elle avait maintes fois observé Zornia le faire. Docilement, les moteurs de la soucoupe se mirent en marche, le portail s'ouvrit,

Samantha n'eut alors qu'à pousser une petite manette pour que l'engin s'élance dans la nuit.

Son cœur battait à tout rompre, saisi par une folle exaltation : elle n'avait pas prémédité son évasion, pourtant elle s'enfuyait bel et bien !

Samantha, ivre de joie et de liberté, pilotait droit devant elle, ne sachant pas vraiment où aller, ne souhaitant que partir le plus loin possible.

Elle était si exaltée, même après un bon quart d'heure de vol, qu'elle ne fit pas attention à son altimètre. Soudain, l'engin percuta violemment la cime d'un arbre ! Le léger appareil bascula et plongea en tourbillonnant sous la voûte épaisse de la forêt.

La presque totalité de Zatbara était composée de forêts denses et de montagnes peu élevées, d'où son surnom bien légitime de Zatbara la Verte. Les Zatbars vivaient essentiellement dans d'immenses mégalopoles, le peu de terre cultivée restant insignifiant et marginal. Ainsi, en dehors de ces villes tentaculaires, la nature restait sauvage, inviolée. Là, prospérait tout un monde animal et végétal.

Cette symbiose presque parfaite avec la nature, cette quasi-communion avec leur planète mère, permettait aux Zatbars non seulement de se laver du stress des combats auxquels ils étaient sans cesse confrontés, mais aussi d'emmagasiner une énergie nouvelle, retrouvant ainsi tout leur potentiel combatif. Paradoxalement, malgré leur technologie si pointue, les Zatbars étaient très proches de la nature : un Zatbar, seul dans une forêt, n'était jamais ni perdu, ni démuni. Ils avaient su conserver leur côté animal, instinctif, qui leur donnait cette force sauvage de grands prédateurs. La réalité était là : les Zatbars étaient des fauves, pas aussi civilisés qu'ils voulaient le laisser croire !

La jeune terrienne, à demi assommée par la violence du choc, reprit peu à peu ses esprits. Elle déboucla son harnais de sécurité, se félicitant de l'avoir passé. Elle était furieuse contre elle-même, sa triomphale fuite s'était bien vite transformée en fiasco…

Enfin, du moins, était-elle indemne et avait-elle échappé à l'emprise du Seigneur Zanasco. Autant voir les côtés positifs tout de suite, les côtés négatifs viendraient bien assez tôt ; seule, sans armes, perdue sur une planète inconnue.

La soucoupe reposait sur un sol d'humus, aux pieds d'arbres immenses, dont le feuillage bruissant ressemblait à celui de *ginkgo biloba*. Les arbres atteignaient des hauteurs considérables, trente mètres ou peut-être davantage ; Samantha avait un peu de mal à en juger. Par quelques trouées à travers les branches, elle apercevait un ciel nocturne ressemblant à celui de la terre, ponctué d'étoiles dont elle ignorait tout… Sa gorge se serra. Quand reverrait-elle sa planète ?

En tout cas, ce n'était pas en se guidant aux constellations qu'elle pourrait retrouver un quelconque chemin, si tant est qu'elle ait la moindre idée de la direction à prendre.

Elle soupira et frissonna, ne portant toujours que la minuscule robe en fin tissu blanc : elle était bien peu couverte pour affronter la fraîcheur des nuits de Zatbara. Sans plus attendre, elle se mit en devoir de faire une fouille complète de l'appareil. Ce qu'elle découvrit en fin de compte lui rendit un peu le sourire : une trousse de secours très complète, un coutelas de chasse bien affûté, une couverture en laine chaude et légère, quelques rations vitaminées très énergétiques, plus un paquet de biscuits entamé appartenant à Zertab.

« Ouf ! » songea-t-elle, merci de ta prévoyance Zornia.

Elle mit les fauteuils des passagers en position couchettes, s'enroula dans la couverture et ferma les yeux. Elle ne pouvait rien faire de plus, le mieux était encore de dormir et de se reposer !

Chapitre 6

Commença alors pour Samantha, de longues journées où elle devint tout à la fois, exploratrice et Robinson Crusoé. Elle parcourut les environs, découvrit une rivière qui coulait joyeusement entre des pierres blanches et des touffes de fougères aux feuilles tendres. Elle pouvait ainsi se laver, se baigner lorsqu'il faisait trop chaud et surtout, boire. Pour la nourriture, elle tomba sur un arbre à « poires-coings », du moins avait-elle ainsi surnommé ce fruit qu'elle connaissait, pour l'avoir déjà vu à la table des Zeltrad. C'était un fruit charnu, juteux, au goût exquis. Ne connaissant rien de la nature environnante, elle jugea plus prudent d'attendre un peu, avant de se lancer dans des expériences culinaires plus variées. Elle conserva soigneusement de côté les rations vitaminées, les gardant pour un cas d'urgence.

Cela faisait à peine trois jours qu'elle était là, pourtant il lui semblait que des mois s'étaient écoulés depuis sa fuite précipitée. De manière incroyable, elle se sentait à nouveau elle-même. Ce qu'elle n'avait plus éprouvé depuis son enlèvement, bien des semaines auparavant. Elle était peut-être perdue, seule, sans espoir, mais elle était libre… Libre !

Avec curiosité, elle observait la nature exubérante et sauvage qui l'entourait, découvrant d'étonnantes variétés animales et végétales.

Cet après-midi-là, elle se trouvait confortablement assise à califourchon sur l'une des plus hautes branches d'un de ces arbres ressemblant à un ginkgo, suivant avec intérêt le vol de grands oiseaux planeurs à l'envergure considérable ; regrettant de ne pas posséder de jumelles afin de mieux les observer.

Quand soudain son regard fut attiré par un autre mouvement dans le ciel. Une soucoupe survolait la forêt. Pourtant quelque chose la fit tiquer : la navette volait à basse altitude. Soudain, derrière celle-ci, Samantha aperçut quatre autres engins qui ouvrirent aussitôt le feu sur la première navette !

Sous le coup de la surprise, elle faillit choir de son perchoir. Se rattrapant *in extremis*, elle se redressa et suivit avec un vif intérêt la suite de la course-poursuite. Tout alla très vite, la première navette, déjà touchée, plongea dans la forêt dans un nuage de feu…

Horrifiée, Samantha n'en croyait pas ses yeux ! Alors, sans plus réfléchir, elle fonça vers l'endroit du crash ; en quelques minutes à peine elle fut sur les lieux de l'accident. La soucoupe avait arraché plusieurs arbres sur son passage avant de s'écraser sur la couche d'humus qu'elle avait labourée sur plusieurs dizaines de mètres, avant de stopper sa course folle contre un rocher couvert de mousse. À moitié disloquée, une épaisse fumée s'élevait de ses parois d'acier tordues et déchiquetées.

Samantha contempla le désolant spectacle pendant quelques secondes. Balayant la scène du regard, elle fut attirée par une tache sombre.

— Mon Dieu, le pilote ! réalisa-t-elle.

Sans plus attendre, elle courut, le cœur battant d'un espoir fou, vers le corps inanimé qui reposait près d'un fourré.

« Et si c'était un fuyard ? » se reprit-elle à espérer.

Elle s'agenouilla à côté du corps qui, revêtu d'une combinaison de vol noir et de bottes de pilote, reposait face contre terre.

Les mains tremblantes, elle agrippa son épaule et tira dessus. Peine perdue, le corps inerte ne bougea pas plus qu'un roc ! Elle s'apprêtait à réitérer son geste lorsque, tout à coup, elle fut projetée dans les airs. Elle retomba sur le sol, heureusement jonché de feuilles mortes qui amortirent le choc. Elle se retrouva bloquée par une poigne brutale, tout en sentant la froideur de la lame de son propre couteau sur sa gorge. Paniquée, l'esprit en déroute, elle écarquilla les yeux, apercevant alors le visage gris d'un Zatbar à quelques centimètres du sien.

Maculé de sang et de poussière, il plongea son regard jaune dans le sien, délavé de terreur.

— Qui es-tu ? gronda-t-il d'une voix rauque.

— Rien… Je… Regarde ! Regarde ! balbutia Samantha en se débattant. Ils reviennent !

Le Zatbar se détourna afin de constater qu'effectivement, ses attaquants cerclaient de manière de plus en plus concentrique au-dessus de la forêt. D'ici peu, ils trouveraient le point d'impact de sa chute, ils n'auraient plus qu'à atterrir pour venir l'achever. À cette pensée, une onde glacée l'envahit, il fallait agir et vite.

Profitant de l'inattention du Zatbar, elle tenta de lui échapper. Peine perdue ! Il la maintenait plaquée au sol, d'une seule main, avec une aisance rageante.

— Il faut partir, ils vont nous tuer tous les deux ! s'exclama-t-elle en essayant de se soustraire à la poigne qui la maintenait écrasée par terre. Reste là si tu veux mourir, mais au moins laisse-moi ! supplia-t-elle, terrifiée.

Le Zatbar se tourna à nouveau vers elle, plongeant ses yeux dorés dans les siens, agrandis d'effroi.

— As-tu un endroit où te cacher ?

— Oui !

Considérant le regard franc, certes terrorisé de la terrienne, il sut qu'il pouvait avoir confiance en elle et qu'elle ne mentait pas.

Sa décision prise, il se mit difficilement debout, essayant de ne pas grimacer sous le coup de la fulgurante douleur qui lui laboura le flanc droit. Prestement, la jeune fille s'était levée, le considérant avec inquiétude.

— Tu es blessé ?

— Ce n'est rien ! gronda-t-il en la poussant en avant.

Il leur fallut un long moment avant de parvenir à la navette volée par Samantha. Le Zatbar avançait lentement, la main droite crispée sur son flanc, la gauche, pesant un peu plus d'instant en instant sur l'épaule de la frêle terrienne. Supportant une bonne partie du poids du Zell, elle se forçait à marcher, les dents serrées.

— Il faut que tu tiennes, je ne pourrai pas te porter…, murmurait-elle pour l'encourager.

Dans un brouillard de sang et de douleur, le Zatbar avançait, l'esprit uniquement fixé sur la mince silhouette qui le guidait. Après avoir trébuché d'innombrables fois, ils parvinrent enfin, cahin-caha, à la soucoupe que la jeune fille avait camouflée sous un invraisemblable tas de branchages, la rendant ainsi totalement invisible.

Une explosion, sèche, violente, les fit sursauter tous les deux en même temps. Samantha leva la tête vers le Zatbar qui, lui rendant son regard, lâcha sourdement :

— Ils ont fait exploser ma navette. Nous sommes tranquilles, ils me croient mort.

Samantha hocha la tête, puis l'aida à pénétrer dans l'étroit véhicule. Elle le fit s'allonger tant bien que mal sur les fauteuils transformés en couchettes. Heureusement, l'engin était conçu par et pour les Zatbars. Celui-ci s'effondra avec un soupir de soulagement. Il ferma les yeux pendant quelques secondes, puis les ouvrit de nouveau et les posa sur la jeune fille. Celle-ci massait son épaule endolorie, sur laquelle il s'était appuyé ; elle croisa son regard et suspendit son geste.

La première, elle rompit le contact et détourna la tête, gênée, sans bien savoir pourquoi.

Le Zatbar prit alors le couteau qu'il avait passé à sa ceinture et, le tenant à plat sur sa large paume grise, rougie de sang, il lui tendit, faisant d'une voix basse :

— Tiens, prends Terrienne, car à présent je suis à ta merci.

Lentement, Samantha s'agenouilla sur la banquette près de lui. Saisissant le couteau de chasse, elle le posa à côté d'elle en murmurant :

— Tu n'as rien à craindre de moi, je suis tout sauf une meurtrière, hélas !

Puis elle ajouta d'un ton qu'elle voulut enjoué :

— Bon ! Maintenant, il va falloir te soigner !

Prenant la trousse de secours, elle dit en souriant :

— Voilà, j'ai deux bonnes et deux mauvaises nouvelles. Je commence par lesquelles ? Les bonnes, c'est que j'ai fait des études pour soigner toutes les bestioles à poils et à plumes, et que j'ai là une trousse pleine de médicaments… Les mauvaises ? C'est que je n'ai pas fini mes études et que je ne sais pas lire le Zaltrin, je ne pourrai pas déchiffrer les notices des médicaments !

Une expression d'étonnement et de stupéfaction traversa le regard du Zatbar, mais il ne dit rien, une profonde lassitude l'envahissait peu à peu, contre laquelle il lutta. Il ne voulait pas succomber à la bienfaisante léthargie, quelques secondes encore, pour contempler la Terrienne et emporter avec lui tous les détails de sa silhouette : l'or de sa chevelure qui semblait si douce, la finesse de ses poignets, la couleur d'ambre de sa peau, l'éclat de nacre de son sourire, l'ourlet délicat de ses lèvres et le bleu limpide de ses yeux… Sa peau avait la couleur d'un fruit exotique et semblait en avoir non seulement la texture douce et veloutée, mais aussi le goût frais et sucré.

Dans une demi-conscience, il la vit se désinfecter les mains avec un savon liquide, puis prendre une fiole dont il reconnut aussitôt le contenu brun-rougeâtre.

« De l'élixir », songea-t-il, son esprit voguant malgré lui de plus en plus loin. « La Terrienne semble savoir ce qu'elle fait », constata-t-il, lui remettant sa confiance, sans pouvoir faire autrement.

Samantha posa la fiole à côté d'elle et entreprit de déshabiller l'immense Zatbar. La tâche était difficile, il était si lourd, il essayait bien de l'aider, mais il ne contrôlait déjà presque plus ses mouvements ; et chacun de ses bras semblait aussi pesant qu'un arbre. Finalement, elle parvint à lui ôter le haut de son uniforme noir, maculé de sang.

La respiration du Zatbar se faisait de plus en plus ample, profonde. Curieusement, un léger sourire errait sur ses lèvres, tandis que ses yeux mi-clos tentaient encore de suivre les gestes de la jeune fille.

Elle découvrit alors l'étendue de la blessure faite par un canon laser : tout son flanc droit était déchiqueté, labouré… Elle blêmit, elle n'avait encore jamais vu de blessure pareille, ni d'aussi grave ; mais il est vrai que les chiens et les chats qu'elle soignait à Maison Alford, se faisaient rarement attaquer à coups de laser !

Samantha toucha légèrement l'épaule du Zell, en murmurant d'une voix douce :

— Je vais verser l'élixir, c'est ce que j'ai de mieux ici, mais ce sera certainement douloureux.

Il cligna des paupières, montrant qu'il avait compris et qu'il approuvait. Prenant alors une grande inspiration, Samantha versa, goutte à goutte, le liquide sur toute l'étendue béante de la plaie. Sous l'effet de la fulgurante brûlure de l'alcool, le corps entier du Zatbar se tordit, pourtant pas une plainte ni même un râle ne franchit ses lèvres crispées, en un violent rictus de souffrance. Puis, tout aussitôt son corps se détendit, il se laissa emporter par la vague de la léthargie qu'il accueillit comme une délivrance…

Chapitre 7

Chaque matin, Samantha refaisait le pansement du Zatbar, nettoyant la plaie à l'aide de l'élixir et de compresses stériles avec un dévouement tout à fait étonnant. En vérité, toute son énergie, par une mystérieuse force ou alchimie, n'était plus tournée que vers lui. Elle l'avait secouru sur un coup de tête, elle était devenue son infirmière sans vraiment le vouloir. Alors depuis plus d'une semaine, elle était là, le maternant, veillant sur lui et le soignant comme s'il était bébé Zinac !

Il était un Zatbar, aussi aurait-elle dû le haïr uniquement pour cette raison, pourtant elle n'y parvenait pas ; l'idée même de le laisser mourir, là, ce serait si facile après tout, lui était odieuse et inhumaine. Elle, elle était humaine, profondément ; envers et contre tout elle le resterait. Pour elle humanité était synonyme de sensibilité et de compassion, non de vengeance et de bassesse !

Alors du mieux qu'elle pouvait, elle tentait de le sauver et peu importait du reste. Elle commençait à s'inquiéter, car depuis plus de huit jours il semblait plongé dans un profond coma. Elle se demandait s'il pourrait en sortir un jour. En attendant, il était toujours vivant et, à son vif étonnement, la hideuse blessure cicatrisait de manière fulgurante.

Elle ignorait encore tout du métabolisme des Zatbars, notamment de ce particularisme qu'ils nommaient léthargie qui leur conférait une force supplémentaire. En effet, blessé ou malade, la léthargie leur permettait de concentrer toute leur énergie vitale sur cette faiblesse ; ainsi leur rythme cardiaque baissait, leur respiration s'espaçait, tout mouvement leur devenait alors impossible, toutes les fonctions organiques se mettaient au ralenti ; toute leur énergie ne tendant que vers un seul but, une guérison rapide et complète.

Effectivement, pour une Terrienne peu au fait de cette spécificité, une léthargie ressemblait à un coma, à ceci près qu'un Zatbar restait plus ou moins conscient.

Les premiers jours, le Zatbar avait souffert d'une forte fièvre qui le faisait trembler tout entier. Samantha lui donna alors quelques cachets antipyrétiques qu'elle avait reconnus comme tels, ayant vu Zornia en administrer au petit Zinac lorsque celui-ci souffrait d'une dent.

La jeune fille broya soigneusement les médicaments puis les mélangea au jus d'une poire-coing, faisant patiemment avaler le tout au grand Zatbar. Lorsqu'il était en proie à ses violents accès de fièvre, elle lui bassinait longuement le front et les tempes, puis les médicaments faisant effet, peu à peu il se calmait, s'apaisant sous la douceur de sa main.

Plongé dans des limbes de ce qu'elle pensait être un profond coma, elle ne savait ce qu'il percevait de son environnement ; pourtant elle lui parlait, en français, peut-être plus pour rompre sa propre solitude et briser le silence de la forêt, que pour tenter d'établir un véritable contact.

Elle avait ainsi tout le loisir de l'observer ; sans clairement s'en rendre compte elle admirait son immense silhouette aux muscles longs, son visage aux traits fins, à la fois durs et volontaires, jusqu'à la couleur étrangement gris argent de sa peau qui ne lui paraissait plus si incongrue. Après tant de mois passés parmi les Zatbars, c'était presque sa propre race qui lui semblait à présent étrangère !

Sa peau, sous sa main, lorsqu'elle refaisait son pansement, était douce, tiède. Parfois elle se retenait afin de ne pas esquisser une caresse et, quelques fois, sa main s'attardait plus que de raison.

Était-elle la proie d'un bizarre syndrome de Stockholm ?

La première nuit du Zatbar avait été terrible, fièvre, tremblements ; Samantha le veilla sans cesse de lui parler et de le rassurer. Puis, vaincue par la fatigue, elle s'était endormie à ses côtés, blottie contre lui sous la même couverture. Le contact du corps tiède et doux de la jeune fille avait semblé le calmer, l'apaiser. C'est ainsi que, chaque soir, elle s'allongeait près de lui, s'endormant en toute quiétude blottie contre son épaule.

Cela faisait plus de huit jours que Samantha soignait le Zatbar avec ce dévouement particulier, lorsque, cette nuit-là, elle fit un rêve d'un érotisme torride.

Dans son sommeil, elle sentait de larges mains prendre possession de son corps, lui caressant les seins, le ventre en de lentes et si douces circonvolutions. Elle sentait un souffle tendre effleurer sa peau, tandis que des lèvres se posaient dans le creux de son cou, l'embrassant et la mordillant tout à la fois.

Elle gémit de plaisir et se tordit sous le feu d'un désir intense, avant de se réveiller. Elle ouvrit les yeux, encore éblouie par son rêve, lorsqu'elle sentit des mains, semblables à celles de son songe, parcourir son corps, faisant monter des ondes de plaisir qui la laissaient frémissante.

Encore endormie, ne sachant plus où elle était, simplement que tout cela n'était pas un rêve, mais bel et bien la réalité, elle tourna la tête. Dans le clair-obscur de la navette, à peine éclairée par la nuit étoilée, elle vit luire, tellement semblable à ceux d'un loup, les yeux jaunes du Zatbar. Elle sursauta, sa première réaction, dictée par un instinct de survie, fut la fuite. Telle une gazelle, elle s'échappa de ses bras, se réfugiant à l'autre bout de la navette, le cœur battant, l'esprit et le corps en déroute, affolée.

L'immense Zatbar n'avait pas bougé, la considérant de ses yeux de fauve, avec étonnement. Puis il fit d'une voix rauque et pourtant douce :

— N'aie pas peur, jolie terrienne, je ne te ferai aucun mal !

Fébrilement, Samantha cherchait une issue, mais la porte de la soucoupe était fermée et son couteau de chasse posé sur le tableau de bord, inaccessible.

Elle ne répondit pas, ses yeux agrandis de peur, l'esprit en déroute, ne pouvant cependant pas détacher son regard de celui, doré et luisant, du Zatbar. Après quelques instants de silence, il murmura :

— Allons, qu'as-tu ? Tu semblais pourtant bien apprécier mes caresses ? Pourquoi cette peur ? Viens plutôt près de moi, laisse-moi te faire l'amour, et tout ira bien, tu verras…

Sous sa robe trop légère, Samantha tremblait, de froid, d'émotion, elle ne savait plus. Les larmes aux yeux, elle balbutia, honteuse d'elle-même, honteuse d'avoir pris tant de plaisir entre ses bras :

— Laisse-moi ! Je dormais… Je te prenais pour un autre !

Bien qu'elle ne soit pas elle-même dupe de ses propres paroles, le Zatbar les crut, lui. Toute sa physionomie se durcit, car nul n'apprécie d'être rejeté, encore moins un Seigneur Zell ; sa voix claqua, sèche :

— Un humain, comme toi ?

Samantha ne répondit pas et détourna le regard ; elle n'avait pas de réponse à donner, nul homme n'occupait son cœur, même pas Olivier qui n'avait été qu'un petit ami, un amant léger et agréable, mais elle le savait, dont elle n'était pas amoureuse.

Le Zatbar serra durement ses mâchoires, ses yeux brillèrent d'un éclat froid, prenant son silence pour un acquiescement.

— Rassure-toi, petite Terrienne, je ne te forcerai pas. Je suis un Seigneur de Guerre et les Zells ne s'abaissent pas au viol !

Puis, après un temps de réflexion il reprit :

— Tu m'as sauvé la vie et je ne connais pas ton nom.

Elle releva la tête et, lui jetant un bref regard, elle jeta du bout des dents :

— Samantha, je m'appelle Samantha…

— Samantha, répéta-t-il d'une voix adoucie. Samantha, je suis Zermhatt Zell Am Zemam, Seigneur de Guerre Zatbar, commandant en second du vaisseau intergalactique *Le Cataclysme,* déclara-t-il fièrement.

— Zermhatt, ne put-elle s'empêcher de répéter à voix basse, son regard comme irrésistiblement attiré par celui du Zatbar.

Lentement, il se redressa et se saisit du couteau de chasse ; Samantha resta pétrifiée, une angoisse brutale lui tarauda le ventre alors même que ses membres restaient sourds à toutes sollicitations !

Brandissant le coutelas à la lame aiguisée, il s'exclama d'un ton solennel :

— Je suis Zermhatt Zell Am Zemam, Seigneur de Guerre, tu m'as sauvé la vie, Samantha la Terrienne, alors je te dois une vie…

Il s'interrompit puis, sans qu'aucun muscle de son visage ne bouge, hormis peut-être une légère crispation des lèvres, ses yeux toujours rivés dans ceux de Samantha, il se fit une profonde coupure dans la paume de sa main gauche. Serrant le poing d'où s'échappait déjà un mince filet de sang, un sang rouge, aussi rouge que celui de la terrienne, il reprit d'une voix décidée :

— Par ce sang, je fais le serment solennel du Kerzack, d'une vie pour une vie. Ne crains plus rien de moi, jeune Terrienne, car à présent je suis ton ombre et je te protégerai.

Samantha, stupéfaite, secoua la tête :

— Non ! Oh non ! Je n'ai pas besoin de ça ! Je te délie de ton serment, Seigneur Zermhatt !

— Tu n'en as pas le pouvoir, j'ai prononcé le Kerzack, et nul ne peut plus nous délier, ni toi ni moi, ni personne ; sauf lorsque je pourrai un jour te sauver, une vie pour une vie…

Il s'allongea et posa le couteau :

— Maintenant, il faut que je dorme, je suis fatigué ; La nuit est encore longue. Viens dormir toi aussi petite Terrienne, fit-il en désignant la place sur la banquette, tout à côté de lui.

Samantha, interloquée, ne sachant plus que penser, secoua de nouveau la tête, faisant voltiger ses mèches blondes, en balbutiant :

— Non, non !

Zermhatt bâilla, faisant alors avec désinvolture :

— Si tu préfères avoir froid…

Puis il ferma les yeux, sans plus se préoccuper de la jeune fille, complètement abasourdie !

Celle-ci se rencogna contre la paroi de la navette, sans pour autant quitter le Zatbar du regard. Au bout de quelques minutes elle se sentit gagnée par la fraîcheur de la nuit. Elle tremblait sous le trop mince tissu de sa robe, considérant avec envie la chaude couverture sous laquelle le Zatbar dormait paisiblement.

Alors, n'en pouvant plus de froid et de fatigue, elle s'approcha et, sans faire plus de bruit qu'une souris, elle tendit la main et tira sur la couverture. Peine perdue ! Celle-ci ne vint pas, coincée en partie sous le grand corps pesant, Samantha n'avait aucune chance de s'en emparer !

À présent frigorifiée, la jeune fille ne savait plus que faire, elle réprima un claquement de dents, tout en considérant Zermhatt ; allons, il dormait et semblait ainsi bien inoffensif… De toute façon elle n'avait guère le choix, à moins qu'elle ne préférât attraper une bronchite ! Cessant ses tergiversations, elle se baissa, récupéra le long couteau de chasse qu'elle posa sur la couchette, puis avec mille précautions, elle se glissa près du Zatbar, se blottissant avec bonheur dans la tiédeur de son corps, sous la couverture. Elle s'endormit très vite, serrant le couteau entre ses mains.

Elle ne vit donc pas Zermhatt sourire dans l'obscurité de la nuit…

Chapitre 8

Peu à peu, tel un farouche animal sauvage, Samantha s'apprivoisa ; elle comprit que le serment qu'avait prononcé Zermhatt n'était pas vain. Effectivement, elle ne semblait plus devoir craindre quoi que ce soit de lui ; il n'avait plus eu aucun geste déplacé envers elle, bien que nuit après nuit elle dormît près de lui, chastement entre ses bras, profitant de sa chaleur et ne lui offrant en retour que la fragrance entêtante de sa chevelure.

Peu à peu, Zermhatt se rétablissait. Sa plaie cicatrisait. Bientôt il voulut se lever et faire quelques pas. Un matin, il se sentit assez fort pour aller jusqu'à la rivière. Samantha, qui s'était accoutumée à le voir allongé, dut s'habituer à sa taille hors du commun, peut-être était-il encore plus grand que l'immense Zanasco !

À côté de lui elle se sentait encore plus frêle et plus vulnérable. Pourtant de manière incroyable, elle n'avait aucunement peur de lui ; elle avait parfaitement conscience qu'il pouvait lui briser la nuque d'une seule main, si l'envie lui prenait. Mais elle savait qu'il n'en ferait rien, jamais. Elle éprouvait envers lui une confiance totale, presque aveugle, et cela n'avait rien à voir avec ce serment du Kerzack, c'était bien autre chose…

Au fil des jours, ils apprirent à se connaître un peu mieux, il lui parla de sa famille, de sa planète ; elle lui décrivit la sienne, son incroyable planète bleue. Alors, sous son regard doré, attentif, elle lui raconta sa Provence natale, ses couleurs, ses odeurs. Elle lui narra Paris, ses monuments, sa foule. Elle lui parla de ses études, de ses passions, de ses espoirs.

Il aimait entendre sa voix mélodieuse, sa langue natale, ce français, était si musical, et sa tonalité aussi douce qu'un chant, le ravissait. Il aimait l'entendre conter sa vie sur sa lointaine planète, cela lui paraissait à la fois terriblement exotique et, en fin de compte, si peu éloigné de ce qu'il était lui-même.

Ils parlaient beaucoup, riaient souvent, s'apercevant de tout ce qui les réunissait, ne voyant plus ce qui les séparait.

Il lui narra comment à la suite d'un pari stupide, routine qui occupait les Zatbars quotidiennement, il s'était écrasé dans la forêt. Après quelques heures passées à boire dans un estaminet, avec plusieurs amis, officiers, ils avaient décidé qu'ils étaient de bien meilleurs pilotes que n'importe quel policier Bartzanga ! Pour effectuer cette démonstration, ils avaient volé plusieurs navettes, puis avaient été pris très légitimement en chasse par les forces de police. La suite, Samantha la connaissait, puisqu'il avait effectué un magnifique crash ! Zermhatt lui expliqua qu'en tant que Zell et Seigneur de Guerre il n'était pas à l'abri de la justice, il ne pouvait donc pas se livrer impunément à n'importe quel acte. Pourtant, son rang et ses qualités lui accordaient une immunité totale après deux jours de poursuite. Pendant ce laps de temps, il encourait la peine méritée pour ses actes et sa tête ne valait plus grand-chose ! Après quoi, il recouvrait tous ses avantages comme si de rien n'était ! Cette conception de la justice laissa la jeune Terrienne à la fois révoltée, étonnée et songeuse.

Peu à peu, le Zatbar retrouvait sa force et sa souplesse. Un soir, alors qu'ils étaient paisiblement assis près de la rivière, Zermhatt fit part de ses intentions à la jeune fille :

— Samantha, demain nous repartirons.

La jeune terrienne sursauta. Installée sur un rocher, ses pieds nus trempant dans l'eau claire, elle se releva d'un seul bond et considéra le Zatbar qui, appuyé contre un tronc d'arbre, la dévisageait de son étrange regard jaune sans mot dire.

— Partir ? Où ? Tu veux me ramener là-bas ? Jamais ! Tu entends, jamais !

Avec toute la souplesse d'un grand félin, le Zatbar se redressa, en deux enjambées il fut près d'elle, la prenant alors entre ses bras, il la serra contre lui ; elle tenta de s'échapper en gigotant :

— Lâche-moi !

Mais il ne la laissa pas faire, il la sentait trembler d'appréhension :

— Chut ! N'aie pas peur, j'ai fait le Kerzack pour toi, alors je ne laisserai personne te faire le moindre mal. Personne tu entends ? Écoute, si nous retournons à Zanaspan, je ferai en sorte que tu sois ramenée sur ta planète, c'est ce que tu souhaites n'est-ce pas ?

La jeune fille frémit, tandis qu'une vague d'espoir la submergeait. Retourner sur Terre, revoir ses parents, retrouver sa vie comme si rien n'était arrivé.

— C'est un rêve, Zermhatt ! Je n'ai pas envie de risquer de retourner en esclavage pour une chimère.

Doucement, le Zatbar lui releva le menton, la forçant à le regarder droit dans les yeux. Quelques instants, il se perdit dans son regard si bleu, si limpide, luttant contre lui-même afin de ne pas mordre sa bouche d'un baiser, de l'allonger là, dans l'herbe haute et les fleurs sauvages, et de lui faire l'amour, longtemps… Il refoula ses pensées, repoussa son désir si aigu qu'il avait d'elle et affirma de sa voix rauque :

— C'est loin d'être un rêve fou, Samantha. Il y a déjà eu des précédents. Nous avons déjà ramené quelques humains sur Terre. Pourquoi pas toi ?

Elle le considéra le cœur battant, chavirée d'espoir, quand tout à coup une pensée lui serra la gorge :

— Et toi, que deviendras-tu ? Nous ne nous reverrons plus, n'est-ce pas ?

Il lui sourit, presque tendrement.

— Non, nous ne nous verrons plus. Je retournerai à mon vaisseau, c'est ma place. Mais n'oublie pas que ta planète et la mienne sont en guerre ; même si la tienne oppose une résistance étonnante, l'issue ne fait aucun doute. Alors peut-être nous reverrons-nous un jour…

Un voile passa dans son regard bleu, tristesse et peur liées. Un instant, elle avait oublié que la Terre était attaquée par les armées Zatbar, quand elle pensait à sa planète, elle ne la voyait qu'avec ses yeux d'avant, *Ante Bellum*…

— Et si on refuse de me renvoyer sur Terre, que se passera-t-il ? fit-elle d'une voix tendue, dans laquelle toutes ses craintes transparaissaient.

Il haussa les épaules avant de glisser ses larges mains dans ses fins cheveux blonds en un geste à la fois tendre et protecteur.

— Alors, si tu le veux, tu pourras rester près de moi…

Elle sursauta et se dégagea d'un bond de son étreinte en s'écriant :

— Pour être ton esclave ? Pour m'occuper de tes gosses, supporter les caprices de ta femelle, et attendre ton retour…

Sa voix se brisa un instant, mais elle poursuivit, le ton juste un peu plus altéré :

— Ne vivre que dans cette attente, cet espoir, et te partager ensuite, n'être qu'une esclave parmi d'autres… Je ne pourrai jamais vivre ça ! Je suis une Terrienne ! Je suis née libre, libre tu entends !

Avec vivacité, il l'attrapa et la serra de nouveau entre ses bras, en riant doucement il murmura à son oreille :

— Je ne suis pas marié et je n'ai aucun enfant, ni esclave comme tu l'entends, d'ailleurs ! Les mariages entre Zell et Races Inférieures ne sont pas autorisés ; alors tu seras ma courtisane, mon amante, ma maîtresse…

— Race Inférieure, c'est moi, ça ?

Il éclata d'un rire sonore et resserra son étreinte :

— Tu n'avais donc pas remarqué notre supériorité ?

Pressée contre son torse puissant, elle sentait ses muscles durs rouler sous ses doigts, elle percevait les battements lents et sourds de son cœur ; elle sentait sous sa joue le tissu épais, un peu rêche de son uniforme, elle chuchota simplement :

— Je n'imaginais pas mon avenir comme ça…

En riant, il répondit :

— Nous verrons cela demain, ne t'inquiète pas, tout ira bien.

Chapitre 9

La navette, malgré son atterrissage peu orthodoxe, était restée en état de marche, ou plutôt de vol ! Hormis quelques cabosses peu esthétiques, elle fonctionnait encore très bien. Elle daigna démarrer dès la deuxième sollicitation et s'élança tel un trait d'acier vers le ciel.

En moins d'un quart d'heure, ils survolaient déjà la banlieue de la ville. À peine furent-ils au-dessus de Zanaspan, qu'ils furent pris en chasse par deux navettes policières qui les sommèrent de les suivre.

Zermhatt obtempéra, toute résistance était vaine ; leur soucoupe n'était pas armée, de toute façon, il avait prévu et anticipé cette interpellation qui servait ses plans.

Ils atterrirent sur le toit plat, faisant office d'héliport, d'un bâtiment en verre et acier poli qui reflétait presque durement l'éclat du soleil. Samantha cligna des paupières, une boule oppressante lui serrant tout à coup la gorge, tandis qu'un froid glacial s'insinuait jusqu'au plus profond de son cœur. Le building à l'architecture froide, où nulle fioriture ne venait égayer sa façade étincelante, traduisait bien la puissance Zatbar. Le bâtiment abritait l'hôtel de police et tout son aspect, à la fois imposant, sophistiqué et inébranlable, était soigneusement voulu : on ne plaisantait pas avec les forces de l'ordre sur Zatbara !

Frissonnant d'appréhension, la jeune Terrienne se rapprocha instinctivement de son compagnon qui doucement, presque tendrement, lui passa un bras autour des épaules et l'aida à descendre de la soucoupe. Ils sortirent ainsi enlacés sous l'œil interloqué des policiers Bartzangas qui ne s'attendaient sûrement pas à voir un Seigneur Zell à l'uniforme noir des Commandants de vaisseaux surgir d'une navette volée !

Zermhatt, retrouvant toute sa morgue en même temps que son statut, se présenta, ordonnant de parler à leur supérieur. Une fois devant celui-ci, il exigea de ce dernier une communication holophonique privée. Le chef de police, stupéfait, n'osa rien refuser au commandant Zell, il lui abandonna même son bureau pour plus de confidentialité et de confort ! Il se borna à tenter d'emmener la Terrienne avec lui, afin de l'interroger, après tout elle était bel et bien en état d'arrestation : n'avait-elle pas volé une navette ? N'était-elle pas une esclave en fuite ?

Toutefois, le commandant s'y opposa, arguant qu'elle était en tout premier lieu sa prisonnière. Le policier ne voulant aucune histoire avec un Seigneur de Guerre, n'insista pas.

Zermhatt, aussitôt après le départ du Bartzanga, mit en marche l'holophone ; presque instantanément la silhouette gigantesque d'un Zell, au teint d'un même gris argenté que le sien, se matérialisa dans la pièce. Surprise comme toujours par le réalisme parfait de l'image tridimensionnelle, Samantha sursauta et se raccrocha un peu plus au bras de son compagnon, qu'elle n'avait pas lâché. Examinant l'inconnu de plus près, elle fut frappée malgré elle par la ressemblance entre les deux Zatbars. Ce Zell était seulement plus âgé que Zermhatt, il portait la grande robe blanche et rouge des hauts dignitaires, avec pourtant la même fierté presque hautaine dont Zermhatt faisait preuve, dans son uniforme noir et or. Le regard jaune, sévère, du Zatbar s'éclaira pourtant à la vue de Zermhatt.

— Mon fils ! s'exclama-t-il en Zaltrin. Nous t'avions cru mort ! Dans quel pétrin t'es-tu encore mis pour te retrouver ici ?

Zermhatt lui répondit de la même manière, avec le même ton, presque la même voix, ce qui exclut totalement Samantha de la conversation !

— J'ai retrouvé une navette volée et son occupante, Père.

D'un simple froncement de sourcil, le Seigneur Zell rejeta l'explication :

— Ceci est l'affaire de la police, pas la tienne.

Certainement habitué aux manières dédaigneuses de son père, Zermhatt ne se démonta pas et poursuivit :

— Je souhaite, en réalité vous présenter une requête en sa faveur, qu'elle soit évacuée hors planète et qu'elle regagne la Terre.

— Évacuée sur Terra ! ! Rien que cela ! Pour une esclave en fuite et une voleuse !

— Elle m'a sauvé la vie, Père. Sans elle, je ne serais plus là ! le coupa abruptement Zermhatt.

— C'est elle ? questionna sèchement le Seigneur Zemam, en désignant la jeune Terrienne qui assistait à leur dialogue, sans comprendre.

— Oui, c'est elle, Samantha, acquiesça Zermhatt avec un sourire rassurant envers la jeune fille.

— Hum, oui, jolie, même très jolie, pour une Terrienne, fit son père en détaillant Samantha de la tête aux pieds, avec une moue dédaigneuse, avant d'ajouter : Mais de là à justifier une évacuation ! De toute façon son sort a été arrêté par le haut comité ; elle a été jugée récalcitrante, elle sera donc déportée sur une planète coloniale. Rien ne pourra changer son sort, jeta le noble Zatbar d'un ton sec comme un couperet.

Zermhatt blêmit, autant qu'un Zatbar puisse le faire :

— C'est impossible, Père. Vous pouvez faire quelque chose ? Il le faut !

— Non, même si je le souhaitais son sort est tranché.

Zermhatt, furieux, serra les poings, puis jeta d'un ton péremptoire, sa décision était prise :

— Alors soit, j'irai avec elle !

Son père sursauta, mais Zermhatt ne lui laissa pas le temps de réagir, il poursuivit :

— J'ai fait le Serment du Kerzack pour elle, fit-il tout en montrant la paume de sa main gauche, barrée par une fine balafre rose pâle, presque nacrée.

— Le Kerzack ! Pour une femelle ! Et une Terrienne encore ! Tu as perdu la tête et la raison mon fils !

— Elle m'a sauvé Père…

Le vieillard parut réfléchir puis s'exclama :

— Ce Serment n'est pas valide, un Zell ne peut prononcer le Kerzack, le plus sacré de tous nos Serments, qu'avec un autre Zell… Surtout pas avec un être d'une Race Inférieure !

Zermhatt, furieux, se redressa, crispant les mâchoires d'une colère contenue :

— J'ai engagé mon honneur et ma conscience, comme vous-même me l'avez enseigné ! Et je ne m'y soustrairai pas !

Puis il pressa le bouton de l'holophone et coupa brutalement la communication.

Il se tourna ensuite vers Samantha. Se forçant à sourire, il lança :

— Tout va bien ! L'administration nous paye des vacances d'une durée illimitée sur une charmante planète inexplorée !

Puis il lui exposa la situation plus en détail.

Chapitre 10

Ils furent rapidement transportés en navette blindée vers un lieu de regroupement, similaire à celui qu'avait connu Samantha, à son arrivée sur Zatbara.

Les mêmes couloirs à la lumière crue, les mêmes gardes Bartzangas aux mines patibulaires. Samantha s'accrochait à Zermhatt, trottant à ses côtés, essayant de suivre ses amples enjambées, sous l'œil impassible des gardes, qui n'osaient pourtant pas brandir leurs fouets électriques sur le Zell en uniforme noir.

Les mêmes couloirs, les mêmes étapes, les mêmes épreuves… Ce semblable couloir où ils furent contraints de passer un à un, Samantha à quelques pas en retrait de Zermhatt, n'avançant pourtant, qu'avec le regard rivé sur la haute silhouette noire qui la précédait. Elle se savait observée, aussi ne tourna-t-elle la tête ni à droite ni à gauche.

Puis vint la salle où ils durent se dévêtir. Rouge de confusion, elle dut néanmoins se résoudre à faire glisser les fines bretelles de sa minuscule robe blanche. Son compagnon, lui, avait déjà enlevé son uniforme de Seigneur de Guerre et, très à l'aise dans sa nudité, l'attendait patiemment.

Avant même de pouvoir s'autocensurer, elle resta presque saisie d'admiration devant sa splendide plastique aux muscles longs, jouant souplement sous sa peau argentée ; débarrassé de tout artifice vestimentaire, il n'en ressemblait que plus à un fauve dont il avait déjà le regard doré. Il avait cette démarche souple, assurée, cette nonchalance féline qui était un contraste presque frappant avec sa gigantesque silhouette toute en force et en fougue.

Elle s'efforça de détourner son regard du spectacle qu'il lui offrait. Presque machinalement elle finit de se déshabiller. Puis elle le suivit, hypnotisée, afin de passer à l'étape suivante, celle des douches.

Elle se glissa sous l'eau qui se mit aussitôt à couler, tiède et délicieuse sur sa peau ; elle soupira, ferma les yeux essayant d'oublier un instant où elle était, et surtout avec qui. Elle essaya de repousser le plus loin possible les idées et les pensées qui se bousculaient dans sa tête sur lesquelles elle n'avait aucun contrôle. Pourtant, même les paupières closes, la silhouette de Zermhatt dansait devant ses yeux.

Tout à coup, elle sentit deux mains se poser sur ses épaules ; elle sursauta, effrayée, quand elle entendit la voix rauque de Zermhatt murmurer à son oreille :

— Chut, n'aie pas peur ma jolie Terrienne… Lentement avec une étonnante douceur, il se mit à lui masser les épaules et la nuque en un massage qui était presque une caresse.

— Là, laisse-toi aller, détends-toi… C'est ton ultime douche avant bien longtemps, alors savoure-la !

Elle ferma à nouveau les yeux et se laissa faire, docile. Elle sentait son torse musclé et percevait son souffle dans son dos, elle était bien. Sous la tendre pression de ses mains elle s'amollissait tout entière, s'appuyant contre lui confiante et offerte.

Lentement, par degré, ses mains partirent plus avant dans leur lente exploration, prenant peu à peu possession de ses seins délicats. Avec un frisson de plaisir, elle sentit ses lèvres errer doucement sur sa nuque, dans le creux délicat de son cou. Elle réprima un gémissement, désir et impatience mêlés.

— S'il n'y avait pas ces stupides gardes Bartzangas, je te ferais l'amour, là, tout de suite. Tu es si belle… Ta peau est si douce…

Lascivement pressée contre lui, elle chuchota d'un ton espiègle :

— Je croyais que les Seigneurs de Guerre ne s'abaissaient pas au viol…

Il éclata de rire. D'une seule main, il la fit pivoter afin qu'elle lui fît face. Il plongea ses yeux dorés dans les siens, si bleus, et s'y perdit quelques instants, puis il répondit d'une voix sourde, englobant son visage de ses mains gigantesques :

— Cela n'en serait pas un, tu le sais parfaitement…

Alors il posa sa bouche sur la sienne, savourant enfin le goût sucré de ses lèvres. Samantha répondit presque violemment à son baiser, le cœur et le corps bouillonnant d'une fièvre qu'elle ne maîtrisait pas.

Soudain, il releva brutalement la tête, tous ses sens en alerte, sur le qui-vive ; Samantha alarmée, murmura :

— Que se passe-t-il ? Qu'est-ce qu'il y a ?

Sans répondre, il lui saisit la main et l'entraîna dans le couloir, où de l'air chaud vivement propulsé les sécha très vite.

— Les gardes Bartzangas ! J'ai entendu le bruit de leurs électro-fouets, expliqua-t-il, la tenant toujours par la main, il ajouta dans un sourire : ils n'ont pas dû apprécier notre manière de nous doucher !

Elle rit sans bruit, murmurant d'une petite voix, mille et une étoiles dansant dans son regard clair :

— Dommage, car moi j'ai beaucoup aimé…

Plus loin, un garde peu amène leur distribua leur tenue : une combinaison beige kaki aux multiples poches ainsi que de grosses chaussures de marche, pour la jeune Terrienne ; quant à Zermhatt il récupéra tout simplement son uniforme noir et ses bottes. Sans doute n'y avait-il pas en magasin de combinaison de colon assez grande pour y caser un Zell !

Une fois habillés, ils furent poussés dans d'autres couloirs, puis propulsés dans une cour à ciel ouvert, encadrée par des murs surmontés par un fil à haut voltage. Là, dans cet espace clos, plus d'une centaine d'êtres humains et quelques Kerness, étaient parqués. Certains se tenaient debout, d'autres assis à même le sol, tous attendant la suite du programme, à la fois impatients et effrayés.

L'arrivée impromptue du Zatbar, ses mains enlacées à celles d'une jeune Terrienne, fit sensation ; toutes les têtes se tournèrent vers eux, les dévisageant avec une curiosité hostile.

Zermhatt entraîna Samantha à l'écart, près du mur d'enceinte, contre lequel il s'adossa, jaugeant la foule de son regard froid.

Samantha, fatiguée par toutes ces tribulations, s'assit par terre, sur le sol recouvert d'un revêtement rugueux, ressemblant vaguement à de l'asphalte. Le dos appuyé contre le mur lisse, elle soupira, songeant à ce qui allait se passer à présent : qu'allaient-ils devenir ? Elle ferma les yeux quelques secondes, tout à coup si lasse, presque découragée.

— Eh toi, là, connard ! Ouais, c'est à toi que je cause !

Samantha sursauta, ouvrit précipitamment les yeux afin de découvrir une dizaine d'hommes assemblés en demi-cercle, à quelques pas d'eux, les poings serrés, l'invective à la bouche, poussés par une haine qui déformait leurs traits et qui lui fit peur.

Inquiète, elle leva la tête vers Zermhatt. Il leur faisait face, la mâchoire crispée. Sans quitter les

Terriens du regard, il tendit la main à la jeune fille, l'aidant à se relever.

— Il a même sa putain privée, ce salaud !

— Toi, ma p'tite ça va être ta fête…, ricana un autre avec un mauvais sourire, aussi obscène qu'explicite.

— On va d'abord s'occuper du Zatbar, ça fait trop longtemps que je rêve de faire bouffer mon poing à l'un d'eux ! le coupa un autre en s'approchant d'un pas.

Le sang de Samantha ne fit qu'un tour. Impulsivement, elle se jeta entre les deux partis en s'écriant, furieuse :

— Vous êtes malades, les gars ! Nous sommes tous dans la même galère ! Vous parlez français, alors sans doute êtes-vous Français, comme moi ! Nous sommes donc compatriotes ! Nous devrions nous serrer les coudes, nous battre n'apportera rien !

— Nous n'avons rien contre toi, jeune fille, répliqua aussitôt l'homme d'une trentaine d'années, qui s'était le plus avancé. C'est contre lui, alors écarte-toi !

Samantha secoua la tête :

— C'est idiot, réfléchis ! S'il est là, avec nous, c'est bien qu'il y a une raison, non ?

— On s'en fiche, nous ! s'exclama un autre avec malveillance, s'approchant lui aussi, le cercle se resserrant inexorablement.

D'une main ferme, Zermhatt écarta Samantha et la plaça derrière lui, sans même prêter attention à ses récriminations !

— Vous voulez-vous battre ? C'est bien. À dix contre un c'est courageux, mais cela ne me dérange pas ! les apostropha-t-il d'une voix dure, ironique.

Fermement campé sur ses interminables jambes, il était prêt au combat. Il ne se leurrait pas, une dizaine de Terriens agressifs et vindicatifs, c'était beaucoup, même pour lui, même pour un Zell rompu à toutes les formes de combats. Pourtant, la pensée de voir Samantha aux mains de ces brutes le galvanisa. La meilleure des défenses étant encore l'attaque, il se jeta en avant avec une vitesse foudroyante. Il fondit, rapide et souple, sur celui qu'il pensa être le meneur du groupe. Il l'abattit d'un seul coup de poing en pleine figure ; d'un coup de pied il en assommait un autre pendant que, dans le même mouvement, il se saisissait de deux autres humains qu'il propulsa violemment l'un contre l'autre. Tout cela ne dura que le temps d'un battement de cils, l'attaque ayant été si violente et si rapide que les autres Terriens, stupéfaits, n'eurent même pas le temps de bouger !

Revenant de leur surprise, certains, voyant leurs amis à terre, le visage en sang, jugèrent plus prudent de s'enfuir ; d'autres foncèrent sus au grand Zatbar, jouant le tout pour le tout. Ce dernier effectua alors un superbe roulé-boulé, prenant une fois de plus les hommes de court ; il se redressa aux pieds de Samantha qui considérait la scène avec ébahissement.

Lui prenant la main, il l'entraîna en courant à l'autre bout de la cour.

Quelques instants plus tard, une escouade de gardes Bartzanga dispersait le groupe à l'aide des électro-fouets : chez les Zatbars l'ordre et la rigueur étaient primordiaux ! Bientôt, toute velléité agressive de la part des humains fut pour un moment oubliée au profit d'une petite reconstruction personnelle afin d'épancher des plaies ou de masser les endroits douloureusement touchés par les fouets électriques !

Accrochée au bras de Zermhatt, Samantha, essoufflée, murmura :

— Tu le savais que les gardes allaient arriver, n'est-ce pas ?

Zermhatt se contenta de lui sourire. Subitement il était inquiet, cette décision qu'il avait prise comme une bravade face à son père, n'était-ce pas pure folie ?

Les yeux si bleus, si tendres de la jeune fille croisèrent alors les siens, il la serra un peu plus fort contre lui, rasséréné. Non, décidément, pour un tel regard, il était prêt à aller jusqu'au bout du monde… Où d'ailleurs ils n'allaient pas tarder à être expédiés tous les deux ! Il le savait, l'aventure les attendait.

Chapitre 11

Samantha s'éveilla la tête bourdonnante, la bouche sèche, ses idées se mettant laborieusement en place. Elle était allongée sur un tapis odorant d'herbe fraîche, parsemé d'une multitude de fleurettes.

Lorsqu'elle ouvrit les paupières, elle aperçut un ciel bleu, limpide, où quelques nuages, gros cumulus blancs, avançaient paresseusement dans un moutonnement paisible et rassurant. Elle cligna des yeux dans la vive luminosité, assaillie par les images d'un rêve étrange qu'elle avait fait durant sa sieste. Elle sourit, goûtant un bonheur tout animal : douceur de l'herbe sous ses mains, tiédeur tranquille du soleil sur sa peau. Elle s'étira en bâillant, ne pouvant chasser de son esprit ces images d'un réalisme presque obsédant. Puis elle ouvrit les yeux, son cœur se mit alors à battre furieusement. Là-bas, à l'horizon ce n'était pas un soleil, mais deux qui se levaient dans cette aube paisible…

Elle s'assit, se frottant les yeux comme pour mieux y voir ou peut-être tenter de rétablir une plus probable réalité. Pourtant, lorsqu'elle regarda à nouveau, les deux soleils étaient toujours là : l'un énorme pulsant d'un jaune rayonnant, vif, rassurant de normalité, cependant que l'autre vibrait incongrûment d'un vert intense, aussi profond qu'une pierre précieuse. Quelle était cette planète ? Où était-elle ? Pendant un si court instant elle avait cru… Elle s'était imaginé qu'elle était sur Terre et que rien n'avait existé, que tout cela n'avait été qu'un rêve…

Bouleversée, agitée d'émotions aussi contradictoires que violentes, elle tourna la tête, regardant instinctivement autour d'elle, recherchant alors la présence rassurante d'une haute silhouette sombre. Elle aperçut, allongés pêle-mêle dans l'herbe, tout comme elle d'ailleurs, une bonne centaine d'êtres humains et Kerness mélangés. Ils avaient tous été posés là par les Zatbars, à même le sol, tels de vulgaires colis, à la suite d'un long voyage intergalactique dont nul ne se rappelait rien.

Ils étaient dans une vallée, au creux d'une douce prairie d'herbes folles, entourée d'un côté par une forêt peu dense qui grimpait à l'assaut de collines vallonnées et de l'autre par une rivière dont ils percevaient le clapotis cristallin, bien que, dissimulée par quelques arbustes et buissons verdoyants, ils ne pouvaient qu'en deviner la présence.

Elle s'étira une fois encore, le corps moulu et courbaturé après ce voyage en léthargie, la tête lui tournait et elle avait soif.

D'une démarche peu assurée, elle se dirigea vers la rivière toute proche, écartant les broussailles qui foisonnaient sur les berges ; elle s'approcha de l'eau où déjà quelques Terriens se désaltéraient.

Certains murmurèrent de vagues salutations à son arrivée, seule une jeune femme aux longs cheveux bruns et aux incroyables yeux verts vint vers elle à sa rencontre.

— Bonjour, je m'appelle June, dit-elle avec un sourire dans un anglais au fort accent américain.

— My name is Samantha, répondit la jeune française, tout en déplorant sa regrettable prononciation !

Les langues n'avaient jamais été, hélas, son point fort !

— Je suis française, et toi ? ajouta-t-elle en anglais.

— Oh, je suis Américaine. Tu dois avoir soif, viens l'eau est plus claire par ici, répondit June, en entraînant la jeune française à quelques pas en amont, où effectivement l'eau coulait, vive et limpide.

Samantha s'agenouilla puis, prenant de l'eau dans le creux de ses mains, elle but avidement le liquide cristallin. Elle avait l'impression de n'avoir jamais goûté quelque chose d'aussi désaltérant ! L'eau serpentait mollement sur un lit de gros galets et Samantha pouvait même apercevoir quelques poissons aux couleurs éclatantes, nageant paisiblement entre les rochers.

— Quel monde étrange, murmura la jeune Américaine, nous pourrions nous croire chez nous, n'est-ce pas ?

Samantha approuva d'un hochement de tête, lorsque soudain son attention fut attirée par de violents éclats de voix, provenant du champ où ils avaient été débarqués.

D'un bond elle se leva et s'élança en courant vers l'endroit d'où provenait le bruit de l'altercation. Entre mille autres, elle aurait reconnu la voix de Zermhatt.

— Mais où vas-tu ? s'exclama sa nouvelle amie, stupéfaite.

— Pas le temps de t'expliquer ! s'écria Samantha sans même ralentir.

Repoussant les arbustes, elle galopa à travers les hautes herbes, contournant les corps allongés : ceux qui n'étaient pas encore sortis de leur léthargie.

À plusieurs dizaines de mètres de là, la colossale silhouette de Zermhatt, tout en noir, ses courts cheveux gris brillant au soleil, se dressait, contraste étonnant de taille, de carrure et de teinte, face à un attroupement d'êtres humains. Tout à côté, plusieurs caisses, volumineuses, étaient sommairement entassées.

— Et moi, je dis que si je veux trois couteaux je les prends ! brailla une voix masculine, approuvée par plusieurs autres.

— Ouais et c'est pas ce Zatbar qui va nous en empêcher, hein les gars ? cria un autre en brandissant un long couteau de chasse à la lame effilée.

Tout en s'approchant, Samantha comprit enfin la raison de l'altercation : en partant, les Zatbars leur avaient laissé différents objets, couteaux, rations de survies et couvertures, le tout réuni dans ces quelques caisses. Certains humains, réveillés avant les autres, semblaient vouloir s'approprier l'ensemble de leur maigre bien. Zermhatt, campé devant ces mêmes caisses, paraissait avoir une toute autre conception de la répartition !

En jouant des coudes, Samantha se propulsa au premier rang, s'écriant d'une voix qu'elle voulut ferme et posée :

— Il a raison !

Tous les regards vindicatifs se tournèrent, étonnés, vers elle, si frêle, si jolie et pourtant semblant si sûre d'elle.

— Voyons Messieurs ! Réfléchissez ! Qu'allez-vous faire avec trois ou quatre coutelas ? Les tenir avec les orteils ?

Zermhatt lui lança un rapide coup d'œil, soulagé de la voir saine et sauve, soulagé de son intervention, heureux qu'elle ait pris son parti.

Tout à coup, un mouvement se fit juste derrière elle. Repoussant la foule qui leur barrait la route, trois hommes de haute taille, dont la démarche martiale et la carrure trahissaient d'anciens militaires, se placèrent de part et d'autre de Samantha. Le plus âgé des trois s'avança d'un pas, les poings sur les hanches, sa voix tonna rudement :

— Alors les gars, c'est quoi ce bordel ? Vous ne croyez pas que nous avons assez d'ennuis comme ça ? Non ? Alors c'est pas la peine d'en rajouter ! Le Zatbar et la fille ont raison ! Un couteau par personne, une couverture et deux rations. Andhy, tu t'occupes de distribuer les couteaux ; Steve, tu gères les rations et les couvertures.

L'homme paraissant le plus agressif du petit groupe des contestataires s'approcha, furieux, du militaire tout en le menaçant de son couteau de chasse.

— Qui tu es, toi ? Tu crois que tu vas faire la loi par ici ? Alors là, crois-moi tu te goures !

En réalité, il n'eut même pas le temps d'esquisser un seul mouvement, déjà l'ancien soldat l'avait désarmé d'un violent coup sur la main, puis s'était emparé du solide coutelas dont il plaqua la lame sous la gorge de son adversaire ! Ce dernier perdit toute sa superbe, roula des yeux hagards, blême de peur.

— Je suis Joe McCormic, sergent instructeur chez les Marines depuis plus de dix-sept ans, alors c'est pas des marioles dans ton genre qui vont me gâcher ma journée !

D'une brusque bourrade, il le repoussa en arrière. L'homme tomba brutalement sur le sol. McCormic grimpa souplement sur la pile de caisses et, portant deux doigts à sa bouche, il poussa un sifflement si formidable qu'il fit sursauter tout le monde ! Certain d'avoir toute l'attention voulue, il s'exclama d'une voix de stentor :

— Écoutez tous ! Nous avons une chance, elle ne se présentera pas deux fois ! Les Zatbars nous ont offert notre liberté ! Et foi de Joe McCormic, je ne laisserai personne m'en priver à nouveau ! Nous avons maintenant un monde, pour nous. À nous d'en faire quelque chose. Pour cela nous n'avons que ces couteaux, nos mains et notre volonté. Il nous faudra tout inventer. Nous y arriverons, mais pour cela il nous faudra rester soudés, il n'y aura pas de chacun pour soi, nous sommes tous logés à la même enseigne : les humains, les Kerness et même le Zatbar ! Alors ceux qui sont réveillés iront aider les autres, puis Andhy et Steve vous distribueront équitablement ce que nous avons. Que ceux qui ne sont pas d'accord le disent et partent tout de suite, nous n'avons besoin ni de fauteurs de troubles ni d'inutiles… Alors exécution !

Puis avec une remarquable souplesse, il sauta à terre.

Zermhatt, le prenant par l'épaule, l'interpella.

— Il faut que je te parle, chef McCormic.

Le Marines, d'un brusque mouvement, se dégagea, lâchant entre ses dents :

— Ne me touche pas, Zatbar ! Même si j'ai pris ton parti, je ne suis pas ton ami ! C'est à cause de toi que je suis sur cette planète pourrie alors ne t'avise jamais de recommencer !

Zermhatt serra les dents, crispa les poings, il s'avança sur le sergent à le toucher, le dominant de toute sa taille hors du commun :

— Je suis Zermhatt Zell Am Zemam, Seigneur de Guerre. Et si tu veux te battre, c'est tout de suite, le jour se lève, nous avons encore plusieurs heures devant nous…

Samantha, alarmée, s'approcha d'eux, ne sachant comment les séparer, comment désactiver le conflit ; quand soudain McCormic éclata de rire :

— Je ne te ferai pas ce plaisir ! Je t'ai vu te battre dans la cour, avant notre départ, je n'aurais guère de chance contre toi, n'est-ce pas ?

L'immense Zatbar se détendit imperceptiblement, et sourit :

— Je ne crois pas, même avec ce couteau…

Puis le sergent ajouta :

— Tu voulais me parler ? Pourquoi dis-tu qu'il nous reste encore quelques heures ?

— J'ai lu un rapport sur cette planète, hélas je ne me souviens que de quelques bribes…

— Tu as lu un rapport ? le coupa sèchement le sergent américain.

— Bien sûr, j'étais second commandant d'un vaisseau intergalactique ; je recevais donc de nombreux dossiers concernant des planètes inconnues, inexplorées. Celle-ci m'avait interpellé à cause de ses deux soleils, en particulier celui qui est vert. C'est très inhabituel. Je me rappelle que la rotation de cette planète sur elle-même, met trente heures, qu'il y a trois continents principaux, et deux saisons bien marquées. En fait je sais surtout qu'elle est viable pour l'installation d'une colonie, malgré les dangers évidents. Le premier qui nous guette, j'ignore pourtant ce qu'il en est… Tout ce que je sais c'est que lorsque les deux navettes d'explorations se sont posées sur un terrain similaire à celui-ci, ils ont été sauvagement attaqués sitôt la nuit tombée. Tous les gardes ont été tués, les corps n'ont pas été retrouvés. À la place, il n'y avait que des traces de fils ou de bave.

— À la nuit tombée, dis-tu ? Et le jour que se passa-t-il ?

— Étonnamment, il ne se passa rien durant la journée. Sans doute les survivants ont dû faire des prélèvements de ces substances, mais je n'ai pas eu les résultats entre les mains. Pour plus de sécurité, il faudrait réunir tout le monde et tenter de gagner les hauteurs avant la nuit. Nous y trouverons plus facilement un abri, qu'ici dans la plaine.

Le sergent approuva d'un hochement de tête. Inquiet, il fit activer la distribution ainsi que l'éveil des dernières personnes.

Ils étaient 126 au total, dont 11 Kerness et 1 Zatbar. Parmi les êtres humains, on pouvait dénombrer : 37 femmes et 4 enfants, on comptait aussi 6 morts, 2 blessés et 1 femme enceinte.

McCormic ordonna de dépouiller les morts afin de récupérer leurs combinaisons et leurs chaussures ; ces derniers n'en auraient plus jamais besoin tandis qu'eux-mêmes sauraient en faire bon usage. Ils enterrèrent les morts solennellement sous un arbre au tronc étrangement blanc nacré en une cérémonie rapide, mais d'une lourdeur émotionnelle pesante : chacun aurait pu être à la place de ces corps étendus-là, de ces inconnus dont personne à présent ne connaîtrait plus l'identité…

L'un des nouveaux colons fabriqua une grande croix à l'aide de deux branches soigneusement écorcées et liées ensemble. Ils la plantèrent devant la tombe fraîche, plus pour souligner l'endroit où reposaient maintenant leurs compagnons d'infortune que pour espérer la sympathie d'un dieu quelconque…

Avec les combinaisons, ils constituèrent trois brancards : deux longues branches glissées dans les jambes et ressortant par les manches formaient une peu orthodoxe, mais néanmoins solide civière.

Une jeune femme de trente ou trente-cinq ans prenait soin des blessés, qui ne souffraient heureusement que de fractures simples. Elle les avait réduites et immobilisées à l'aide de branches, constituant ainsi des attelles rudimentaires, mais efficaces.

Samantha apporta à boire aux blessés qui n'avaient pu encore se désaltérer. Elle conserva l'eau astucieusement dans une large feuille qu'elle avait recourbée en une sorte de récipient. Les deux blessés, âgés de vingt ou vingt-cinq ans, étaient assoiffés ; ils burent longuement, la récompensant d'un sourire radieux malgré leur lassitude.

— Merci pour eux, dit la jeune femme qui achevait de nouer un lien d'herbes tressées afin de maintenir une attelle.

— Oh ! Ce n'est rien ! s'exclama Samantha. Je m'appelle Samantha !

— Enchantée, moi, c'est Annie, Annie Martin. Je suis médecin. Enfin, j'étais gynécologue obstétricienne à Neuilly… Il y a… Des siècles je crois… Elle soupira, se releva en ajoutant : Alors évidemment les fractures ce n'est pas trop mon truc ! Enfin j'imagine que personne ne ferait mieux vu les conditions… En tout cas, toi au moins tu es ingénieuse ! fit-elle en désignant les feuilles humides que Samantha tenait entre ses mains.

— Oh, ça ? Ce n'est rien ! J'ai un léger avantage, car j'ai une petite expérience de la survie en milieu hostile !

Elles furent interrompues par un strident coup de sifflet, lancé par le sergent, qu'elles aperçurent à nouveau debout sur l'une des caisses renversées.

— Nous levons le camp dans 5 minutes ! Nous allons marcher vers ces collines que nous apercevons au sud-est, tonna McCormic tout en désignant la direction de son bras musclé.

— Chacun va se voir attribuer un coéquipier, ainsi chacun sera responsable de l'autre. Lors de notre marche, je ne veux voir personne s'écarter du groupe, chacun doit veiller sur l'autre et rester dans les rangs. Nous ne connaissons rien de ce monde, aucun des dangers de cette planète, donc un seul mot d'ordre : prudence. À présent que chacun trouve un compagnon de route, je viens vérifier.

Souplement, il sauta à terre et s'en fut organiser le départ, supervisant les paires ou attribuant d'office les indécis.

— Toi, avec Andhy ! fit d'autorité l'ancien sergent, en avisant le Zatbar.

Mais ce dernier secoua la tête en souriant :

— Non, moi j'ai déjà ma… moitié…

McCormic fronça les sourcils, considérant le Zatbar qui lui faisait face.

— Et qui ?

— Elle, bien sûr, la Terrienne aux cheveux dorés, lança Zermhatt d'une voix étrangement douce, en désignant Samantha qui s'avançait vers eux, Annie à ses côtés.

— Tu veux faire la route avec le Zatbar ? interrogea avec doute le vieil instructeur.

La jeune fille s'approcha du Zell, paraissant soudain encore plus petite à ses côtés. Presque sans y penser, Zermhatt posa l'une de ses mains sur son épaule la serrant doucement en un geste à la fois tendre et possessif. Samantha se coula naturellement contre lui, rassurée et heureuse de le sentir près d'elle, émue plus qu'elle n'osait se l'avouer par la chaleur de ses mains. Aussi ouvrit-elle de grands yeux ronds, étonnée par la question du sergent qui lui parut d'une incroyable incongruité !

— Mais oui, bien sûr !

— Tu vois, chef, c'est mieux de choisir, c'est plus…, souligna Zermhatt avec un large sourire, tout en cherchant ses mots.

— …démocratique ! poursuivit Samantha en finissant sa phrase.

Ils échangèrent un regard complice et Zermhatt ajouta en enlaçant la jeune fille :

— C'est ça : démocratique !

McCormic jura, levant les bras au ciel, et s'exclama :

— Si à présent même les Zatbars parlent de démocratie, c'est la fin ! Enfin, au moins je comprends pourquoi tes petits copains t'ont éjecté dans ce trou avec nous !

Chapitre 12

Finalement toute la petite troupe parvint à s'organiser, puis l'ordre du départ fut donné. Le Zatbar accompagné de Samantha, d'Oliis, un jeune Kerness à l'allure entreprenante ainsi que de Steve, l'un des Marines américains, partirent en éclaireurs afin de repérer la voie d'accès la plus praticable pour le reste du groupe et déceler aussi d'éventuels dangers.

Le gros de la troupe, McCormic en tête, avançait à un rythme plus lent à cause des blessés et des enfants.

Zermhatt, tous ses sens aux aguets, ouvrait la marche. Il tenait à la main un long pieu fait d'une solide branche, à laquelle il avait fixé un couteau de chasse. En travers de sa ceinture, il avait passé un autre coutelas. Ainsi armé, il se sentait un peu moins démuni, un peu plus rassuré. Derrière lui, venait Samantha, suivie par Oliis et enfin Steve qui s'était empressé de fabriquer le même style de lance que celle du Zatbar.

Toutes les deux heures, Zermhatt faisait signe de s'arrêter ; avec soulagement ils s'asseyaient quelques minutes, soufflant et regrettant silencieusement de ne pas avoir pu emporter d'eau.

Ils avaient chaud, ils avaient soif, pourtant seul Zermhatt et Oliis ne paraissaient pas en souffrir, du moins ne s'en plaignaient-ils pas.

Fréquemment, Zermhatt observait l'avancée des soleils dans le ciel, redoutant d'être surpris par la nuit en terrain découvert.

D'une manière d'abord insensible, le paysage changea, les larges étendues herbeuses se parsemèrent d'arbres, puis le sol se fit plus caillouteux : ils étaient enfin parvenus aux pieds des collines qui prenaient des teintes verdoyantes sous le feu de l'étrange soleil vert.

Ils firent une pause et en profitèrent pour grignoter la moitié de l'une de leur ration. Samantha, affamée, aurait bien volontiers tout englouti, mais il leur fallait être prévoyants. Alors, en dépit des protestations véhémentes de son estomac, elle replia sagement les dernières barres de ses rations et les rangea dans l'une des poches de son pantalon beige.

Oliis, le Kerness, ne cessait de goûter et brouter tout ce qui tombait sous l'une de ses fines et interminables mains, recrachant, suçotant, tout en roulant des yeux effarés !

Steve, étant le seul humain avec Samantha, tentait d'établir une sorte de complicité terrienne à laquelle la jeune fille n'était pas sensible : peut-être cela faisait-il déjà trop de temps qu'elle était séparée des siens.

Zermhatt, assis sur une pierre d'un gris presque similaire au gris si clair de sa peau, se tenait un peu à l'écart, mâchonnant vaguement un brin d'herbe afin de tromper sa faim, son regard jaune perdu au loin.

Samantha, sans faire le moindre bruit, se glissa derrière lui. Elle posa ses deux mains sur ses épaules, griffées à cause des broussailles qu'ils avaient traversées depuis le matin, et entreprit de lui faire un massage.

Le Zatbar, tiré de ses lointaines pensées, sursauta.

— Chut… Zermhatt, c'est moi ! Là, détends-toi, ça va aller…, chuchota-elle.

Zermhatt sourit imperceptiblement. Soudain, il oublia tout, sa faim terrible, sa soif grondante, sa fatigue, ses doutes et toutes ses peurs. Sous ses mains son cœur reprit courage, son corps retrouva sa force, subitement il fut tout à fait ragaillardi !

Dans un geste à la fois souple et vif, il se tourna et, passant son bras vigoureux autour de la taille de Samantha, il la cueillit avec autant de facilité qu'une simple fleur des champs, puis l'attira contre lui, sur l'un de ses genoux. Ils se noyèrent quelques instants dans le regard de l'autre, puis sourirent, complices, heureux.

Steve se détourna du couple enlacé, il fit semblant de ne rien voir, un brin choqué devant tant de tendre connivence. Il était un Zatbar et elle une Terrienne… Cette relation si intime qui transparaissait dans chacun de leurs gestes lui parut tout à coup si incongrue qu'elle en était presque contre-nature. Gêné, il fit mine de s'intéresser au vol tournoyant de grands oiseaux planeurs qui cerclaient, lents et majestueux, au-dessus de la vallée.

Oliis continuait à goûter, cracher et suçoter tout ce qui tombait sous l'une de ses quatre mains, imperturbable et concentré.

Sous l'œil étonné puis dégoûté de Samantha, il se baissa et goba une bestiole bizarre, ressemblant vaguement à une fourmi croisée avec un cafard, qui passait malencontreusement par-là. Il la mâchouilla quelques secondes puis la cracha brusquement en roulant de grands yeux sombres.

Samantha murmura à l'adresse de Zermhatt, avec une grimace de répulsion :

— Mais à quoi il joue, celui-là ? C'était sûr que cette bestiole était dégoûtante à manger, je l'ai vu d'ici ! Oh, c'est trop répugnant !

— Tu as tort ! Tu juges sur les apparences. Si nous parvenons à survivre sur cette planète, ce sera grâce aux Kerness, tu peux en être certaine.

La jeune fille le considéra sans comprendre. Zermhatt poursuivit :

— T'es-tu demandé pourquoi les Kerness ont été déposés ici avec des Terriens ? Mais aucune autre race ?

Samantha bafouilla vaguement :

— Je ne sais pas…

— C'est tout simplement parce que pour coloniser une planète, nous n'avons pas encore trouvé mieux que d'allier ces deux races. Les humains pour leur opiniâtreté, leur astuce et leur agressivité. Les Kerness pour leur incroyable capacité manuelle, mais surtout, surtout pour leur extraordinaire sens gustatif.

— Tu appelles ça avoir du goût que de croquer un coléoptère géant ?

Zermhatt éclata de rire :

— Non, certes pas, mais les Kerness sont le seul peuple que nous connaissons qui puisse reconnaître toutes les substances contenues dans n'importe quelle nourriture, végétale ou animale. Ainsi ils mâchent un fruit, une herbe, ou… une fourmi inconnue, et ils peuvent savoir aussitôt s'ils contiennent des substances nocives ou non ; pour eux-mêmes, mais aussi pour d'autres races d'humanoïdes pour peu qu'ils les aient fréquentées quelque temps. Le métabolisme des Kerness est très différent de celui des autres humanoïdes, pourtant ils arrivent à savoir ce qui peut convenir comme nourriture à des Terriens par exemple.

— Incroyable ! ne put que dire Samantha. Ainsi, Oliis, dont je me moquais, essaye en fait de trouver de la nourriture !

Le grand Zatbar hocha la tête, puis jeta un bref coup d'œil aux astres solaires, l'un d'un jaune puissant et lumineux, tandis que l'autre brillait d'un vert incroyablement profond. Ils étaient encore hauts dans le ciel, pourtant jugeant que la pause avait assez duré, il déplia son corps immense et se mit debout. Tendant une main à Samantha, il l'aida à se mettre sur pied.

— Allez, il est temps de reprendre la route !

Avant de partir, il prit soin de marquer leur passage par une petite pyramide de pierres, et quelques branches cassées. De toute manière les autres Kerness retrouveraient immanquablement la trace d'Oliis, grâce à leur odorat surdéveloppé.

Sans que rien ne soit dit, le Zatbar avait tout naturellement pris le commandement de leur petit groupe, aussi à la tête de leur troupe, ils entamèrent l'ascension des collines. La pente, très douce, était recouverte d'une herbe courte et odorante, parsemée de fleurettes délicates aux tendres couleurs pastel. Des arbres, plantés çà et là, élevaient leurs étranges troncs rugueux, tandis que leurs feuilles d'une teinte prune-violacée et d'une largeur stupéfiante, sans doute plus grandes que la main du Zatbar, se mouvaient avec nonchalance dans une infime brise.

Au fur et à mesure que la pente s'accentuait et que le sous-sol devenait de plus en plus rocheux, la végétation laissa place à des herbes plus hautes, jaune pâle, ressemblant à des graminées, ainsi qu'à des arbres rappelant étrangement des sapins. Du moins en avaient-ils la forme, les aiguilles et même la résine à l'odeur si caractéristique !

Tout en progressant, Samantha ne cessait de tout dévorer du regard : les paysages somptueux, l'air léger chargé d'odeurs inconnues, de pollen et d'arômes variés. Plus ils progressaient, plus la vue était impressionnante ; le cœur de Samantha ne cessait de battre fort, si fort, en proie à une émotion qu'elle essayait de canaliser. Tout cela ressemblait tellement à la Terre... C'était à peine croyable. Elle aperçut même un écureuil, où du moins un petit animal au pelage roux, qui bondit à leur approche, grimpa et disparut dans le faîte de l'arbre le plus proche. S'il n'y avait eu cet étrange soleil à l'éclat incongru, elle aurait juré faire une randonnée en Haute Provence !

Ils avançaient, fatigués, essayant néanmoins de conserver l'allure toujours aussi rapide imposée par le Zatbar.

Au bout de deux heures de cette marche forcée, mais, songeait la jeune fille, « comment pouvait-on évaluer une quelconque notion de temps sur cette planète où une journée durait trente heures ! » Enfin de toute manière, cela lui avait paru comme au moins deux heures !

Ils parvinrent enfin au sommet de la première colline. Le paysage était grandiose : ils avaient une vue presque totale sur 360 degrés, s'étendant aux quatre points cardinaux. Au sud, ils distinguèrent même une immense surface scintillante qui se déployait jusqu'à l'horizon, et sans doute bien au-delà.

— La mer ! La mer ! La mer ! s'exclama Oliis au comble de l'excitation.

Les Kerness, venant d'une planète où l'eau occupe plus de quatre-vingts pour cent de la surface, étaient presque aquatiques ! Du moins si habitués à vivre proche des océans qu'un Kerness loin de l'eau était un Kerness malheureux !

À l'opposé, plus au Nord, en prolongement des collines, s'étendait une chaîne de montagnes gigantesques dont les sommets se perdaient dans les nuages ; la vue perçante de Zermhatt lui permit néanmoins d'en apercevoir les pentes couvertes de neige.

— C'est génial ! s'écria Samantha d'un ton narquois. Nous pourrons faire les vacances d'été à la plage et l'hiver, à nous les pistes enneigées !

Steve éclata de rire, tandis que Zermhatt et Oliis considérèrent la jeune fille, puis Steve, sans bien comprendre leur hilarité.

Tout en bas dans la grande plaine herbeuse et peu boisée, ils aperçurent, s'avançant tel un convoi de fourmis, le restant du groupe d'humains et de Kerness mélangés.

— Allez continuons, ordonna Zermhatt en se mettant en route.

— Mais par où allons-nous maintenant ? questionna Samantha en balayant de sa main les paysages immenses qui s'étendaient tout autour d'eux.

— Au Nord, nous allons au Nord.

— Mais, pourquoi au Nord ? insista-t-elle sans bouger d'un seul pouce.

Le Zatbar se retourna en soupirant :

— Tu veux bien avancer et me faire confiance !

— Mais je te fais confiance Zermhatt ! Le problème n'est pas là ! C'est juste pour savoir ! poursuivit Samantha sans faire mine de bouger.

Zermhatt, dont la patience n'était pas la plus grande des vertus, prit une profonde inspiration et fit d'une voix trop calme :

— Je suppose que vers le nord, au vu de la configuration géologique et géographique du terrain, nous trouverons plus facilement un abri telle une grotte ou une profonde excavation. Là, tu es satisfaite ? Tu es prête à partir ou tu as d'autres débats à entamer ?

La jeune Terrienne lui décocha un éblouissant sourire et, faisant voler ses longs cheveux, elle s'élança d'un pas vif, tout en s'exclamant :

— Allez les gars, ça traîne tout ça !

Zermhatt leva les yeux au ciel et lui emboîta cependant aussitôt le pas.

Chapitre 13

Finalement, avec une chance incroyable, ils tombèrent assez rapidement sur ce qui leur parut comme un abri sûr.

Oliis, avantagé par ses quatre mains préhensiles, grimpa le premier. Une fois en haut, il leur fit signe de le suivre, leur assurant que l'ascension était tout ce qu'il y a de plus simple.

— Venez vite ! C'est bien ! Bien ! s'écria-t-il avec enthousiasme et excitation.

Ses trois compagnons d'aventure le rejoignirent bientôt, même si l'escalade ne fut pas aussi simple qu'annoncée ! Enfin ils furent tous réunis sur une vaste plate-forme constituée de plusieurs dalles de pierres plates, formant le seuil d'une monumentale caverne. Après avoir fouillé un petit moment parmi les éboulis rocheux, Zermhatt revint bientôt, apparemment très content. Il tenait deux cailloux d'aspect très quelconque dans une main, des branches et des feuilles mortes dans l'autre.

Il disposa savamment les feuilles et les brindilles, puis frottant vigoureusement les pierres l'un contre l'autre, il obtint assez vite une étincelle, puis deux puis une petite flamme qui grossit en s'alimentant des feuilles et des branchettes. Zermhatt releva la tête, un éclair de triomphe passant dans son regard doré. Il s'exclama de sa voix aux étranges inflexions, en s'adressant plus particulièrement à Samantha qui avait considéré tous ces préparatifs d'un air dubitatif :

— Alors ? Convaincue de notre supériorité ?

Elle haussa les épaules sous la moquerie et murmura :

— Pluff ! Facile ! T'as eu des cours de survie !

Néanmoins toute son attitude et l'éclat admiratif de ses yeux bleus démentaient ses propos sarcastiques.

Après avoir allumé le feu, Zermhatt fabriqua deux solides torches, il en donna une à Steve et garda l'autre ; prenant ensuite leurs robustes lances à la main, ils entrèrent dans la bouche obscure de l'aven. Zermhatt avait ordonné à Samantha et Oliis d'attendre patiemment leur retour. Bien sûr, Samantha était furieuse de ne pas les accompagner, mais le Zatbar resta inflexible. Bientôt, en compagnie du Marines, ils disparurent tous deux dans les ténèbres insondables.

Gentiment, Oliis tenta de distraire la jeune fille en lui montrant différentes plantes qu'il avait goûtées au préalable, celles qu'il jugeait nocives, certaines même toxiques, et d'autres qui lui paraissaient comestibles. Avec l'aide de Samantha, ils entreprirent de déterrer les racines des végétaux qui poussaient alentour. Le Kerness trouva certains pieds d'arbustes de la taille de gros tubercules qu'il découpa en petits morceaux avec son couteau de chasse, avant de gober les minuscules cubes blancs à grand renfort de grimaces et de roulements incongrus des yeux. Samantha, rongée d'inquiétude pour Zermhatt et Steve, ne put pourtant s'empêcher d'éclater de rire, à la vive satisfaction d'Oliis.

En fin de compte le Zatbar et le Terrien revinrent sains et saufs, ainsi que fort satisfaits de leur exploration. La grotte était profonde, se divisant en une première salle, très vaste, au fond de laquelle coulait une rivière souterraine, puis elle se scindait en une myriade de salles de plus en plus petites. Hormis quelques oiseaux minuscules au sombre plumage, nulle autre bête plus ou moins monstrueuse ne semblait y avoir élu domicile.

Samantha se précipita vers le Zatbar aussitôt qu'elle aperçut sa silhouette se découper sur la noirceur de l'antre, si heureuse de le revoir qu'elle sentait son cœur battre à tout rompre dans sa poitrine. Pourtant, une sorte de pudeur la freina dans son élan. À moins d'un pas de lui, elle ne put que murmurer, ses yeux clairs rivés dans les siens :

— Zermhatt, enfin ! J'ai eu peur…

Sans un mot, il l'attira contre lui, heureux de son désarroi, heureux de la sentir entre ses bras, heureux tout simplement de la retrouver. Pendant quelques instants, quelques heures, qu'importe, ils restèrent enlacés, en symbiose de cœur et d'esprit presque totale, puis, comme à regret, Zermhatt chuchota de sa voix gutturale :

— Il y a de l'eau là-bas…

Pendant que Samantha et Oliis étaient partis se désaltérer, Zermhatt et Steve de leur côté, allèrent chasser, se mettant en quête d'un gibier potentiel. Heureusement, les animaux abondaient dans ce coin de colline, en particulier une sorte de grosse marmotte à longues pattes, à moins que ce ne fût un lapin à petites oreilles rondes ? En tout état de cause une bestiole poilue de quatre ou cinq kilos, agréablement dodue, et vivant en communauté dans un réseau de terrier.

Très vite le Zatbar et l'ancien Marines revinrent victorieusement chargés d'une bonne demi-douzaine de lapins-marmottes.

Samantha et Oliis n'avaient, eux non plus, pas perdu leur temps, puisqu'ils avaient glané une importante quantité de bois sec qu'ils avaient entassée sur le parvis rocheux, devant l'entrée de la grotte.

Zermhatt alluma le feu qui, bientôt, s'éleva pétillant et joyeux, dans cette fin de journée. Ensuite, il entreprit de dépouiller et de vider le gibier, sous l'œil curieux de Steve et intéressé de Samantha qui, se rappelant ses cours de dissections, s'essaya même à cette tâche peu ragoûtante ! Elle constata ainsi que les bêtes étaient des mammifères, une sorte de gros rongeurs herbivores, offrant une certaine similitude avec des lapins, voire à des cochons d'Inde géants ! Zermhatt conserva soigneusement les dépouilles qu'Oliis alla placer bien à plat sur des rochers, à bonne distance du camp. Ils embrochèrent ensuite les pseudo-lapins et entreprirent de les faire rôtir, ce dont le Kerness se chargea à merveille, sérieusement aidé par sa paire de bras surnuméraire !

Samantha s'assit près du feu, ressentant toute la fatigue de cette longue journée, alliée à beaucoup d'émotions et de découvertes qui lui tombèrent telle une chape de plomb sur les épaules. C'est à peine si elle perçut une présence s'installant, sans bruit, à ses côtés et, lorsqu'une main l'attira contre une épaule accueillante, elle se laissa faire, se blottissant avec soulagement dans la tiédeur rassurante de ses bras.

Chapitre 14

Le lendemain fut un jour un peu particulier : il fallait s'organiser !

La veille, la colonne d'humains et Kerness était enfin parvenue à la grotte, ils avaient pu se restaurer grâce aux lapins-marmottes rôtis puis passer une nuit sinon confortable, du moins paisible.

Bien entendu, ce qui fut le plus étonnant, c'était qu'après un long repos de près de dix heures, les colons se réveillèrent avec… la nuit ! Le cycle circadien de trente heures leur ménageant d'interminables nuits d'une quinzaine d'heures, il leur faudrait, bon gré mal gré, s'y accoutumer.

Lorsque Samantha s'éveilla, cherchant à tâtons la présence de Zermhatt à ses côtés. Il n'était plus là, comme elle pouvait s'en douter, puisque son métabolisme se contentait d'un repos de seulement quatre ou cinq heures.

Elle s'étira en soupirant, repoussant la fine couverture donnée par les Zatbars. Elle se mit debout, le corps moulu d'avoir dormi à la dure, les muscles raides à cause de la longue marche forcée.

Elle enjamba sans bruit plusieurs corps endormis, et gagna l'entrée de la grotte.

Là, sur le parvis, sous la lueur des étoiles et de trois lunes inconnues, se tenaient quelques Terriens devisant paisiblement autour d'un feu aux flammes hautes et claires. Parmi eux, McCormic réfléchissait, donnait des ordres et tentait d'organiser leur chaos en installation de survie !

Sans bruit, Samantha s'approcha du petit groupe, cherchant Zermhatt du regard. Sans lui, elle se sentit soudain perdue, démunie, presque une étrangère parmi ses propres compatriotes.

Frissonnant dans la fraîcheur de la nuit, elle tendit les mains vers la chaleur du feu, sentant peu à peu sa bonne humeur s'envoler. Elle avait froid, son estomac gargouillait férocement et, plus que tout, elle cherchait vainement la haute silhouette du Zatbar.

Tout à coup une main lui frôla l'épaule, son cœur bondissant de joie et de soulagement confondus, elle se tourna vivement, un sourire illuminait déjà son visage lorsque, à la place du Zatbar, elle reconnut Steve, le jeune Marines qui les avait accompagnés la veille. Son sourire s'évanouit. Elle recula inconsciemment d'un pas, ses yeux bleus brillant à présent d'un éclat froid : il n'était pas celui qu'elle attendait. Steve en fut mortifié et atterré : comment une aussi jolie fille pouvait-elle préférer un Zatbar à un humain ? Il se raidit sous la rebuffade muette, mais dit pourtant d'un ton neutre :

— Bonjour, bien dormi ? Samantha… C'est bien Samantha, n'est-ce pas ?

La jeune fille hocha la tête, furieuse de sa méprise, furieuse contre elle-même, furieuse contre l'Américain qui pensait pouvoir se permettre de telles privautés, furieuse contre Zermhatt qui n'était pas là !

Steve poursuivit d'une voix qu'il voulait enjouée :

— Enfin, je dis bonjour, mais avec ces journées on ne sait pas trop !

Samantha se força à lui sourire, d'un sourire crispé, l'esprit préoccupé, ne cessant de jeter des coups d'œil alentour, cherchant Zermhatt du regard avec une anxiété croissante.

— Je crois que nous allons avoir pas mal de pain sur la planche, tu devrais aller voir le sergent McCormic, il t'exposera son plan, continua l'ancien soldat d'un même ton amical, faisant mine de ne pas remarquer l'air préoccupé de la jeune fille.

— D'accord, murmura Samantha d'un ton fort peu concerné.

Elle fit mine de s'avancer vers le vieux sergent qui se tenait assis devant un imposant rocher plat, près du feu crépitant ; son intention étant plus de se débarrasser de l'Américain que de s'intéresser aux projets de McCormic !

— Ah ! Au fait, s'exclama Steve, comme si tout à coup l'idée lui venait subitement. Si tu cherches le Zatbar, ne te fatigue pas, il est parti.

Samantha se tourna d'un seul bloc, considérant le Marines, une lueur affolée parcourant son regard bleu d'ordinaire si limpide :

— Parti ? balbutia-t-elle avec incompréhension.

McCormic, qui avait entendu leur bref échange, glapit de sa voix rude d'instructeur :

— Approche jeune fille ! J'ai envoyé le Zatbar en mission d'exploration, il nous faut impérativement savoir où nous nous trouvons et déterminer les ressources dont nous disposons. En parlant de ça, tu vas un peu me dire ce que tu faisais sur Terre, et quelles sont les capacités qui pourraient nous être utiles. Commence déjà par ton nom et ton âge !

Samantha, interloquée, considéra le sergent américain, qui saisit un large bloc de pierre sombre et une autre plus pâle, qui semblait lui servir de craie. Posées sur le rocher devant lui, s'élevaient déjà plusieurs piles de pierres toutes emplies de notes !

— Je t'écoute ! fit McCormic avec impatience.

— Je… Je m'appelle Samantha, je suis Française, j'ai 21 ans… Mais… Mais pourquoi avoir envoyé Zermhatt ? Il rentrera au lever du jour ? En fin de matinée ?

L'ancien militaire leva brusquement la tête de ses notes, répondant d'un ton abrupt et impatient :

— Zermhatt ? Ah oui, le Zatbar ! C'était lui le plus indiqué pour ce type de mission, il est parti avec Oliis le Kerness ainsi que quatre volontaires Terriens. Ils reviendront d'ici une huitaine de jours. Bon OK, on peut reprendre ? J'ai impérativement besoin de connaître toutes nos ressources humaines afin de nous organiser. Il faut que nous puissions gérer l'énergie de chacun, au mieux de ses capacités.

La jeune fille acquiesça, récitant machinalement son CV, abasourdie à l'idée que Zermhatt ait pu la laisser là, au camp, toute seule, et partir si longtemps sans même la prévenir !

Elle se sentait perdue sans lui. Elle avait si vite pris l'habitude de sa présence, jour après jour, qu'elle ressentait son absence comme un véritable abandon. Sa mauvaise humeur ne fit qu'augmenter, tandis qu'une sourde colère montait en elle, lui masquant ainsi sa peine et ses sentiments.

Sitôt son interrogatoire terminé, elle tourna les talons et s'éloigna en fulminant ! Ne sachant trop où aller, ses pas la portèrent presque naturellement dans la caverne où elle avait dormi.

Elle croisa la jeune gynécologue, Annie, qui parut heureuse de rencontrer un visage connu.

— Oh, Samantha ! Tu vas bien ? Tu as bien dormi ?

Puis, remarquant tout à coup le visage blême de la jeune fille, son regard traversé d'éclairs rageurs, elle posa la main sur son bras, demandant d'une voix douce :

— Ça va ? Tu as un problème ? Crois-tu que je puisse t'aider ?

Samantha secoua la tête, faisant voleter du même coup ses mèches blondes.

— Tout va bien, Annie…

— Hum… Veux-tu m'accompagner ? Je meurs de faim et de soif ! Pas toi ?

Toutes deux se dirigèrent alors vers le fond de la salle, où coulait une étroite source d'une eau pure et fraîche. Tout à côté un feu avait été allumé entre de grosses pierres ; une femme entre deux âges, aidée par plusieurs Kerness, s'ingéniait à cuire de fines tranches de viande sur les pierres plates.

Annie et Samantha s'approchèrent, affamées, salivant par avance en humant l'appétissant fumet qui se dégageait de la viande rôtie.

— Bonjour ! Nous sommes Samantha et Annie, dirent-elles en se présentant

— Salut, moi c'est Jeanne. Je suis la cuisinière en chef du restaurant de la grotte du Soleil Vert ! Je n'ai, pour le moment, pas un très vaste choix de menu, mais cela va s'améliorer, n'est ce pas Kina ? s'exclama-t-elle en s'adressant à une jeune et gracile Kerness, aux gestes doux et à la démarche étrangement aérienne.

Avec une dextérité toute Kerness, cette dernière saisit quelques morceaux d'une viande tendre et juteuse, qu'elle posa sur de grandes feuilles vertes.

— Tenez et bon appétit, dit-elle d'une voix mélodieuse, en leur tendant leur repas.

— Une feuille faisant une assiette, c'est une excellente idée ! remarqua Annie en s'asseyant un peu à l'écart, sur une concrétion rocheuse.

Samantha s'installa à ses côtés et, posant son assiette improvisée sur ses genoux, elle se saisit d'un morceau de viande. Elle se brûla les doigts, la bouche, mais n'en trouva pas moins cette nourriture délicieuse, ce qui cala un peu son estomac !

— C'est vraiment bon ! se récria Annie en soupirant de satisfaction, une fois son frugal repas avalé. Bon, je vais aller en porter à mes deux blessés, j'en profiterai pour vérifier leurs bandages. Au fait, tant que j'y pense, il faudra que tu viennes me voir en consultation.

Samantha la considéra avec étonnement, tout en se léchant les doigts, sans plus de manières !

— Moi ? Mais pourquoi ?

— Oh rassure-toi, c'est juste que je tiens à voir toutes les femmes afin de connaître chacune en particulier et savoir leurs problèmes majeurs. Tu comprends, avec un rythme circadien de trente heures, nos cycles risquent d'être perturbés. Je ne sais pas encore vraiment à quoi nous nous exposons… Le chef McCormic va m'installer un cabinet médical dans l'une des petites grottes. Passe me voir, d'accord ?

Samantha hocha la tête puis, laissant la jeune doctoresse à ses soucis médicaux, elle sortit de la caverne.

Elle se tint un peu en retrait de la foule humaine et Kerness qui se réchauffait autour du feu, en commentant leur situation sur cette planète. Elle se dirigea jusqu'au bord du parvis de pierre et s'assit là, les jambes pendantes, respirant avec bonheur l'air vif de cette première nuit, sur ce monde inconnu.

Elle ressentait tout avec une acuité tellement particulière, qu'elle n'aurait pu partager ses perceptions avec aucun humain, seul Zermhatt aurait compris… Peut-être même ressentait-il la même émotion en considérant ces étoiles étranges et ces trois lunes, rose, blanche et jaune, presque irréelles dans cette nuit qui paraissait sans fin.

Songer à nouveau à Zermhatt lui étreignit le cœur d'une poigne glacée, sa colère était tombée, seule sa peine, sa solitude et son inquiétude demeuraient.

Elle scruta les ténèbres : « où es-tu satané Zatbar ? », s'imaginant mille dangers qu'il pourrait avoir à affronter, sans elle, tremblante à l'idée de ne pas pouvoir l'aider.

Elle secoua la tête, essayant de le chasser de ses pensées, mais en vain. Son image, obsédante, la poursuivait sans cesse. Elle se remémorait l'éclat doré si particulier de son regard, la pureté de ses traits, sa voix aux inflexions rudes, mais qu'il savait rendre si tendre, si douce, qu'elle lui semblait une caresse…

Elle demeura longtemps le regard perdu dans la profondeur de la nuit, qui se diluait peu à peu. L'horizon s'éclaircit, tandis que le soleil vert, le premier de cette première aube sur cette planète, se levait enfin.

C'était un lever de soleil fabuleux qui laissa Samantha pétrifiée. En effet, c'était une aube verte qui se levait, non pas rose ou rouge, mais bel et bien verte ! D'un somptueux émeraude aux mêmes riches reflets que cette pierre précieuse.

Les ténèbres, devant tant de magnificence, refluèrent, puis vint enfin le grand et puissant soleil jaune, aussi semblable à celui de la Terre qu'un frère jumeau. Toute la journée, il tenterait de rattraper le petit soleil à la couleur inusitée, sans jamais y parvenir.

Dardant ses puissants rayons, il chassa la fraîcheur nocturne ; les animaux s'éveillaient, la nature reprenait vie, tout à coup.

Samantha, bouche bée, n'avait rien perdu du spectacle ; elle se sentit alors ragaillardie, comme si la beauté quasi magique de cette aube avait purifié son cœur. Elle se sentait à nouveau forte, même si Zermhatt lui manquait de manière si aiguë. Alors elle se leva et se dirigea droit vers McCormic. Il n'y avait aucun doute là-dessus, le sergent saurait bien lui trouver une distraction utile et sans nul doute passionnante !

Chapitre 15

La semaine passa en fin de compte très vite : il y avait tant à faire, tout à faire. Il leur fallait tout réinventer sur cette planète sauvage et neuve.

Il fallait tout réapprendre, tout redécouvrir, la moindre chose semblait un problème insoluble. Heureusement, McCormic avait pris les choses en mains. Grâce à son charisme et à son sens de l'organisation, leur petite bande inorganisée devint très bientôt un vrai groupe, uni, tendu vers un seul but, où chacun tentait d'apporter coopération, imagination et labeur acharné.

Bien sûr, tout n'était pas idyllique ! Certains contestaient l'autorité de l'Américain ou bien essayaient de se soustraire aux corvées. Cependant, c'était une si faible proportion, un petit groupe d'à peine cinq ou six individus, que cela ne sapait pas le moral et le courage des autres.

Il y eut de nombreux incidents, d'habituels ratages, mais globalement à la fin de cette première semaine, le bilan était extrêmement positif.

Chacun avait plus ou moins trouvé sa place, s'habituant plutôt mieux que prévu aux longues journées, ainsi qu'aux nuits interminables.

Samantha avait un peu de mal à s'intégrer à cette société. Elle avait parfois quelques difficultés à se sentir à l'aise avec ses semblables, aussi restait-elle sans cesse sur le qui-vive. Elle s'était néanmoins fait quelques amies dont Annie, la jeune gynécologue, et surtout June qui, plus proche d'elle par l'âge, l'était aussi par les préoccupations.

D'un commun accord, elles avaient décidé de travailler ensemble à un projet bien défini qu'elles espéraient mener à terme le jour même et le remettre cérémonieusement à McCormic après le repas du soir.

June avait suivi sur Terre des études de chimie et vouait une vraie passion à la papeterie, c'est pourquoi, presque naturellement elle avait voulu se lancer dans l'aventure de la redécouverte du papier. Samantha, dont les maigres connaissances vétérinaires n'étaient pas exploitables pour le moment, proposa son aide à son amie. Toutes deux partirent en de multiples glanages, parfois loin du camp, accompagnées dans ces cas-là par Steve, qui se portait toujours volontaire afin de protéger Samantha. La compagnie du jeune soldat ne lui déplaisait pas, mais elle le savait, Steve arrivait trop tard, son cœur était déjà pris : celui qui l'occupait prenait toute la place !

Elle en avait bien conscience, elle ne pouvait plus se cacher la vérité. L'absence jointe à la mortelle inquiétude qu'elle éprouvait, ses nuits froides et vides hors de l'abri de ses bras, ces nuits longues, si longues où le sommeil la narguait, où ses pensées s'entrechoquaient entre des rêves fous, des peurs atroces et des souvenirs si vifs.

Elle ne cessait de penser à lui, son cœur n'était plus que glace, inquiétude, brûlure et passion…

Aussi travailler à l'écart du groupe, de l'agitation, de l'hostilité ouverte de la part de ceux qui l'avaient aperçue en compagnie du Zatbar, de l'inimitié déclarée de quelques femmes, cela lui paraissait comme un véritable soulagement.

La compagnie de la jeune amérindienne était agréable, elle était vive, drôle, enjouée et, surtout, elle ne lui posait aucune question sur Zermhatt.

Au bout de plusieurs jours de recherche active, elles avaient fini par trouver une sorte de gros roseau qui poussait dans une petite mare, nichée sur le versant opposé de la colline. Ce roseau, une fois découpé, écrasé, puis cuit et malaxé en une pâte fluide, avait la consistance idéale de la pâte à papier.

Cette pâte, ensuite étalée sur de grandes roches plates, qui constituaient presque l'essentiel de la colline, puis laissée tout bonnement sécher au soleil, donnait en fin de compte, un papier jaune, certes un peu épais, mais tout à fait présentable au vu des moyens disponibles.

Samantha et June avaient ainsi constitué une très grande quantité de feuilles qu'elles coupaient soigneusement, toutes au même gabarit, et qu'elles mettaient de côté afin d'en faire un stock. Puis, fortes de leurs résultats, elles s'étaient mises à la réalisation de carnets dont elles avaient cousu les feuilles avec une épine et de longs crins d'animaux trouvés par Steve, sur les arbres environnants.

Par cette belle fin d'après-midi, Samantha travaillait seule. June était restée au camp afin de surveiller la cuisson de la pâte à papier, opération délicate, car il fallait tourner sans discontinuer, jusqu'à l'obtention d'une pâte crémeuse et élastique.

Samantha se trouvait donc seule près de la mare, à genoux sur une dalle de pierre plate. Elle fredonnait doucement une vieille chanson française, en s'appliquant à couper au bon gabarit, l'ensemble des feuilles d'un carnet qu'elle venait tout juste de finir.

Elle aimait se retrouver ainsi, enfin seule avec elle-même et ses pensées, loin du bruit et de l'agitation du camp. Elle aimait à présent cette nature paisible, le « trilili » strident d'un couple d'oiseaux à l'étonnant plumage orange, qui nichait dans l'un des arbres, un peu en contrebas. Elle aimait le bruit discret des petits insectes, le grincement de grillons étranges, mais surtout la musique mélodieuse des papillons d'or qui produisaient un chant aussi doux et délicat que celui de la meilleure des divas. C'était un chant d'amour, nul ne devait en douter, surtout pas Samantha qui ne pouvait se lasser de l'entendre.

Elle se tenait donc sur la roche, l'oreille bercée par les coléoptères, néanmoins concentrée sur sa tâche qui exigeait une grande rigueur. Elle n'avait à sa disposition que son long couteau de chasse, outil peu adapté à ce travail, dont elle devait cependant se contenter.

Elle était à genoux, courbée sur son ouvrage, lorsque soudain elle sentit une main rude, se poser sur sa nuque. Tout son être se révolta, d'une seule détente elle fut debout, brandissant son long coutelas sous la gorge de celui qui avait l'outrecuidance d'avoir un geste d'une telle familiarité.

Elle fut arrêtée dans son élan par une poigne vigoureuse qui lui saisit le poignet, la forçant à lâcher son arme, tandis qu'une voix sourde lui murmurait à l'oreille :

— Allons pas de cela entre nous, ma jolie Terrienne ! Est-ce l'accueil que l'on réserve sur Terre, au héros triomphant ?

Alors, levant les yeux sur l'immense silhouette qui la dominait de toute sa stature, Samantha reconnut enfin Zermhatt. Toute sa colère s'évanouit. Celui-ci la contempla, une sorte de sourire goguenard effleurant son regard d'or.

— Zermhatt, oh Zermhatt ! balbutia-t-elle en se jetant dans ses bras !

Comme elle ne savait plus s'il lui fallait rire ou pleurer, elle fit les deux.

Il la serra contre lui, à l'étouffer, lui prenant la bouche d'un baiser tout à la fois violent, presque brutal, sauvage, empreint d'une passion et d'un amour tel que la jeune Terrienne n'en avait jamais connu. Elle s'abandonna contre lui, brûlante, le corps et le cœur bouillonnant d'amour. Elle sentait son cœur battre à l'unisson du sien ce qui la fit trembler de bonheur, de soulagement, elle ne savait plus très bien. Il était revenu, et il était vivant. Rien d'autre ne comptait.

Avec une dextérité digne d'un Kerness, il trouva la fermeture à glissière de la combinaison beige de Samantha. Elle glissa sans effort et la jeune fille se trouva enfin nue devant lui, contre lui, ses mains pouvaient prendre possession de la soie de sa peau, parcourir de caresses ce corps dont il avait tant rêvé.

Sans un mot, il la prit entre ses bras et l'allongea dans l'herbe folle, aux fleurs odorantes, à la mousse douce et accueillante. Elle se laissa faire, submergée de désir, ne pouvant détacher son regard du sien, doré, qui n'était plus que feu et passion. Le désir qu'il avait d'elle, de son corps, de son être, de son âme, était si fort, si vif qu'il en était presque douloureux.

Bientôt dans l'herbe de cette planète perdue dans une galaxie si éloignée de leurs propres mondes, ils ne firent plus qu'un, unis par un amour qui allait au-delà de leurs origines.

Jamais Samantha n'avait éprouvé tant de plaisir dans les bras de quelqu'un. Était-ce parce qu'il était un Zatbar, ou parce qu'elle l'aimait de toute son âme ?

Enfin, Zermhatt roula sur le côté afin de ne pas l'écraser sous sa masse, la serrant entre ses bras où elle se blottit, nue, tremblante.

Elle se sentait si désarmée qu'elle se serait volontiers endormie si Zermhatt ne l'avait brutalement relevée, s'exclamant à mi-voix :

— J'entends des pas, quelqu'un arrive !

D'un seul coup, Samantha revint à la réalité. Elle se mit debout, affolée, son regard bleu empli de désarroi, ses longs cheveux emmêlés, son corps encore empreint de caresses, si belle.

— Mes vêtements, vite… Vite ! s'écria-t-elle en attrapant sa combinaison qu'elle eut quelques difficultés à enfiler à cause de sa nervosité.

En riant, Zermhatt l'aida, lui volant quelques baisers au passage. Il se rajusta, lui aussi, bien que son désir soit revenu, peut-être plus fort encore.

Il s'évertua au calme avec une certaine difficulté, cherchant dans son éducation toute la rigueur nécessaire. Il jugula son envie de lui faire à nouveau l'amour, en se jurant la prochaine fois, de prendre tout le temps de goûter chaque parcelle de son corps… Plus tard… Plus tard, se promit-il !

Nerveusement, elle rajusta ses lourdes chaussures de marche, parvenant non sans mal à faire ses lacets tandis que Zermhatt, qui avait récupéré sa lance et passé son long couteau à sa ceinture, surveillait les alentours avec toute l'acuité de son étrange regard.

Tout à coup, June, contournant un énorme rocher, portant une lourde marmite en terre cuite, fut sur eux. De surprise, elle en lâcha presque son fardeau. Ses yeux noirs, agrandis par la stupeur, allaient de la jeune fille à Zermhatt. Ce dernier tendit la main à Samantha, l'aidant à se relever. Elle le remercia d'un sourire complice et, se tournant alors vers son amie, elle fit d'une voix qu'elle voulait enjouée :

— June, je te présente Zermhatt Zell Am Zemam, Zermhatt, voici June, mon amie avec qui je travaille.

Le Zatbar considéra la jeune Amérindienne d'un rapide, mais néanmoins incisif coup d'œil.

La jeune femme se raidit, elle n'aimait pas les Zatbars, encore moins les Zells, ces Seigneurs si sûrs d'eux, qui la terrifiaient.

Celui-là, avec son allure hautaine faisait partie de leur élite, à n'en pas douter, les pires songea-t-elle, en lui renvoyant un regard noir.

Elle lâcha d'un ton acerbe :

— Alors ce qu'on raconte est donc vrai ? Je ne voulais pas le croire, d'une autre peut-être, mais pas de toi, Sam !

Avec une familiarité qui choqua June, le Zatbar passa sa main, longue et grise, dans les cheveux si blonds de Samantha, ôtant machinalement les brins d'herbe qui s'y étaient mêlés, lors de leur étreinte passionnée.

Inconsciemment, Samantha s'était rapprochée de lui et lançant un regard glacé à l'américaine, elle rétorqua :

— J'ignore ce qu'on dit, et j'ignore qui est ce ON, alors explique-toi un peu mieux !

Poussée dans ses retranchements, June explosa :

— Tu sais parfaitement de quoi je parle ! Cesse de faire l'idiote, je parle de toi et de cette relation... Cette relation contre-nature, oui, contre-nature que tu as avec ce monstre !

Zermhatt et Samantha échangèrent un bref coup d'œil, pris tous deux d'une irrésistible hilarité. Ils éclatèrent d'un même fou rire qui les fit presque s'étouffer ! Samantha en avait les larmes aux yeux, tout en répétant entre deux hoquets, comme si c'était la chose la plus désopilante qu'elle n'ait jamais entendue :

— Contre-nature... Contre-nature... Espèce de monstre... Contre-nature !

Elle dut même s'asseoir tellement elle se tordait de rire, Zermhatt, secoué d'un rire puissant, à la hauteur de sa stature, avait pour un instant laissé tomber ses airs de redoutable Seigneur de Guerre, il en paraissait presque humain.

Puis reprenant peu à peu son sérieux, il leva la tête et s'avisant de la course des soleils dans le ciel, il jeta de sa voix rauque :

— Il est temps de rentrer au camp, amies Terriennes.

June, un peu humiliée et surtout très décontenancée par leur fou rire, s'exclama d'un ton pincé :

— Pas question, nous avons du travail, il nous faut encore étaler toute cette pâte... Et puis, cessez de nous commander, Zatbar, vous n'êtes plus en mesure de faire votre loi !

Un sourire narquois flotta un instant sur les lèvres de Zermhatt qui répondit simplement :

— Comme tu voudras, Terrienne, sache seulement que lorsque le soleil vert aura terminé sa course, lorsque son ultime rayon se sera éteint, tu auras tout intérêt à être à l'abri dans la grotte. Chacun est maître de son destin, de ses choix bons ou mauvais. Reste si tu le souhaites, mais je ne laisserai pas Samantha courir un tel risque.

Puis, posant une main sur l'épaule de la jeune Terrienne, il fit d'une voix radoucie :

— Viens, il est temps de nous mettre à l'abri !

D'une secousse Samantha se dégagea et le regardant droit dans les yeux, elle s'exclama un peu abruptement :

— Mais de quoi parles-tu ?

Zermhatt soupira, s'évertuant au calme. Après une semaine d'absence, il avait un peu oublié le caractère pas toujours facile de la jeune fille ! Pourtant elle était si belle avec ses cheveux emmêlés et son air têtu, ses sourcils froncés au-dessus de ses yeux bleus qui lui disaient clairement : tant que tu ne m'auras pas fourni d'explications valables, nous ne bougerons pas ! Sans même le vouloir il lui sourit, réprimant son envie de l'embrasser, de mordre sa bouche comme un fruit délicieux. Il posa simplement une de ses mains sur sa nuque, caressant sa joue, si douce sous ses doigts, puis il murmura, ses yeux jaunes rivés dans les siens :

— Samantha, je sais ce qui a tué l'équipage de reconnaissance Zatbar. Nous les avons rencontrés, alors crois-moi, mieux vaut rentrer au camp !

— Mais… Qu'est-ce que c'est ?

— Tu le verras bien assez tôt, elles sortent lorsque le soleil vert n'est plus là, c'est inexplicable pour le moment. Profitant de la nuit, elles partent pour chasser, alors mieux vaut ne pas leur servir de repas ! acheva-t-il en frissonnant de peur, de dégoût, peut-être des deux.

— Mais… Mais… Et ma pâte alors ? lança June, impressionnée malgré elle par les explications du Zatbar.

— Laisse-la, tant pis ! jeta-t-il froidement.

— Attends, attends, intervint Samantha. Et si nous l'étalions tous les trois ? Cela irait plus vite, aide-nous Zermhatt, ce serait idiot de perdre tout cela, c'est tellement long et fastidieux à faire… S'il te plaît ! fit-elle avec une petite voix tendre, ses grands yeux bleus emplis de tant de promesses, qu'il savait qu'il allait céder.

En soupirant, il jeta un coup d'œil au ciel et murmura :

— Très bien, mais alors il faut que cela aille très vite.

Il se mit alors tout de suite au travail avec les deux jeunes femmes, versant la pâte liquide et spongieuse sur de vastes dalles en pierre grise, puis l'étalant vigoureusement à l'aide de rondins soigneusement écorcés… Ils travaillaient rapidement sans mot dire.

Zermhatt songeait à ce que son attitude aurait eu de choquant sur Zatbara : comment pouvait-il se laisser mener par une Terrienne, une race inférieure… Une femelle ne pesant pas plus du tiers de son propre poids ! Quelle déchéance ! Il imaginait sans peine la réaction de son propre père et cela le fit sourire. Non, décidément il ne regrettait pas son choix, Samantha avait si peu de choses en commun avec les jeunes Zatbar qu'il avait fréquentées. Elle était tellement vivante, tellement plus libre aussi. Elle avait un caractère qui le déroutait parfois, qu'il ne comprenait pas, souvent ! Avec elle, il le savait, l'ennui n'existait pas, n'existerait jamais…

Grâce au Zatbar, ils finirent leur travail rapidement, fort heureusement car le soleil vert déclinait très vite.

Récupérant sa lance, Zermhatt fit d'un ton péremptoire :

— Il faut y aller !

Puis, jetant un coup d'œil nerveux aux ultimes rayons verts dans le ciel, il attrapa Samantha par le bras la forçant à se lever, à abandonner sa tâche et à le suivre.

— Viens, dépêchons-nous !

Sans même s'intéresser à June, il partit en trottant en petites foulées afin de permettre à Samantha de le suivre, ce qui malgré cette touchante attention était bien mal aisé pour elle ! Ses longs cheveux flottant au vent, elle courait à perdre haleine, trébuchant sur les cailloux, heureusement retenue par la poigne du Zatbar qui, la tenant par la main, l'aidait à suivre son allure.

Ils arrivèrent sur le parvis rocheux de la grotte, lorsque les derniers rayons verts s'évanouissaient à l'horizon.

Hors d'haleine, Samantha tentait de retrouver son souffle et envia le métabolisme si exceptionnel des

Zatbars. Zermhatt, nullement affecté par la course, pour lui cela équivalait tout juste à un petit footing, respirait presque paisiblement. Il considéra sa jeune compagne avec un brin d'inquiétude. Dès qu'elle put, elle lui lança :

— Oui, oui, ça va, ça va, je suis au mieux de mes capacités, tout va bien !

Zermhatt la considéra de ses étranges yeux jaunes, avec une certaine perplexité !

Chapitre 16

Quelques minutes après eux, June déboula, à bout de souffle elle aussi. Samantha, rassurée sur son sort et ayant repris un rythme cardiaque normal, prit Zermhatt par la main et l'emmena fièrement faire le tour du camp afin de lui montrer les ultimes améliorations et découvertes technologiques. Tout d'abord, elle lui présenta leur horloge solaire installée savamment sur le fronton de la grotte. Réalisée par Yves, un mathématicien, après de nombreux calculs. Ils avaient à présent l'heure !

Grâce à Sally, la jeune femme enceinte, secrétaire, mais fort heureusement dont le hobby était la poterie, ils avaient ainsi un stock impressionnant d'ustensiles, tels que assiettes, pichets, gobelets, marmites, seaux, etc. Aidée par deux jeunes Kerness, elle avait travaillé à un rythme acharné, en dépit de son état. McCormic ayant dévolu une priorité à la fabrication de son tour ainsi qu'à la recherche d'une argile acceptable. De cette manière, elle avait pu très vite se mettre au travail. Seul le four très complexe à construire, puisqu'il devait pouvoir monter à des températures très élevées et servir non seulement à la cuisson des poteries, mais aussi à la fonte des métaux, attendrait une nouvelle évolution dans leur redécouverte technologique. Pour l'instant, la construction n'en était encore qu'à l'état de projet.

Alors, pour le moment, Sally faisait cuire ses réalisations sous les cendres, à la manière artisanale de certains peuples africains. Les bols et les potiches prenaient ainsi de drôles de teintes brunes ou même carrément noires, qui leur donnaient un côté ethnique presque chic !

L'ensemble des petites grottes avait été aménagé en dortoir, tandis qu'une excavation faisait office d'infirmerie. Les deux blessés y reposaient sur de confortables lits, constitués par une armature en épaisses branches écorcées sur lesquelles étaient tendues des peaux fixées par des lacets de cuir, un matelas fait en peau de lapin-marmotte retournée, et bourrée de foin. Ce qui constituait en matière de matelas le *nec plus ultra* ! Les blessés, ainsi choyés, ne se plaignaient pas ! Ils étaient d'ailleurs les seuls à bénéficier d'un tel traitement.

Plusieurs lits étaient en fabrication, mais bien sûr tout cela prenait du temps. Alain, bûcheron vosgien de son état, faisait bien ce qu'il pouvait, mais avec sa hache en silex, il avait bien un peu de mal à tenir les cadences !

Une des plus petites cavernes était réservée à Annie, la doctoresse, pour les consultations médicales. Un rideau en fin bambou tressé en assurait même une certaine intimité.

Progrès très considérable, tout l'ensemble de la grotte bénéficiait de lumière grâce à de splendides lampes à huile confectionnées par Sally et ses aides Kerness. De la graisse de pseudo-marmotte en guise d'huile, une mèche en fibres de roseau et le tour était joué ! On pouvait ainsi circuler en toute quiétude sans craindre de chuter ou entrer tête première dans une stalactite, quel changement !

Les autres petites grottes servaient au repos et chacun s'y rendait pour la nuit. Sans que jamais aucune place n'ait été clairement définie, chacun s'attacha à se construire un petit « chez soi ». C'était assez étonnant, mais tous aimaient retrouver une même place pour dormir, y disposer couverture et menues affaires. Un sociologue se serait passionné à noter les habitudes de leur microcosme, hélas le groupe n'en connaissait aucun !

Les femmes qui n'avaient pas de compagnon, s'étaient réunies dans une sorte de gynécée, c'était là d'ailleurs que June et Samantha avaient installé leur couche de foin. De même, les hommes célibataires avaient eux aussi investi une grotte pour leur usage. Sans qu'aucune loi n'ait été édictée en ce sens, la société tout naturellement, en construisait. Les couples, eux, se répartissaient dans les diverses cavités.

La caverne principale servait bien entendu de salle de réunion. Un grand feu y brûlait perpétuellement. Jeanne, Kina et les autres Kerness préposés à la cuisine avaient vu leur installation de campagne peu à peu s'améliorer : sur de grands plans de travail en planches, elles pouvaient couper, préparer les repas, mais aussi ranger la vaisselle et les ustensiles, entreposer la nourriture.

Leur confort fut facilité avec l'invention du panier, redécouvert par Kina. Elle réussit, en tressant de longs ajoncs, enfin à ce qui ressemblait à des ajoncs, à obtenir de solides et très honnêtes panières. Cette découverte améliora non seulement le travail en cuisine, mais aussi nettement celui des cueilleurs, ceux qui étaient chargés de glaner champignons, baies comestibles, racines et autres fruits sauvages.

La salle s'était également dotée d'un confort supplémentaire grâce à Alain et à son équipe de bûcherons, puisque à présent, onze tables pouvant accueillir chacune une douzaine de personnes, couraient le long des parois de pierre grise, entourant le feu. De part et d'autre des tables, des bancs en bois, grossièrement taillés, servaient de siège. Le confort était spartiate, certes, mais au moins on pouvait manger assis et non par terre dans la poussière. Le moral des colons avait grimpé d'un bond !

Samantha fit signe à Zermhatt de la suivre. Le soleil jaune, lui aussi disparaissait à l'horizon, il était temps de se rendre dans la grande salle afin de prendre le dernier repas de la journée, le seul d'ailleurs à être pris en commun.

Suivie par le Zatbar, curieux de tout et assez impressionné, il faut bien l'avouer, par les progrès si rapides des Terriens, Samantha se rendit dans la salle, avec toute leur communauté.

Là, dans un ordre parfait et une bonne humeur agréable à constater, une queue s'organisait. En effet McCormic avait décrété qu'il refusait que certains en servent d'autres. Ici tous partageraient aussi bien les corvées que les distractions.

Jeanne et Kina avaient organisé un système tout simple : sur de grandes paillasses, toujours fabriquées par Alain le menuisier, étaient rangés les assiettes et les gobelets, que tous devaient laver à la source après le repas, puis ranger sur la planche. Chacun se servait et gagnait ensuite sa place.

Avec un soupir d'aise, Samantha s'assit sur un banc, le Zatbar à ses côtés. Sans plus attendre, ils attaquèrent l'appétissant repas composé d'une sorte de ragoût de viande de lapin-marmotte agrémenté de toutes sortes de légumes, plantes, tubercules et herbes variées, ainsi que d'un pain sans levain. Une sorte de galette plate, une variété de Pita « spéciale soleil vert » !

La farine, constituée de céréales variées, était un peu grossière. Pourtant, avoir du pain, manger le pain ensemble, tout cela était si lourd de symboles, que ce pain, cette galette, leur paraissait à ces Terriens exilés si loin de leur planète, colons forcés de ce nouveau monde, un rattachement rassurant à leur passé. Il leur permettait d'appréhender avec un brin d'optimisme cette nouvelle vie.

De l'eau fraîche, dans des pichets de terre cuite, arrosait les repas et de gros paniers de fruits divers, posés, un par table, en constituaient le dessert.

De l'une des poches de son pantalon beige, Samantha sortit une cuillère en bois et expliqua à Zermhatt que chacun s'était confectionné ses propres couverts. La plupart sculptant un morceau de bois afin d'en faire une cuillère acceptable, telle celle fabriquée par la jeune fille. Puis fouillant à nouveau dans sa poche, elle en exhiba une deuxième et la tendit au Zatbar, balbutiant d'une petite voix, en rougissant :

— Tiens, je l'ai faite pour toi…

Zermhatt la tint quelques secondes entre ses mains, plus touché qu'il ne voulait bien le laisser paraître.

À ce moment précis, d'autres personnes s'installèrent à leur table. Une jeune femme, blonde, prit place à côté du Zatbar.

Indifférent à ce qui se passait alentour, Zermhatt se permit de prendre la main, petite et fine de Samantha et de glisser un baiser dans le creux tendre de sa paume. Le contact de sa peau si douce l'électrisa, mais il se brida et rien ne transparut du feu violent de ses sentiments. Il était toujours un puissant Seigneur Zell, dressé depuis l'enfance à une attitude fière et impassible, même si son cœur battait tellement fort.

Elle avait pensé à lui… Dans ce bois si tendrement travaillé, il lui semblait percevoir les battements du cœur de Samantha, car c'était bien plus avec son cœur qu'avec ses mains et un couteau qu'elle avait confectionné le rudimentaire ustensile.

Sur le manche, quelques symboles terriens étaient gravés. Levant un sourcil interrogateur vers la jeune fille, elle répondit à voix basse :

— C'est ton nom, Zermhatt, je ne sais pas l'écrire dans ta langue.

Il sourit en caressant machinalement l'inscription, puis murmura de sa voix rauque :

— Je t'apprendrai…

— Hum… Dis-moi, tu es bien Zermhatt, n'est-ce pas ? demanda la jeune femme blonde qui venait de s'asseoir à leur table, tout en posant sa main sur le bras du Zatbar.

Sans attendre de réponse, elle poursuivit tout sourire :

— Moi, c'est Stecy, je suis vraiment enchantée de te connaître ! C'est bien toi, n'est-ce pas, qui a mené une exploration ces derniers jours ?

Un peu étonné par la volubilité de son interlocutrice, Zermhatt dévisagea la Terrienne de ses yeux de loup, sans mot dire.

C'était une jeune femme aux traits harmonieux, à la silhouette mince, à la poitrine généreuse. Elle avait le charme d'une jolie poupée, d'un bibelot inutile… Il tiqua un peu sur la couleur étrange de ses cheveux, presque jaunes à leurs extrémités et quasiment noirs à la racine ! Zermhatt n'était pas un spécialiste des colorations des chevelures humaines !

Stecy sourit un peu plus sous le regard du Zatbar et accentua la pression de sa fine main aux ongles impeccables. Elle fit d'une voix qu'elle voulut rendre encore plus mélodieuse :

— Pourras-tu nous raconter ce que tu as vu, tu as dû vivre des choses tellement palpitantes, cela nous changera de la routine si ennuyeuse de la vie au camp ! ajouta-t-elle avec une moue dédaigneuse.

En entendant cela, le sang de Samantha ne fit qu'un tour. Elle bouillait déjà devant tant d'impudence, là ce fut trop ! Avant même que Zermhatt puisse formuler une réponse, Samantha avait bondi de son banc dans un tournoiement de ses longs cheveux, puis saisissant le pichet rempli d'eau, elle en jeta le contenu sur la jeune femme.

— Tiens, cela te rafraîchira un peu les idées ! Si tu travaillais davantage au lieu de te plaindre sans cesse, tu ne t'ennuierais pas !

Stecy hurla sous le coup de la surprise et se leva en vociférant, dégoulinante d'eau froide !

Zermhatt la considéra avec un sourire amusé, il croisa le regard étincelant de colère de Samantha qui se dressait à ses côtés telle une Walkyrie, son pichet encore à la main !

Son regard bleu s'adoucit tandis qu'un sourire tremblota sur ses lèvres. Un gloussement monta de sa gorge ainsi qu'un rire irrépressible. Zermhatt se leva lui ôta le pot des mains afin de le reposer sur la table, tandis qu'un rire tonitruant le secouait tout entier.

Vexée, humiliée, furieuse, Stecy tourna les talons et s'en fut se sécher, crachant sa colère tel un chat mouillé !

Chapitre 17

À la fin du repas, Zermhatt se leva et prit place au centre de la salle, à côté du feu qui en illuminait les parois.

Il leva les bras afin d'obtenir le silence, son immense silhouette se découpant en ombres chinoises dantesques sur la pierre grise de la grotte.

— Je suis Zermhatt Zell Am Zemam ! s'exclama-t-il d'un ton rauque.

— Tiens, songea Samantha *in petto*, il n'a pas ajouté, Seigneur de Guerre, peut-être se considère-t-il moins comme un Zatbar, que comme un colon à présent…

Elle sourit, heureuse. Son cœur battit plus fort lorsque son regard jaune croisa le sien. Toutefois, Zermhatt enchaîna presque aussitôt, ne dévoilant rien de son trouble :

— Avec mes compagnons, Oliis, Mary, Pete Stevenson, Duncan et Paul Murray.

À l'appel de leur nom, chacun était venu prendre place aux côtés du Zatbar, les trois hommes tirant à leur suite un lourd fardeau enveloppé dans une couverture zatbarienne.

Le récit que fit Zermhatt de leur exploration fut aussi concis et précis qu'un rapport militaire ! En quelques mots, il fit part à toute la petite communauté du fruit de leur semaine d'exploration.

Avec une visible satisfaction, il expliqua avoir résolu le mystère de la mort de l'équipage Zatbar. Accompagnant ses paroles, il dévoila d'un geste, devant une assistance médusée, le contenu dissimulé sous la couverture.

Ses énormes pattes velues repliées sur son abdomen rebondi, en une sorte d'ultime protection par-delà la mort, la monstrueuse créature noire, luisante, gisait tel un cauchemar de film d'horreur bon marché, et cependant si réelle qu'elle semblait devoir reprendre vie, d'une seconde à l'autre !

De nombreux cris, terrifiés, fusèrent :

— Une araignée !

Samantha, stupéfaite, n'en croyait pas ses yeux. Elle se leva et s'approcha du gigantesque cadavre, ne pouvant en détacher les yeux, fascinée.

— Huit pattes, c'est bien un arthropode et un arachnide... C'est incroyable ! murmura-t-elle en l'examinant comme pour elle-même.

Elle ne prêta pas attention à une femme d'une quarantaine d'années qui s'approcha d'elle :

— Bonsoir, je suis Mary. Tu es Samantha, n'est-ce pas ?

La jeune fille releva brusquement la tête dans un chatoiement de blondeur afin de croiser le regard noisette et franc de Mary.

— Euh, oui, je suis bien Samantha, mais comment le savez-vous ?

Sous l'œil étonné de la jeune fille, Mary éclata de rire :

— C'est lui qui me l'a dit, fit-elle en désignant le Zatbar d'un simple mouvement du menton.

— Zermhatt ? murmura Samantha en rougissant, à la fois gênée et heureuse.

— Oh, tu dois le savoir, il n'est pas très causant. Mais lorsqu'il parle de toi, là, c'est autre chose, il n'en a pas dit beaucoup, mais chaque mot était comme une étoile dans ses yeux... Il nous a juste confié, un soir, peut-être que le feu de camp a un effet magique sur le cœur des hommes, enfin des Zatbars aussi sans doute, qu'il était venu sur cette planète pour te protéger, il a ajouté, quand vous verrez Samantha vous comprendrez... Elle a la blondeur du soleil, ses yeux sont bleus tel un ciel sans nuages et pourtant son cœur n'est que feu et passion. Puis il a souri, un vrai sourire, ce qui est plutôt rare chez un Zatbar n'est-ce pas, il a alors dit : de toute façon lorsque vous rentrerez au camp, vous ne pourrez pas ne pas la reconnaître, c'est elle la plus jolie ! C'est pour cela que je sais que c'est toi, Samantha…

— Oh…, put à peine balbutier la jeune fille, rougissant de plus belle, son cœur battant la chamade.

Même loin d'elle il ne l'avait pas oubliée. Il était si bon de savoir de quelle manière il parlait d'elle. Les mots répétés par Mary dansaient dans sa tête, telles des bulles de savon, Samantha se sentait légère, légère. Son cœur était empli d'amour, elle était heureuse. Elle se surprit même à songer qu'elle n'avait jamais connu une telle violence de sentiments ni une telle plénitude. Fallait-il qu'elle vienne à l'autre bout de l'univers pour connaître un tel bonheur ?

Elle lança un bref coup d'œil à Zermhatt, qui à quelques pas d'elle, discutait avec le sergent McCormic. Comme s'il avait perçu son attention, il tourna la tête vers elle, lui renvoyant un regard qui la brûla telle une lame incandescente.

Puis elle se tourna à nouveau vers Mary en affirmant :

— Oui, c'est bien moi Samantha. Je suis heureuse que vous soyez tous revenus de cette expédition.

— Lui en particulier ! la coupa Mary.

— Oui, lui en premier, bien sûr, affirma Samantha.

C'était une telle évidence qu'elle ne méritait pas d'être soulignée. Puis elle poursuivit, très naturellement :

— Je suis fascinée, cette araignée est tellement… Lovecraftienne ? Je crois que j'aurais été terrifiée devant une telle horreur !

— C'est lui qui l'a tuée, avec un épieu, cela n'a pas été facile, et nous avons tous eu peur, oh oui ! Surtout en sachant que la planète en est certainement infestée !

La jeune fille hocha la tête en silence, puis s'agenouillant près du cadavre de l'araignée géante, elle l'examina sans pourtant le toucher :

— Elle est venimeuse, n'est-ce pas ?

— Oui, elle a des sortes de crochets de chaque côté de ses mandibules, mais nous ignorons l'effet de son venin. Heureusement, personne n'a été mordu par cette saleté !

— Hum… Il faudra la disséquer, récupérer du venin et en injecter à une marmotte, par exemple… Vous êtes biologiste n'est ce pas ?

— Oui, en effet, mais ma spécialité ce sont les singes arboricoles, c'est un peu éloigné des arthropodes ! Mais je t'aiderai à disséquer cette monstruosité, et tant pis si je crie un peu, j'ai la phobie des araignées !

Après la révélation de ce qui errait dans les bois une fois la nuit venue, les colons, humains et Kerness, se serrèrent instinctivement les uns près des autres, autour du grand feu. Jeanne et Kina, organisèrent même une tournée générale de tisane, qui était très vite devenue un excellent substitut au café ou au thé, auxquels tous étaient accoutumés.

À leur vif soulagement, la monstrueuse araignée noire avait été emmenée hors de la grotte, en attendant sa prochaine dissection, prévue pour le lendemain.

Un bol chaud et odorant, un feu qui crépitait joyeusement, ils avaient pu alors aborder des sujets plus réjouissants, moins angoissants.

Samantha et June présentèrent solennellement le fruit de leur travail à toute l'assistance, et offrirent un carnet confectionné avec grand soin, non seulement au sergent McCormic, mais aussi à chacun des membres de l'expédition exploratrice, ainsi qu'un à Jeanne afin qu'elle note toutes ses recettes !

Les progrès étaient somme toute spectaculaires : ils connaissaient à nouveau le papier, ils avaient découvert plusieurs filons de minerai très prometteur, et Jeanne avait réinventé la sauce tomate à l'aide de fruits et de baies aux goûts étrangement semblables à celui de la tomate ! Elle envisageait d'arriver à refaire très prochainement du ketchup… « Bref, la civilisation reprend ses droits », avait ironisé McCormic !

La fabrication du four et du soufflet avancerait très vite, à présent que les plans avaient été établis et dévoilés, sous l'œil admiratif de tous.

Alors, presque rassérénés par ces bonnes nouvelles, qui effaçaient presque celle de l'araignée géante, ils gagnèrent chacun leurs couches respectives, quoique rudimentaires, pour un repos tellement mérité.

Zermhatt et Samantha leurs mains enlacées, se glissèrent au plus profond de l'aven, dans des recoins quasi inexplorés, où nulle lampe à huile ne guidait plus leurs pas. Pourtant la jeune Terrienne, sa main glissée dans celle si robuste de son compagnon, le suivait aveugle et confiante, se fiant à ses sens.

Grâce à ses yeux parfaitement nyctalopes, il se mouvait dans les ténèbres sans jamais ni trébucher ni se cogner. Au bout de quelques minutes de ce cheminement, il s'arrêta. Samantha, cramponnée à son bras, marmonnait :

— Si au moins j'avais une lampe de poche…

Elle sentit une main lui caresser doucement le visage, se mêler délicatement à ses cheveux, glisser sous sa nuque, alors que la voix rauque aux inflexions étranges de Zermhatt résonnait à son oreille, dans le silence pesant de la caverne.

— Demain, nous prendrons une lampe à huile si tu veux, mais ce soir je voulais me fondre avec toi dans les ténèbres.

Elle releva la tête et vit le regard jaune de l'immense Zatbar luire dans l'obscurité. Cette fois, pourtant, elle n'eut aucune crainte. C'est avec une joie sans précédent qu'elle se coula, confiante et heureuse, entre ses bras. Elle sentit ses lèvres prendre possession des siennes et plongea avec lui dans une nuit qui n'appartenait qu'à eux deux…

Chapitre 18

Bien que la dissection de la gigantesque araignée eût été décevante, Samantha était cependant parfaitement heureuse, si ce n'était totalement satisfaite. Elle menait avec acharnement ses expériences sur le cadavre de l'araignée noire avec ténacité et optimisme, sachant qu'une fois la nuit tombée elle retrouverait Zermhatt, la tendresse de ses baisers et la douceur enivrante de ses caresses.

Le reste ne paraissait plus si important après tout ! Si cet arachnide ne livrait ses secrets qu'au compte-gouttes, tant pis !

Elle en avait appris très peu, hors l'âge assez canonique pour un tel animal, puisqu'elle estimait que celle-ci avait largement dépassé les 40 ans ! Après avoir sacrifié quelques écureuils et autres lapins-marmottes, elle sut que son venin était bel et bien mortel, agissant, chose étrange, un peu à la manière du curare avec un effet paralysant puis la mort en quelques minutes à peine. C'était important, aussi en fit-elle part à Zermhatt et au sergent. Ils hochèrent la tête, à la fois soucieux, bien que déjà leurs esprits entrevissent certaines possibilités dont ils discutèrent à mi-voix.

Le soir, après le repas, ils avaient très vite pris l'habitude de débattre ensemble de problèmes divers et multiples. Malgré leurs différences, toutes leurs divergences, leurs manières d'agir, de penser étaient semblables : ils étaient tous deux non seulement des soldats, mais surtout des chefs rompus au commandement, habitués à prendre des décisions rapides et efficaces, en cela ils s'estimaient et se comprenaient aisément. Ils demeuraient pourtant sur un no man's land d'une sorte d'estime bourrue, chacun voulant peut-être rester fidèle à son propre personnage : McCormic le sergent un peu teigneux détestant les Zatbars, quant à Zermhatt il était toujours un Seigneur Zell.

McCormic se posait néanmoins beaucoup de questions sur le Zatbar : quelle avait été la raison, son crime, pour être ainsi déporté sur cette planète hostile ? Comment, et où avait-il connu la jeune Samantha ? Car, c'était évident, le lien qui unissait ces deux-là, ne datait pas de leur arrivée sur ce monde inconnu… Alors, bien qu'il se posât toutes sortes de questions, l'ancien sergent ne cherchait pas de réponses, il lui paraissait plus positif d'aller de l'avant et de ne pas trop se soucier du passé… De toute façon, il n'en avait guère le loisir !

Avec McCormic, Zermhatt avait pris la décision de ne repartir en expédition qu'à partir du moment où ils auraient des armes dignes de ce nom. C'est-à-dire des pointes de flèches en métal acéré, des lances ainsi que des sortes de machettes solides, aptes à se frayer un passage parmi d'épais buissons, comme à se battre au corps à corps contre tout éventuel adversaire.

La construction du four avançait vite, à présent, même le Zatbar y participait activement, ce n'était maintenant plus qu'une question de jours pour passer de l'âge de pierre à celui du fer ! Enfin, tout au moins à un métal s'en approchant !

Samantha, de son côté, n'était pas restée inactive : elle aussi préparait la prochaine expédition, bien décidée cette fois-ci à y prendre part, pas question pour elle de rester en arrière !

En collaboration de Mary, avec qui elle était vite devenue amie, elles avaient dressé une longue liste de tout le matériel qui leur avait cruellement fait défaut, lors de la première expédition. On y trouvait pêle-mêle, des sacs à dos, des couvertures, des ustensiles de cuisine, ce qui faisait partie du matériel réalisable, contrairement à d'autres tel que lampes de poche ou boussole qui demeuraient pour le moment encore à l'état de souhait.

Une des Kerness, qui avait quelques connaissances en bourrellerie, se chargea de la confection des sacs à dos, fabriqués avec la peau soigneusement tannée des lapins-marmottes. Aidés par trois autres de ses compagnons Kerness, ils parvinrent à réaliser sept sacs tout à fait honorables, solides, résistants aux intempéries grâce à un large rabat, et pratiques avec leurs deux profondes poches sur le devant. Ils n'auraient sans doute pas figuré dans le catalogue Décathlon rubrique randonnée, mais ils étaient néanmoins un grand progrès !

Les Kerness s'attelèrent à la tâche avec opiniâtreté, plaçant leur point d'honneur pour que les sacs soient fin prêts pour le jour du départ.

Avec McCormic, Zermhatt avait décidé d'explorer de manière rationnelle les quatre points cardinaux, ils souhaitaient rayonner autour de la grande caverne qui leur servait de camp de base, afin de connaître leur environnement à une distance de quatre jours de marche. Dans un premier temps c'était un rayon acceptable. Plus tard, lorsqu'ils auraient à leur disposition une plus grande technologie, ils pourraient envisager des expéditions de plusieurs semaines, d'établir une cartographie. Cependant, tout cela ne faisait partie que de lointains et futurs projets.

Samantha, pendant que les hommes refaisaient le monde, ne perdait pas non plus son temps ! Elle traînait dans la cuisine de Jeanne, s'essayant à la confection de pain ! Elle qui n'était pas cuisinière pour deux sous s'exerça, avec l'aide de Kina, à la fabrication de biscuits sucrés au miel, enfin une sorte de miel, parsemés de baies violettes rappelant vaguement le goût de la framboise. Après quelques essais infructueux, dans le four en terre rudimentaire, elles parvinrent finalement, à la vive surprise de Jeanne, à réaliser des biscuits, que Samantha baptisa fièrement « cookies ». Ils étaient au demeurant, et de l'avis général, vraiment excellents. Satisfaite de sa recette, Samantha n'en resta pas là. Elle entreprit un véritable travail d'usine, afin d'en confectionner plusieurs centaines, pendant une journée entière, sous l'œil de plus en plus rond de Jeanne !

Une fois bien refroidis, toujours aimablement secondée par Kina, elles les glissèrent à l'intérieur de gros bambous creux qu'elles avaient coupés à cet effet en courts tronçons d'une vingtaine de centimètres. Par morceau de bambou, elles rangeaient une bonne vingtaine de cookies, puis elles fermaient soigneusement le tube avec un bout de cuir et un lacet bien serré. À la fin de la journée, elles avaient le dos moulu d'être restées courbées sur le plan de travail à malaxer la pâte, à l'étaler en petits ronds égaux ; mais elles pouvaient être fort satisfaites d'elles-mêmes : devant elles s'alignaient sept paquets de biscuits, plus une grosse panière emplie de cookies odorants. Avec un soupir de satisfaction, Samantha appela les enfants et leur distribua le contenu de la panière, récompensée de ses efforts par leurs cris ravis !

Ce soir-là, toute la caverne embaumait, mais nul ne put rien savoir, ni de Jeanne, ni de Kina ni encore moins des enfants qui, bizarrement, n'eurent pas trop faim à l'heure du dîner, ce qui avait bien pu se tramer dans la cuisine ce jour-là !

Samantha sentait le miel et toute sa chevelure exhalait une appétissante odeur de pâtisserie, ce qui étonna Zermhatt, qui se perdit en conjectures, mais n'obtint cependant aucune réponse à ses interrogations, si ce n'est un baiser afin de lui clore la bouche !

Plus tard, lorsqu'ils furent enfin seuls, Samantha, nue entre ses bras, entreprit de lui démontrer que la gourmandise était un bien agréable péché. Il ne résista pas et ils oublièrent tout.

Chapitre 19

Le four fonctionnait parfaitement, le métal pouvait être coulé à présent. Quel progrès ! Les fers des lances, les pointes acérées des flèches, de larges et tranchantes machettes, mais aussi des objets nettement plus rassurants, tel que casseroles ou marmites, avaient pu être forgés, presque facilement ! McCormic exultait, en moins de deux semaines, ils avaient récupéré un retard de plusieurs siècles !

Zermhatt, à l'insu du regard et des oreilles de Samantha, se préparait lui aussi activement pour le prochain départ. Une à une, il avait trempé ses flèches dans le venin mortel de l'araignée noire, puis les avait soigneusement rangées dans un solide carquois en cuir qu'il avait lui même fabriqué. Il avait ensuite informé ses compagnons habituels du prochain départ, fixé au lendemain même, ou pour être plus précis, au lever du premier rayon du soleil vert.

Il roula soigneusement sa couverture qu'il déposa dans une anfractuosité de la roche, avec ses armes ; Il n'aurait plus qu'à les prendre le lendemain. Rasséréné, il retrouva Samantha qui l'attendait, déjà assise à sa place habituelle à table.

Après s'être copieusement servi de l'appétissant ragoût, Zermhatt, son assiette à la main, vint rejoindre la jeune femme. Il ne l'avait pas vue depuis le matin. Elle lui sourit, ses yeux si clairs pleins de promesses…

Il sentit son cœur s'emballer, ses yeux d'or, rivés dans les siens, il lui sembla que son courage se diluait. Dès demain, il lui faudrait se priver de la douceur de son sourire, de la tendresse de son regard, de la soie de sa peau. Tout cela afin de partir vers des lieux inexplorés et des dangers inconnus. Il frissonna, puis simultanément il chassa ces pensées. Non ! Il était un Seigneur de Guerre, sa place, sa vraie place était au combat, aucun Zatbar ne se défilait jamais devant un danger ! Il crispa la mâchoire, le contact des humains ne le rendrait pas timoré ! Il était fier d'être ce qu'il était, un guerrier et un combattant, et il le resterait ! Toute sa passion, tout son amour pour elle n'y changerait rien.

La première, Samantha détourna son regard, puis dit avec naturel :

— Tu devrais manger, c'est très bon, et si tu attends cela va être froid…

Zermhatt serra les dents, il avait horreur d'être pris en flagrant délit de faiblesse !

Il soupira légèrement, songeant avec un brin de nostalgie à la parfaite soumission des femmes Zatbars. Il s'imagina Samantha dans le rôle, mais cela le fit sourire, non Samantha n'était qu'un perpétuel volcan d'amour, de tendresse, de gaieté, de colère, de rage aussi, de contradictions bien sûr, le tout en irruption permanente ! Pourquoi s'en plaindre ? C'était bien pour tout cela qu'il l'aimait et qu'elle le fascinait autant !

Entre deux bouchées de son ragoût, du lapin-marmotte à la « tomate », Samantha lâcha sur le ton de la conversation :

— Tu penses partir bientôt pour la deuxième expédition ? À présent que les armes sont forgées, c'est ce que tu attendais n'est ce pas ?

Zermhatt réprima un sursaut de surprise, il eut toutes les peines du monde à ne pas s'étrangler avec son morceau de viande ! Il déglutit avec difficulté, considérant la jeune fille d'un coup d'œil plus acéré. Se doutait-elle de quelque chose ?

Elle leva la tête de son assiette et lui sourit, innocente. Devant son mutisme, elle ajouta :

— Tu comprends, j'aimerais bien venir cette fois-ci… C'est pour savoir combien de temps il me reste pour préparer mon paquetage.

Il sourit intérieurement, c'était donc ça, elle voulait négocier sa place au sein du petit groupe d'explorateurs. Il secoua la tête :

— Samantha, ta place est au camp de base, pas à courir les bois !

— Je ne suis pas d'accord ! murmura-t-elle en plantant son regard d'azur dans celui doré de son compagnon.

« Aïe ! Aïe ! » songea ce dernier, voilà donc où mène leur égalité des sexes à ces Terriens !

Samantha enchaîna, sans se démonter, malgré le regard impénétrable, presque dur, qui l'englobait :

— Tu comprends, avec mes connaissances en zoologie, je serai certainement plus à même que toi ou Duncan, ou même Mary d'arriver à classer, ordonner et découvrir toute cette faune sauvage.

Le Zatbar prit une longue inspiration et lança :

— Écoute Sam, nous en discuterons demain avec McCormic, afin de voir ce qu'il en pense. Il a peut-être d'autres projets pour utiliser tes compétences. Nous verrons cela demain, cela te convient ?

Il n'était pas très fier de lui mentir, mais c'était pour son bien. De toute façon l'imaginer, elle, si frêle, si vulnérable, face à l'une de ces ignobles araignées, justifiait amplement à ses yeux, son petit mensonge.

Le visage de Samantha s'illumina de plaisir, pour le remercier elle déposa un rapide baiser au coin de ses lèvres. Être ainsi embrassé en public le gênait terriblement, heureusement pour lui, nul ne le vit rougir sous sa peau grise !

Très vite après le repas, elle l'entraîna dans un recoin secret du réseau des cavernes. C'était un endroit petit, intime, qu'ils avaient peu à peu investi au cours de ces dernières nuits, déposant leurs couvertures et autres menus objets.

En un clin d'œil, Samantha fut nue, si belle, presque irréelle dans la lueur tremblotante et fantomatique de la lampe à huile.

Très lentement elle défit un à un les boutons de l'uniforme noir de Commandant de Vaisseau, de Zermhatt, effleurant son torse musclé de sa main si fine, si douce, en une éphémère caresse sous laquelle il se surprit à trembler. Alors sans plus attendre, il lui mordit la bouche d'un baiser presque féroce, mais elle le repoussa gentiment, fermement, chuchotant avec un air mutin :

— Chut, pas si vite, ce soir tu te laisseras faire, c'est moi qui te ferai l'amour…

Il la dévisagea, surpris, étonné ; elle ajouta alors, avec un sourire, se pressant nue et douce contre lui :

— Tu verras, tu ne le regretteras pas…

Puis elle se mit avec enthousiasme et imagination à tenir sa promesse…

Chapitre 20

L'aube verte ne tarderait plus à pointer ses rayons d'émeraude, lorsque Zermhatt, assis près du feu avec ses compagnons d'expédition, reposa sa tasse de tisane. Il déplia son interminable carcasse, secouant du même coup toute la fatigue de sa nuit passée. Enfin, il lâcha de son étrange voix rauque :

— Allons-y, les gars !

Passant son carquois et son arc en bandoulière, il prit sa lance à la main, bientôt suivi par les quatre Terriens et Oliis, le Kerness. Il gagna l'extrémité de la longue dalle qui formait une sorte de terrasse devant l'immense caverne.

— Ah ! Tout de même ! Vous vous décidez enfin ! Je vous attends depuis des heures ! les interpella une voix, que Zermhatt aurait reconnue au milieu de mille autres.

— Sam ? lança-t-il avec stupéfaction.

Se détachant alors des gros éboulis rocheux qui la dissimulaient, la silhouette de la Terrienne se découpa dans le clair-obscur de l'aube naissante.

— Sam ? Comment ? Mais tu dormais !

Samantha éclata d'un rire léger et musical :

— Oui… Enfin, je faisais semblant !

Puis, redevenant sérieuse, elle ajouta :

— Bon, on papote, on papote, mais il serait temps d'y aller !

Elle se détourna et se baissant dans l'ombre du rocher, elle farfouilla quelques secondes, puis souleva quelques objets.

— Tenez, j'ai un sac pour chacun d'entre vous, s'exclama-t-elle tout en tendant un sac à dos à Zermhatt qui, surpris, le prit machinalement !

Samantha en distribua un à chacun, ensuite elle s'approcha du Zatbar, se retenant de rire.

— C'est un sac à dos, Zermhatt, ça ne va pas te mordre ! Bon, nous pouvons nous mettre en route ?

Il secoua la tête, sentant une colère monter inexorablement :

— Sam ! Il n'est pas question que tu nous accompagnes ! gronda-t-il, son regard fauve s'allumant d'une lueur dangereuse.

Sans se démonter pour autant, Samantha se hissa sur la pointe des pieds et lui plaqua un baiser sur la bouche, en s'écriant :

— Tout va bien alors, puisque c'est vous qui m'accompagnez et non le contraire !

Légère et vive, elle s'échappa prestement, dévalant en courant le petit sentier, disparaissant dans la nuit.

— Sam ! Samantha ! hurla Zermhatt tout en jetant un juron bien sentit en Zaltrin.

Duncan lui saisit le bras, disant à mi-voix :

— Laisse tomber, commandant. Si elle veut venir avec nous, ce n'est pas si grave après tout !

Furieux, Zermhatt toisa l'Australien de toute sa hauteur, contenant à grand-peine une colère qui allait *crescendo*. Cependant, sans plus s'alarmer Duncan poursuivit :

— C'est sans doute mieux comme ça, après tout elle est peut-être plus en sécurité avec nous, que toute seule, au camp, remarqua-t-il en soutenant sans ciller le regard jaune, lourd de menaces, du Zatbar.

L'argument sembla porter. Zermhatt réfléchit. Effectivement, bon nombre d'humains au campement lui étaient hostiles, ne pouvant accepter, dans un racisme issu de trop de souffrance, sans doute, la simple vue d'un Zatbar. Par extension, sa relation intime avec Samantha, leur paraissait insupportable. Il est vrai que tant qu'il était là, sa force dissuaderait toute tentative d'affrontement, toutefois, une fois parti, que se passerait-il ?

Après tout, l'Australien avait peut-être raison…

Il hocha la tête, murmurant d'une voix dure :

— D'accord…

Scrutant alors la demi-obscurité de l'aube, il s'élança sans bruit, de sa démarche féline, sur la trace de la jeune Terrienne, ses compagnons se précipitant à sa suite.

Ils marchèrent d'un pas vif un long moment, le soleil jaune étant déjà bien haut dans le ciel lorsque Zermhatt fit signe à ses compagnons de route de s'arrêter pour une pause, au vif soulagement de tous.

Samantha se laissa choir avec satisfaction sur la première pierre venue. Pourtant pour rien au monde elle n'aurait montré sa fatigue à quiconque ! Elle sentait ses pieds en compote, son dos était moulu et tous ses muscles étaient durs et noueux. Elle réprima un soupir de lassitude qui lui montait spontanément à la bouche, sentant l'œil jaune et incisif de Zermhatt qui l'observait de loin.

— Eh bien dis donc ! s'exclama Mary d'un ton enjoué. Tu nous as fait faire un marathon, ce matin, commandant !

Posant son sac, elle en sortit une gourde en peau. Elle but une longue rasade avec une visible satisfaction.

— Mais ça alors, c'est la caverne d'Ali Baba, ce sac ! s'écria-t-elle tout en farfouillant à l'intérieur.

Elle sortit la boîte soigneusement confectionnée par Samantha et Kina, et remplie de biscuits…

— Hum… Des cookies ! commenta-t-elle, la bouche pleine.

— Woua ! Des biscuits ! s'exclama à son tour Duncan avec surprise et gourmandise.

Mary lui tendit la boîte en bambou, d'où il fit glisser un gâteau. Il la passa à son tour à Pete qui tendait déjà la main. Passant de mains en mains, les biscuits firent le tour du petit groupe, parvenant en dernier lieu au Zatbar. Il en prit un, le considérant avec circonspection, les sourcils froncés, tandis que tous les autres se régalaient.

Samantha, agacée par son manège, lança d'un ton railleur :

— C'est un biscuit, Zermhatt, et il n'est pas empoisonné… Regarde, même Oliis le trouve tout à fait comestible ! dit-elle en désignant le Kerness qui roulait de grands yeux ravis, tout en engloutissant le biscuit parfumé aux baies !

Lentement, Zermhatt replaça le cookie dans la boîte et la tendit à Mary qui, décontenancée, la reprit.

— Mais quoi ? Tu n'aimes pas les biscuits ? C'est contre ta religion ? s'exclama Samantha avec une pointe d'exaspération, sans comprendre son attitude.

Comme au ralenti ce dernier se redressa, sans quitter la jeune fille de son regard jaune, presque dur, la dominant ainsi de toute sa stature.

Samantha le considéra avec une perplexité et une irritation croissante. Elle soutint sans faiblir son regard aussi effilé qu'un trait, et demeura assise sans bouger de son rocher. Plus par défi qu'autre chose, elle prit un biscuit y mordant à belles dents, puis jeta la bouche pleine :

— Ils sont très bons mes cookies !

D'une voix dure, rendue métallique par la fureur, Zermhatt l'apostropha :

— C'est donc bien toi qui les as faits !

La jeune fille le dévisagea, sans comprendre sa colère, et hocha la tête :

— Quoi ? Il y a une loi intergalactique qui interdise de préparer des cookies aux baies ?

Sans même lui répondre, il fit un pas vers elle. Ses mâchoires étaient crispées d'une rage contenue, ses poings fermés, tremblaient légèrement. Samantha interloquée, le considéra avec ébahissement. Elle blêmit pourtant, tandis qu'une peur, mordante, incontrôlable, montait inexorablement en elle, lui serrant la gorge. Avec effort, elle déglutit. L'esprit en déroute, elle se leva afin de faire face au Zatbar, avec l'atroce impression que chacun de ses membres pesait des tonnes. Elle tenta de se reprendre, après tout, ce terrifiant Zatbar n'était autre que Zermhatt, lui dont elle connaissait toute la tendresse et la douceur.

Anxieusement, elle posa sa main, si petite, presque fragile, sur son bras puissant.

— Zermhatt ? Qu'est ce qui ne va pas ? murmura-t-elle d'une voix hésitante, qu'elle voulait cependant ferme.

— Qu'est ce qui ne va pas ? Tu me demandes ce qui ne va pas ? rugit Zermhatt la saisissant aux épaules, d'une poigne si rude et si violente qu'elle eut subitement l'impression d'avoir tous les os broyés.

Elle serra les lèvres pour ne pas gémir de douleur. Elle se força plutôt à soutenir son regard étincelant de colère. Zermhatt emporté par sa rage ne s'aperçut de rien, tout au contraire, excédé, il hurla :

— Tu m'as menti !

Le cœur de Samantha battait de plus en plus fort, une peur grandissante l'envahissait. Alors, s'évertuant au calme, elle balbutia :

— Quoi ? Je ne t'ai jamais menti ! Et je ne le ferai jamais !

La fureur du Zatbar monta d'un cran, sans même s'en apercevoir, il resserra son emprise sur la jeune fille qui pâlit un peu plus.

— La dissimulation c'est aussi un mensonge ! Cela fait des jours que tu préparais ton départ, n'est-ce pas ?

Samantha, l'esprit en déroute, affolée, acquiesça. Pourtant, il poursuivit, sa voix claquant tel un fouet :

— Tout n'était que mensonge ! Tu la voulais donc tellement ton expédition ? Tu étais prête à tout pour ça ? À tout pour endormir ma méfiance ! Tu as bien réussi, je ne me suis douté de rien…

Tout à coup, une voix à côté de lui s'interposa :

— Ça suffit maintenant, commandant, lâche-la ! s'exclama Mary avec douceur et fermeté.

Zermhatt sursauta, coupé dans son élan il jeta un coup d'œil à Mary, presque étonné de la trouver là.

— Laisse-la s'il te plaît… Allons regarde-la, ça suffit à présent…

Comme reprenant pied dans la réalité, il vit enfin Samantha, si vulnérable entre ses mains qui, livide de peur, se mordait les lèvres pour ne pas pleurer. Un sentiment de honte l'envahit, tandis que sa colère continuait à palpiter en lui. Lentement, il relâcha son étreinte. Samantha, son regard éperdu, noyé de larmes, recula en trébuchant de quelques pas, tout en bredouillant d'une voix hachée :

— Je ne t'ai pas menti, Zermhatt, je voulais juste venir… Ce n'est pas un crime ! Toi aussi, tu as préparé ton départ à mon insu ! J'ai juste fait pareil, de mon côté, mais j'ai toujours été sincère avec toi…

Les larmes ruisselant à présent sur son visage, elle tourna les talons et s'enfuit en courant, dévalant la butte sur laquelle ils se reposaient, et se perdit bientôt dans les buissons.

Zermhatt fit un pas pour la suivre, mais Mary lui bloqua le passage.

— Laisse-la ! Elle a besoin d'être seule ! Tu en as assez fait pour aujourd'hui !

— Qu'est-ce que tu racontes ? grinça-t-il d'un ton mordant.

— Il n'y a finalement aucune différence entre les hommes et les Zatbars ! Tous aveugles et stupides ! Tu ne vois donc pas qu'elle t'aime ? Si elle a fait tout ça, c'est uniquement pour être avec toi, pas pour autre chose ! Pourquoi doutes-tu d'elle ?

En proie à un vif désarroi, sensation fort inhabituelle pour lui, Zermhatt passa la main dans ses courts cheveux gris, avec un embarras grandissant, sentant les regards de Mary, mais aussi de tous les autres membres de l'expédition, braqués sur lui.

— Samantha est tellement imprévisible, tellement volontaire, tellement différente des femmes Zatbars. Elles sont si dociles et Samantha, elle, bien sûr ne l'est pas du tout ! Alors… parfois… Souvent… Je n'y comprends plus rien…, marmonna-t-il d'une voix basse qui avait perdu beaucoup de sa superbe.

Tout à coup, il fut interrompu par un cri provenant d'un petit bois situé plus en contrebas.

— Sam ! s'écria-t-il en s'élançant vers la source du cri, non sans avoir récupéré au passage son arc, son carquois et sa lance.

Ensuite, il bondit en direction des hurlements. Les autres membres du groupe n'avaient pas encore réagi que le Zatbar avait déjà disparu !

Un autre cri, plus proche, parvint aux oreilles du Zatbar qui accéléra encore son allure. Soudain, au détour d'un taillis épineux, le spectacle qui s'offrit à lui fut d'une effrayante simplicité. Le piège, fabriqué par la monstrueuse bête, d'une effroyable efficacité :

à l'intérieur d'une profonde excavation ; juste au bas du talus, un énorme arachnide avait tissé sa toile.

Aveuglée par sa course, sa colère et sa peine, Samantha n'avait pas vu le piège. Elle y était tombée tête baissée. Elle se trouvait à présent engluée dans les fils, incapable de s'en extraire. L'araignée, qui somnolait à l'abri de son gigantesque cocon de soie, protégée des rayons des soleils, fut prévenue de la présence d'une proie grâce aux vibrations de sa toile, et sortit de son engourdissement. Dardant ses quatre paires d'yeux sur sa future victime, elle fut satisfaite de son rapide examen : la proie était vive, bruyante et largement assez grosse pour lui constituer un honnête repas ! Alors elle tendit ses gigantesques pattes et, lentement, s'approcha de la jeune fille qui hurla à se briser les cordes vocales, gesticulant de plus belle. Hélas, plus Samantha se débattait et plus les fils l'enserraient. Elle fut prise d'une telle panique qu'elle ne pouvait cesser de crier !

Tout à coup, sautant volontairement dans le piège, une silhouette noire se jeta entre elle et l'araignée. Celle-ci, songeant avec ravissement qu'elle ferait finalement deux repas au lieu d'un seul, fit claquer ses puissantes mandibules de gourmandise ! Ces proies inconnues paraissaient tellement appétissantes !

— Zermhatt, elle arrive ! sanglota Samantha, terrorisée.

Avec souplesse, il se baissa et d'un seul coup de machette, il coupa la toile qui retenait la jeune fille prisonnière. D'un bond, elle se dégagea des fils collants et se releva vivement.

— Monte ! Dépêche-toi !

— Mais…

D'une bourrade dans le dos, il la poussa en direction du talus, qu'elle fut bien contrainte d'escalader.

L'araignée noire, furieuse de voir son repas lui échapper, grinça férocement des mandibules et se jeta avec une rapidité stupéfiante pour une bête aussi grosse, sur le Zatbar qui, sa lance à la main, lui faisait face. Son regard jaune aussi acéré que la pointe barbelée de son arme, il était prêt au combat.

À l'instant précis où la monstrueuse bête s'élança sur lui, il propulsa sa lance, à la pointe solidement aiguisée. Elle se ficha profondément, avec un bruit sinistre dû au craquement de la chitine, dans l'abdomen rebondi de l'arthropode. Cette dernière frémit, fit mine d'avancer encore l'une de ses pattes, mais vaincue, elle s'effondra sur le dos dans un ultime claquement de mandibules…

Prudemment, Zermhatt s'approcha de l'hideux cadavre et d'un coup sec retira sa lance profondément fichée. En seulement deux bonds, il fut en haut du talus et retrouva Samantha qui, effondrée sur le sol caillouteux, pleurait sans bruit.

Posant son arme sanglante, il s'agenouilla devant elle et lui releva la tête.

— Oh Zermhatt, j'ai été stupide, pardonne-moi… balbutia-t-elle en sanglotant. Pardonne-moi, j'ai eu si peur, j'ai eu tellement peur !

Tendrement, il l'attira contre lui, la serrant dans ses bras, fragile oiseau perdu, affolé.

— Chut ! Tout est fini, oublié, c'est de ma faute, je n'aurais jamais dû me mettre en colère contre toi…

Il l'enlaça un peu plus fort, le cœur étreint d'effroi, à la pensée qu'elle aurait pu mourir à cause de lui. Une émotion violente le submergea, d'amour et de peur mêlés. Avec délice, il respira son parfum délicat, enserrant son corps fragile de ses mains puissantes.

Il frémit de la sentir vivante, tiède et douce entre ses bras.

Doucement, il passa ses mains dans ses cheveux, lui caressant le visage avant de lui prendre la bouche d'un baiser presque sauvage.

Enfin réconciliés, l'équipée exploratrice put reprendre, dans une ambiance à nouveau amicale et complice.

Chapitre 21

Ils marchaient droit devant eux, face au sud, ne déviant de leur trajectoire que pour éviter un obstacle majeur : ravin, éboulis ou précipice qu'ils devaient alors contourner. Puis ils reprenaient leur cap, se fiant aux soleils ou aux étoiles lointaines de ce ciel inconnu. Ils découvraient de vastes paysages de collines rocheuses à la végétation étrangement méditerranéenne qui semblaient presque familiers à Samantha.

De grands arbres aux longues aiguilles de pins maritimes ondulaient mollement dans la brise, tandis que des plantes grasses d'un vert bleuté, aux feuilles dodues et effilées, poussaient opiniâtrement au milieu d'éboulis rocheux. Partout, de petites touffes odorantes aux délicates fleurettes rosées, jaune pâle ou blanches, poussaient gaillardement sur une terre ocre et poussiéreuse.

Oliis, sans se départir de son calme impavide, mâchonnait à longueur de journée d'innombrables échantillons, racines et tubercules, fleurs sauvages et même insectes bizarres, rien n'échappait à ses longues mains préhensiles et à son étonnant sens gustatif. Marchant à ses côtés, Paul Murray, un carnet et un crayon à la main, notait tous les renseignements fournis par le Kerness. De temps à autre, il prélevait un échantillon et le rangeait soigneusement entre les pages couvertes de sa fine écriture.

Le soleil vert dardant ses rayons aux inhabituelles lueurs protégeait leur marche : il faisait chaud et Samantha, malgré sa fatigue et les dangers divers, se trouvait parfaitement à l'aise, heureuse. Elle se sentait enfin à sa place et pour rien au monde elle n'eut souhaité se trouver ailleurs. Avec certitude, elle le pressentait, son destin était là, sur cette planète oubliée où elle avançait la main dans celle de son surprenant compagnon à la peau grise et au regard de loup.

À chacune des pauses, Zermhatt prenait des notes dans son carnet, de sa singulière écriture en Zaltrin, appliquée et raffinée. Il inscrivait la position des soleils, faisait de nombreux croquis et calculs qui paraissaient totalement hermétiques à Samantha.

Cette dernière n'avait pas encore ouvert son carnet ni touché à son crayon, dont tous les autres se servaient avec délectation. Elle se contentait de savourer la nature, s'allongeant sur le sol dans les herbes aromatiques et les fleurs qui exhalaient de légers et piquants effluves. Elle roulait sur elle-même, le nez dans toutes ces senteurs exquises et inconnues et là, entièrement détendue, il lui semblait sentir pulser l'énergie même de cette planète.

Des insectes multicolores escaladaient ses mains, s'égaraient dans ses cheveux, puis s'envolaient dans un frémissement d'ailes translucides.

Parfois, à son insu, Zermhatt levait les yeux de ses annotations ne pouvant s'empêcher d'admirer la jeune Terrienne qui, tel un joyeux animal, loin de toutes ces considérations scientifiques, semblait s'immerger totalement dans cette nature inconnue. Elle était si belle, ses longs cheveux blonds mêlés d'herbes et de fleurettes, sa combinaison légèrement déboutonnée à cause de la chaleur, révélant la naissance de ses seins, dévoilant l'ambre de sa peau. Les yeux clos, elle s'offrait aux rayons des soleils, impudique et lascive, sans le vouloir ni même en avoir conscience.

Alors le cœur du Zatbar battait un peu plus fort, un peu plus vite, sa main se crispait un peu trop sur son crayon, ses yeux jaunes se voilaient tout à coup d'une émotion que même lui, le fier Zell, avait du mal à juguler…

Ensuite, jetant un coup d'œil aux soleils, il faisait signe que la pause était terminée. Il dépliait son interminable carcasse, rangeait soigneusement son carnet dans une poche de son uniforme noir, puis en deux souples enjambées, il s'approchait de Samantha.

De sa voix rauque, aux étranges et sourdes inflexions, rendue encore plus grave par le trouble profond qui l'agitait, il l'appelait à mi-voix. Samantha clignait des yeux et lui souriait de tout l'éclat nacré de ses dents. Il lui tendait alors la main, l'aidant à se relever. Le contact si frais de la peau de sa jeune compagne, l'électrisait. Avec difficulté, il parvenait à déglutir et conserver malgré tout une attitude digne, une prestance fière, une apparence presque froide, en opposition totale avec ses pensées, ses sentiments, ses émotions.

Bénéficiant quelquefois de l'inattention des autres membres de l'expédition ou du paravent bienvenu d'un arbuste, il en profitait alors pour lui voler quelques baisers et caresses.

Sitôt que l'ultime rayon du soleil vert disparaissait à l'horizon, le petit groupe hétéroclite d'explorateurs, s'arrêtait pour une halte nocturne. Autour d'un réconfortant feu de camp, censé chasser ou du moins repousser les aranéides géants, les membres du petit groupe s'asseyaient enfin pour un repos bien mérité, après une épuisante journée de marche.

Ils faisaient griller quelques gibiers chassés durant le jour, qu'ils se partageaient avec appétit, tout en discutant à bâtons rompus des événements survenus pendant la journée. Ils plaisantaient, riaient, et se délassaient enfin.

Puis, déroulant leurs couvertures ils s'étendaient et s'endormaient rapidement, vaincus par la fatigue, le dos et les jambes moulus.

Très vite de petites habitudes s'étaient instaurées : Duncan commençait le premier tour de garde puis venait celui de Paul, Pete prenant une heure plus tard l'autre tour, enfin Zermhatt bénéficiant de son métabolisme si particulier, frais et dispos après seulement quelques heures de sommeil veillait sur le repos de ses compagnons le restant de la nuit.

Tournant le dos au feu, assis en tailleur, sa lance posée sur ses genoux, son arc et ses flèches à portée de mains, scrutant les ténèbres de ses yeux nyctalopes, tous ses sens en éveil, aussi droit et figé qu'une statue de granit, il fixait l'obscurité nocturne, prêt à agir.

Tout près de lui, si près qu'il percevait son souffle l'effleurer, Samantha dormait en toute quiétude, se fiant entièrement à sa vigilance.

Souvent, dans les ultimes heures de la nuit, Duncan tapait sur l'épaule du commandant Zell et sans même qu'un mot ne soit échangé entre le Terrien et le Zatbar, celui-ci se levait, s'étirant souplement tel un chat gigantesque, laissant alors le soin à l'Australien de veiller sur le petit groupe. Sans le moindre bruit, il se coulait près de Samantha qui dormait paisiblement sous une légère couverture.

Celle-ci, sans même s'éveiller, se blottissait contre lui, se lovant tout naturellement entre ses bras. Il la serrait doucement et s'endormait alors pour une heure ou deux d'un sommeil peuplé de rêves comme il n'en avait jamais connu.

Chapitre 22

Cela faisait quatre jours qu'ils avaient quitté le camp de base de la grotte, lorsque tout à coup, alors qu'ils étaient parvenus au sommet d'une colline, Oliis fut pris d'une agitation et d'une excitation bien inhabituelle de sa part : il poussait des cris stridents sautait et agitait ses quatre longs bras, tout en roulant des yeux ravis ! Puis il partit en courant, fixant un point invisible à l'horizon.

Ses compagnons, interloqués, se lancèrent à sa poursuite en l'appelant :

— Oliis, attends-nous ! Attends ! criait Samantha en trébuchant dans les cailloux.

Bientôt, le Kerness, suivi de près par Zermhatt, disparut derrière un repli de la colline, distançant les Terriens qui étaient beaucoup moins rapides, surtout sur un terrain aussi accidenté !

Mary et Samantha qui avaient pris un peu de retard, rattrapèrent bientôt les trois hommes qui, s'étant arrêtés, les attendaient, l'air stupéfait.

Hors d'haleine, Samantha s'approcha d'eux. La première chose qui la frappa fut le bruit sourd, si particulier du ressac. Bousculant presque Pete et Duncan, elle découvrit l'immensité bleutée d'un océan qui se jetait à quelques mètres en dessous d'eux, sur une immense plage de sable blond s'étendant à perte de vue. Déjà, le Zatbar arpentait prudemment le sable doré, accompagnant le Kerness fou de joie qui sautillait et pataugeait avec allégresse.

Avisant l'éboulis rocheux qui leur avait permis de gagner la grève, Samantha, sans plus réfléchir, sautant de rochers en rochers avec l'agilité d'un chamois, fut bientôt en bas de la petite falaise, vite rattrapée par ses autres compagnons Terriens. Elle courut rejoindre Zermhatt qui, les mains sur les hanches, contemplait d'un air un brin perplexe l'océan dont les vagues lui léchaient le bout des bottes. Oliis, moins circonspect, se roulait dans l'eau salée, engloutissant au passage quelques crabes imprudents qu'il mâchait avec une vraie délectation.

La jeune fille éclata de rire, tout aussi heureuse que le Kerness. Peut-être gagnée par sa folie, elle passa à côté du Zatbar en s'écriant :

— Viens, Zermhatt, viens !

Dans le même mouvement, elle envoya promener ses chaussures puis descendant prestement la fermeture éclair de sa combinaison, elle fut nue en un tour de main. Avec délice, elle sentit le sable rouler sous ses orteils, puis l'eau fraîche lui caresser les chevilles. Sans plus attendre, elle s'élança au-devant des vagues et plongea parmi elles.

Interloqué, Zermhatt ne put que s'écrier :

— Non, Sam ! Non !

Mais déjà, la jeune fille avait disparu tête la première dans l'eau, sous l'œil horrifié du Zatbar.

Ces derniers, vivants sur une planète constituée uniquement de forêts et de montagnes, sans mer ni océan d'aucune sorte avaient une méfiance instinctive envers l'élément liquide, même si leur entraînement de soldats en faisait de parfaits nageurs. C'était un exercice qu'ils n'aimaient pas, ne le pratiquant que contraints et forcés.

Zermhatt, voyant Samantha disparaître sous l'eau, repoussa son premier mouvement, n'écoutant que son courage, il se déchaussa en un tour de main et s'élança à la poursuite de la jeune fille, qu'il imaginait déjà en butte à mille dangers !

En apnée, qu'il pouvait maintenir de longues minutes, ses yeux jaunes grands ouverts, il scruta le fond de la mer à la recherche de la Terrienne. Tout à coup, il l'aperçut, à quelques mètres devant lui, nageant sans effort entre deux eaux. Aussi fluide et lisse qu'une sirène, elle se mouvait dans cet élément avec un naturel qui le laissa stupéfait.

Samantha, sans même soupçonner que Zermhatt la suivait, jaillit hors de l'eau pour reprendre son souffle puis, tout aussitôt replongea dans cette mer inconnue, fraîche et délicieuse qui lui rappelait tant les calanques de sa Méditerranée.

Sous ses yeux émerveillés, des poissons multicolores s'enfuyaient à son approche, certains longs et fins tels des anguilles, d'autres minuscules et farouches. Sur le fond sablonneux, de multiples coquillages paressaient dans de somptueuses coquilles aux étonnants reflets, tandis que des crabes vindicatifs se disputaient âprement les reliefs d'un repas.

Soudain, Samantha sentit sa cheville droite enserrée dans un véritable étau, de saisissement et de peur elle avala une gorgée d'eau salée qui lui brûla la gorge. Tout aussitôt, elle se retourna afin d'affronter son adversaire. Elle se trouva alors face à un étrange regard jaune qui la dévisageait avec colère. Pendant une fraction de seconde sa peur prit le dessus, elle se débattit violemment puis, tout aussitôt, elle reconnut Zermhatt qui la traîna jusqu'à la surface !

Tandis qu'elle toussait et crachait en essayant de reprendre sa respiration, Zermhatt, furieux, les dents serrées, gronda de sa voix sourde, tout en maintenant la jeune fille d'une seule main :

— Mais tu es folle ! Nager dans cette eau sans en connaître les dangers, tu es totalement irresponsable !

Ayant finalement repris son souffle et ses esprits, elle s'exclama en riant :

— N'importe quoi ! La seule chose qui a failli me noyer et me faire mourir de peur, c'est toi ! Et non pas les petits poissons…

Puis, passant les bras autour de son cou, elle l'enlaça avant de poser ses lèvres au goût salé sur sa bouche. Malgré les ondes de désir qu'il sentait monter irrésistiblement en lui, Zermhatt la repoussa fermement :

— Arrête ! Ce n'est pas le moment ! Regagnons plutôt la plage, allez viens !

Lui tournant résolument le dos, il se mit à nager vers le rivage, ne pouvant même pas imaginer qu'elle ne le suive pas !

Effectivement, la jeune fille qui avait peu de choses en commun avec une obéissante Zatbar, ne prit même pas le temps de la réflexion, elle plongea en direction du large, heureuse de n'en faire qu'à sa tête, heureuse d'être libre et de le rester !

Au bout d'une bonne trentaine de mètres sous l'eau, elle refit brièvement surface afin de prendre une goulée d'air. Entre deux vagues, elle aperçut à une petite centaine de mètres un minuscule îlot rocheux. Tournant la tête vers la plage, elle vit Zermhatt qui, venant de remarquer sa nouvelle disparition, la cherchait d'un regard courroucé.

Sa décision fut prise instantanément, elle se lança aussitôt dans un crawl parfait en direction de l'îlot. Le Zatbar, l'ayant aperçue se jeta rageusement à sa poursuite. Le degré d'indiscipline et d'esprit de contradiction de Samantha le dépassait parfois totalement !

Le Zatbar nageait vite et bien, sa taille et sa force étant un atout considérable, mais Samantha avait beaucoup d'avance. Finalement, il la vit gravir les rochers de l'îlot, aussi nue, dorée et impudique qu'une naïade. Elle se retourna une fraction de seconde et son regard bleu, mutin, croisa le sien, cela ne dura que le temps d'un battement de cils déjà elle se détournait, escaladant avec une vivacité de chèvre les rochers de l'île et disparut à ses yeux.

Forçant encore un peu plus son allure, c'est tenaillé par une sourde colère qu'il aborda lui aussi l'îlot. Trempé, furieux, il s'élança sur les traces de la jeune fille.

Il déboucha sur une petite crique bordée par une minuscule plage de sable blanc, ombragée par quelques arbres, cousins lointains des pins parasols. Puis il la vit.

Assise sur une pierre plate, telle une sirène, le regard perdu vers l'horizon, elle tordait entre ses mains sa longue chevelure blonde gorgée d'eau.

En quelques foulées, il fut à sa hauteur, sans que son humeur n'ait été améliorée ni par la fraîcheur de l'eau ni par son court footing.

En souriant, Samantha se tourna vers lui, le regard empreint d'une feinte innocence. C'est avec candeur, qu'elle s'exclama :

— Zermhatt, c'est bien toi ?

D'un bond, il sauta sur le rocher sur lequel elle se trouvait et gronda, les mâchoires crispées de colère :

— Et qui veux-tu que ce soit ?

Elle s'allongea dans un mouvement presque lascif, en murmurant ironiquement :

— J'ignore, un monstre marin sans aucun doute !

Zermhatt esquissa un demi-sourire, fasciné malgré lui par la beauté lisse et dorée de la jeune fille qui se tenait nue, comme offerte sur cette roche, attiédie par les rayons conjugués des soleils.

Sa colère refluait déjà, il le savait, lui, le fier Seigneur de Guerre, était vaincu par cette minuscule créature !

Ce ne fut qu'au petit matin, lorsque le soleil vert darda enfin ses rayons protecteurs et que la marée reflua vers le large, que les deux amants purent alors regagner la plage et retrouver leurs compagnons de route.

La marée et l'obscurité les avaient contraints à passer toute la nuit, seuls, sur l'îlot. Duncan rassura bien vite Mary qui s'inquiétait pour eux, lui affirmant avec un sourire qu'elle pouvait dormir sur ses deux oreilles, Samantha ne risquait rien avec un garde du corps tel que le Zatbar, puis, ajouta-t-il, en accentuant son sourire, ils trouveraient certainement de quoi meubler les longues heures nocturnes, c'était vraiment bien inutile de se faire du souci pour eux !

Effectivement, la jeune Terrienne et le Zatbar trouvèrent de quoi s'occuper… Après avoir allumé un feu de bois qui les sécha, ils imaginèrent sans problème comment se réchauffer et ce de manière si efficace qu'ils ne virent pas défiler les longues heures de l'interminable nuit qui leur sembla tout à coup bien courte. Déjà les lueurs verdoyantes de l'aube survenaient, irisant l'océan de teintes émeraude.

Alors, main dans la main, le Zatbar à la peau grise et la Terrienne blonde et dorée, sortirent de l'eau fraîche de ce petit matin et retrouvèrent leurs compagnons restés sur la plage. Les quatre Terriens et le Kerness demeurèrent presque sans voix devant la beauté du couple qui marchait vers eux. Pourtant, ce qui paraissait le plus surprenant demeurait impalpable et irréel, c'était cette sorte d'aura qui semblait les envelopper tous deux, faite d'une complicité sensuelle des corps et de l'esprit, d'un amour si grand et si fort qu'il les transcendait presque.

— Mince, c'est Vénus sortant de l'onde ! fit Pete à mi-voix, comme hypnotisé par la beauté presque irréelle de la jeune fille, dont les longs cheveux blonds s'enroulaient telles des algues d'or autour de ses bras, de ses épaules, de ses seins.

Duncan, qui ne se départait jamais de son ironie, murmura sur le même ton :

— Vénus sortait d'un coquillage, elle ne se baladait pas en compagnie d'un géant à la peau grise, et puis, si tu veux mon avis, celle-là de Vénus est nettement mieux roulée, non ?

Pete hocha la tête en souriant, cependant Zermhatt attirait sa jeune compagne frissonnante près du feu que Mary attisa.

Samantha, grelottante, enfila sa combinaison tandis qu'Oliis leur servait à tous les deux un bol rempli d'une tisane bouillante.

Zermhatt reprit tout naturellement le commandement du petit groupe et nul ne parla de la nuit écoulée. Après avoir bu d'un seul trait le liquide brûlant, sans même prendre le temps de s'asseoir, le Zatbar attrapa son sac à dos, mit son carquois et son arc sur l'épaule saisit sa longue et solide lance puis se tournant un bref instant vers ses compagnons, d'un ton sec, il leur fit signe de le suivre.

La vue perçante de Zermhatt lui avait montré un point au loin, sur la plage, une haute et abrupte falaise qu'il souhaitait voir d'un peu plus près. Tendrement il posa une main sur l'épaule de Samantha, lui demandant de cette voix rauque qui devenait pour elle tendre, presque douce, si elle n'avait pas trop froid, si elle s'était réchauffée et si elle était prête à partir.

Chapitre 23

Moins d'une heure plus tard, ils étaient parvenus au pied de la falaise qui les dominait d'une bonne trentaine de mètres. Grise et massive, elle barrait la plage de toute sa hauteur, s'avançant résolument vers la mer qui s'écrasait à ses pieds dans des tourbillons d'écume.

Au fil du temps, les marées et les tempêtes, le vent et la pluie l'avaient érodée, travaillant toute la structure de ce colosse de pierre jusqu'à creuser et forer un dédale de cavernes.

Sans même une seule seconde d'hésitation, Zermhatt s'élança à l'assaut de la falaise. Grâce à sa force, sa taille et à sa vue perçante, il avait repéré une étroite fissure, entrée obscure vers des entrailles inexplorées, sans aucun doute.

En quelques minutes à peine, il se hissait déjà sur l'étroit surplomb qui prolongeait l'entrée de la grotte. Sortant de son sac à dos une corde qu'il avait confectionnée le soir, à temps perdu, dans une fibre végétale, légère et résistante, il la lança à ses compagnons demeurés sur la grève. La première, Samantha s'en saisit, mais Zermhatt s'exclama de sa voix coupante de commandement :

— Non, Sam, laisse Duncan monter !

Samantha releva la tête, fronça les sourcils, alors sans mot dire ni hésiter plus longtemps, elle agrippa la corde et commença l'escalade avec souplesse et efficacité. Les pieds perpendiculaires à la paroi elle se hissait rapidement. Zermhatt, furieux s'exclama dans un sourd grondement :

— Sam ! Tu es folle ! Tu n'es même pas attachée !

Quelques instants plus tard la jeune fille abordait le surplomb, un sourire radieux sur les lèvres, les yeux pétillants de malice. D'une poigne rude, le Zatbar l'aida à se hisser sur l'étroite roche, ses mâchoires crispées sur une colère rentrée qu'il sentait monter inéluctablement en lui.

Non seulement il ne supportait pas que quiconque outrepasse ses ordres, qui plus est Samantha, de surcroît il n'osait imaginer ce qui aurait pu se passer si jamais la jeune fille avait lâché prise.

Sa colère, il en avait presque trop clairement conscience, n'était sans doute que la conséquence de la peur qu'il avait éprouvée en la voyant, suspendue ainsi entre ciel et terre. Jamais, il le pressentait bien, il ne pourrait s'accoutumer à la voir affronter de tels dangers. Avec regret, il songea aux coutumes de son peuple où les femmes demeuraient si sagement à l'abri de leur confortable maison ! S'il en avait eu le pouvoir, il aurait sur le champ enfermé sa délicieuse Samantha dans une somptueuse résidence, bien à l'abri de tous dangers, telle une délicate et fragile poupée !

Il tenta de maîtriser sa colère, ses pensées et ses sentiments. Sam n'avait rien d'une douce et docile Zatbar, elle était effrontée, rebelle, indisciplinée, et cela, il avait le plus grand mal à le comprendre !

Il serra un peu plus fort les mâchoires, son regard jaune, acéré, croisa celui pétillant et rieur de la jeune fille. Celle-ci marqua un léger temps d'arrêt, mais ne baissa pas les yeux et dit d'un ton sarcastique :

— Quoi ? Tu croyais que j'avais du jus de chaussettes dans les bras ? Ah ! Mais ne rêve pas il n'y a pas que les Zatbars qui pratiquent la grimpe ! Bon, on va explorer cette grotte ou on attend le déluge ?

Zermhatt fit un violent effort sur lui-même pour ne pas lui asséner quelques gifles qui auraient merveilleusement bien soulagé sa colère et sa peur !

Pourtant, dans un très méritoire effort, il se contint, jetant seulement d'une voix coupante :

— Sam, je tiens à explorer cette caverne avec Duncan et Pete, toi, tu redescends et tu nous attends en bas avec Paul, Mary et Oliis. Tu as saisi ?

Avec précaution, à cause de l'étroitesse du surplomb rocheux, Samantha se rapprocha du Zatbar, dont elle percevait toute la colère. Doucement, elle tendit une main, effleurant son visage d'une caresse, sans dévier un instant son regard rivé dans le sien doré, impénétrable. Puis elle murmura d'une voix à présent dénuée de tout sarcasme :

— Je t'aime, Zermhatt Zell Am Zemam, mais personne n'a à me donner d'ordre, même pas toi ! Je suis une Terrienne et je suis libre, que cela te plaise ou non !

Alors elle posa ses lèvres au coin des siennes en un baiser délicat, porteur d'une infinie tendresse.

Tout à coup, la voix de Duncan, leur parvenant d'en bas, les fit sursauter :

— Eh ! Oh ! Les amoureux ! Si vous avez fini de flirter, nous pourrions monter nous aussi !

— Nous ne flirtons pas ! jeta Zermhatt d'un ton peu amène, totalement déstabilisé par cette société humaine tellement à l'opposé de celle si ordonnée, si respectueuse et si policée des Zatbars.

— Nous avons eu un conflit d'opinion pour tout vous dire ! ajouta Samantha d'un ton plein de rire.

— Eh ben ! ne put s'empêcher de s'exclamer Pete. C'est comme ça que vous vous disputez !

Finalement, c'est toute l'équipe qui grimpa jusqu'à l'entrée mystérieuse de la grotte et qui, solidement armée, partit explorer les entrailles rocheuses de la falaise.

Au bout de quelques mètres à peine, la fissure s'élargissait déjà, se métamorphosant en un long boyau aux parois lissées par les éléments. Ce couloir en croisait d'autres, parfois ceux-ci s'agrandissaient jusqu'à constituer de fabuleuses salles où les lueurs tremblotantes de la torche en résine que Samantha brandissait laissaient apparaître de diaphanes et éphémères silhouettes en ombres chinoises.

Les couloirs montaient, s'inclinaient, se réunissaient, repartaient, se transformaient en salles aux proportions dantesques ou tout au contraire intimistes. Le petit groupe d'explorateurs ne cessait de s'étonner, d'admirer la magnificence de cette nature qui avait réalisé, seule, ce dédale architectural. Très vite Samantha en avait eu le tournis et très vite aussi elle cessa d'avoir tout repère, mais peu lui importait, cramponnée à la large main de Zermhatt elle l'aurait suivi ainsi en toute confiance, jusqu'au cœur même de cette planète.

Par chance, il ne semblait pas vouloir aller jusque-là ! Tous ses sens aux aguets, il suivait néanmoins un chemin bien précis. Finalement, au bout d'un assez long périple, ils parvinrent enfin à l'endroit qu'il recherchait, dont il soupçonnait instinctivement l'existence.

C'était une salle surprenante, plus vaste que trois ou quatre cathédrales réunies, plus étendue encore que le hall de l'héliport de Zanaspan, c'était une salle aux proportions phénoménales, avec la particularité, c'était précisément cela que Zermhatt recherchait, d'être à moitié envahie par la mer.

Par un large passage, telle une bouche à demi ouverte, la mer pénétrait sous la falaise, constituant un petit lac presque paisible. Prenant la torche des mains de Samantha, il tendit très haut le brandon résineux, chassant un court instant les ténèbres, dévoilant alors à ses compagnons ce que ses sens hors du commun lui avaient révélé. Déjà, son esprit méthodique, fonctionnait à plein régime. Il entrevoyait les mille possibilités que pouvait leur offrir un tel emplacement.

Chacun poussa des « Oh ! » et des « Ah ! », Oliis, la bouche pleine, il grignotait un crabe, ne put rien dire et seul Zermhatt affirma de sa voix sourde qui se répercuta en écho guttural par-dessus le clapotis des vagues :

— C'est un port !

— Un port ! répétèrent en écho ses compagnons, sans comprendre !

Il esquissa un demi-sourire qui dévoila ses dents carnassières, laissant ses compagnons encore plus médusés.

Sans fournir de plus amples explications, il rendit la torche à Samantha qui s'en saisit machinalement, le dévisageant, tellement interloquée qu'elle en restait muette, pour une fois !

— Suivez-moi, vous allez comprendre ! dit-il simplement, amusé par la mine de ses compagnons terriens.

La petite troupe se mit à nouveau en marche, se laissant guider par la silhouette aux proportions exceptionnelles du gigantesque officier Zatbar, qui se répercutait en ombres dantesques sur les roches polies de la caverne.

Ils arpentèrent ainsi pendant de longues minutes, de nouvelles galeries, cet incroyable réseau de grottes paraissant trouer la falaise tel un gigantesque gruyère !

Zermhatt avançait d'un pas assuré, montant, tournant le long de couloirs tantôt larges et spacieux, tantôt si étroits qu'il lui fallait progresser à genoux.

Seule Samantha, avantagée par sa petite taille, n'en était pas affectée.

Finalement, au bout d'un périple de plusieurs minutes, ils débouchèrent dans une salle spacieuse.

Par un boyau situé à son extrémité, les Terriens aperçurent alors la pâle lueur du jour pénétrer jusqu'au cœur des ténèbres.

Ils purent tous admirer les proportions de la salle, puis ils grimpèrent une pente abrupte, suivant la lueur des soleils. Ils débouchèrent enfin dans une nouvelle caverne, presque petite en regard de celles qu'ils avaient traversées auparavant, mais qui avait pourtant la particularité de s'ouvrir directement sur le flanc à pic de la falaise.

Clignant des yeux à cause de la lueur éblouissante des soleils, Samantha, fascinée par la beauté de la vue, s'approcha de l'ouverture béante par laquelle le vent s'engouffrait, faisant voler ses longs cheveux blonds tout autour de son visage.

Son regard se perdit au loin, jusqu'à l'horizon que la mer étincelante barrait d'un trait d'argent, le ciel si pur et si clair se confondait avec les flots où les moutons d'écume rivalisaient en blancheur avec les nuages qui paressaient dans le ciel.

Quelques oiseaux de mer se laissaient dériver au gré des courants d'air chaud, planant mollement dans la brise, lançant de loin en loin d'étranges cris aigus.

Samantha sentit deux mains se poser sur ses épaules ainsi que le contact chaud et rassurant d'un corps musclé. Elle ne se retourna pas, se laissant simplement aller contre son compagnon. Au bout de quelques instants, elle murmura, comme pour elle-même :

— C'est tellement beau ! On pourrait croire que l'on vole avec ces oiseaux blancs…

La voix si étrange du Zatbar résonna presque douce à son oreille :

— Si tu aimes cette vue, je crois que tu aimeras mon idée !

— Mais quelle idée, Zermhatt ?

— Oui ! s'exclama Duncan avec un geste d'impatience. Il est temps que tu nous en dises plus, commandant !

Avec nonchalance, il posa son sac à dos et s'assit à même le sol, invitant les Terriens et Oliis à en faire autant. Puis, sortant sa gourde en peau de lapin-marmotte il l'ouvrit et la tendit à Samantha qui but une longue rasade d'eau fraîche, réalisant tout à coup combien elle avait soif. Il se désaltéra ensuite, longuement, avant de donner enfin à ses compagnons suspendus à ses moindres gestes les explications tant attendues.

— Vous ne voyez donc pas tout le potentiel de ce réseau de cavernes ?

— Tu nous as parlé d'un port, remarqua Samantha qui, à présent juchée sur un rocher, le dévisageait sans bien comprendre.

— Oui, un port, bien sûr, mais pas que ça, cela pourrait devenir une nouvelle colonie où pourraient vivre, s'abriter et se protéger sans se gêner, en conservant chacun son intimité, plusieurs centaines d'individus. Nous pourrions construire des bateaux et partir explorer non seulement les côtes, mais aussi pourquoi pas, plus tard, aller vers les autres continents !

— Nous pourrions aussi pêcher…, le coupa Oliis, le regard brillant à l'idée de somptueux festin de poissons et de coquillages.

— Oui, bien sûr, Oliis, les Kerness pourraient trouver ici tout ce dont leur métabolisme a besoin.

— Mais pourquoi vouloir créer un autre campement ? Là où nous sommes installés nous sommes très bien, non ? questionna Paul.

— Oui, pour le moment parce que notre groupe est encore restreint, mais lorsque nous serons trois cents, quatre cents ou mille ? Comment ferons-nous ?

Pete explosa de rire en s'exclamant :

— Tu sais commandant les femmes humaines ne portent au mieux, qu'un seul enfant par an, aussi nous ne sommes pas encore en voie de surpopulation !

— Détrompe-toi, Terrien, tu oublies une petite chose, un tout petit détail, c'est que les Zatbars reviendront à un rythme régulier, nous sommes un peuple organisé et méticuleux, à raison d'un arrivage tous les deux mois, ils amèneront d'autres colons, d'autres Terriens, d'autres Kerness, pour remplacer ceux qui mourront inéluctablement dans la conquête de cette planète. Tous ces gens-là, il faudra bien nous en préoccuper ! Le prochain arrivage aura lieu bientôt.

Les Terriens s'entre-regardèrent en réprimant un frisson, les Zatbars leur paraissaient tellement loin de cette planète, de ces soleils, qu'ils en avaient tout bonnement oublié l'existence !

Seule Samantha ne semblait pas partager le trouble que les propos de Zermhatt avaient jeté. Un léger sourire flottant sur les lèvres, elle se leva, fit lentement le tour de la grotte passant doucement la main sur les parois de roche grise, lisse et froide, en une caresse presque sensuelle ; puis le dos collé contre la pierre, elle se tourna vers ses compagnons en éclatant d'un rire joyeux.

— Zermhatt, tu es génial, épatant, tu es le type le plus intelligent que je n'ai jamais vu ! Bon, On emménage quand ? Puis-je déjà choisir ma chambre ? Parce qu'ici, là, ce serait grandiose… Il suffirait de trois fois rien, une bonne baie vitrée, une cheminée, un lit par là, des fauteuils ici… Vraiment trop cool !

Devant tant d'enthousiasme et de candeur, toute la petite équipe éclata d'un même rire, Terriens, Kerness et Zatbar réunis, chassant d'un seul coup l'inquiétude qui les avait saisis !

Finalement, ils passèrent la journée dans les grottes de la falaise, laps de temps pendant lequel Zermhatt noircit presque tout son carnet de notes, ce qui donna le tournis à Samantha ! Elle préféra rêver, allongée sur la pierre encore tiède des soleils. Là, les yeux mi-clos, il lui semblait sentir le cœur même de cette planète, elle en ressentait presque physiquement le pouls, elle avait l'impression étrange d'être reconnue, accueillie et aimée par cette terre si éloignée de sa Terre natale.

Ce soir-là, ils allumèrent un feu de bois flotté, glané sur la plage, dans la salle juste au-dessous de la grotte, donnant sur la falaise. Là, ils firent griller des poissons aux barbiches tentaculaires que Oliis garantit comestibles. Après s'être gavés de cette pêche miraculeuse, ils purent s'éloigner les uns des autres pour la nuit et retrouver un moment d'intimité. Se fiant à la protection de bunker naturel de la grotte, ils ne jugèrent pas utile d'effectuer des tours de garde.

Alors, sans même qu'ils aient besoin d'échanger un mot, un regard leur suffit, Samantha se leva et tendit la main au Zatbar. La sienne, fine et délicate disparut dans celle rude et grise de celui que son cœur avait choisi. Puis elle l'entraîna dans la petite grotte que le soleil inondait quelques heures auparavant. À présent, c'étaient les lunes et les étoiles de ce monde inconnu qui s'invitaient là, projetant leurs lueurs argentées, presque minérales sur les parois de roche.

Lentement, elle fit glisser sa combinaison beige, dévoilant tour à tour ses épaules, ses seins, son ventre, puis elle fut nue, totalement nue devant lui, offerte, belle, si belle… Son corps d'ambre à peine effleuré par les rayons impudiques des lunes. Avec des gestes presque odieusement lents, elle dégrafa un à un les boutons de son uniforme noir, sans le quitter un seul instant du regard, ses yeux si clairs perdus dans les siens.

Il l'aida à faire glisser ses vêtements et sa peau gris-argent parut étinceler dans les rayons nacrés des lunes.

Avec une tendresse infinie, comme il ne s'en serait peut-être pas cru capable, il l'attira contre lui, percevant la soie fragile de sa peau sous ses mains. Il la sentait tiède et douce entre ses bras, si fine et si délicate qu'il ne pouvait qu'en être bouleversé. Alors il posa ses lèvres sur les siennes, lui prenant la bouche dans un baiser passionné qui avouait tout son amour.

Quand enfin leurs sens furent un peu calmés, que cette faim insatiable qu'ils avaient l'un de l'autre fut pour un moment, assouvie, blottis l'un contre l'autre ils contemplèrent le ciel étoilé, ces lunes inconnues et étrangères. Pour eux, qui venaient chacun d'une galaxie opposée, il leur sembla être tout à coup en communion parfaite avec cette planète dont ils ne savaient rien. Ils ne se sentirent plus étrangers, mais accueillis, chez eux, enfin…

Leurs cœurs battaient à l'unisson, il leur sembla percevoir l'énergie sourde de cette terre, pulser au même rythme. Dans la demi-obscurité de la nuit, les yeux de loup de Zermhatt croisèrent ceux tendres et clairs de sa jeune compagne. Quelques instants, ils se perdirent dans le regard l'un de l'autre puis, doucement, Zermhatt prit la main si petite de Samantha et la posa sur sa poitrine là où battait son cœur, il murmura alors d'une voix aux inflexions encore plus rauques qu'à l'ordinaire :

— Je t'aime, Samantha la Terrienne, et tant que je vivrai mon cœur t'appartiendra, tu l'as pris tout entier et pour toujours…

Chapitre 24

Dès les premières lueurs de l'aube verte, ils abandonnèrent leur refuge de pierre et retrouvèrent le sable de la plage, empruntant un peu à regret le chemin du retour.

Quelques jours plus tard, ils parvenaient au campement de base, leurs carnets et leurs têtes pleins des nouvelles découvertes.

Après avoir passé plus de huit jours en comité restreint où régnait une solide amitié, où chaque membre avait sa place, était accepté sans réserve, où chacun savait pouvoir compter totalement sur les autres, retrouver l'ambiance populeuse du campement fut une épreuve, en particulier pour Zermhatt et Samantha. Au sein de leur petit groupe, leur histoire d'amour à la fois si particulière et en même temps si banale était acceptée comme une évidence. Au campement, c'était très loin d'être le cas et, si certains, tel le sergent McCormic ou encore Annie la jeune doctoresse, n'avaient aucun préjugé racial sur leur relation, ce n'était hélas pas le cas de tout le monde.

Les Terriens en particulier, car les Kerness n'étaient ni agressifs ni vindicatifs et encore moins rancuniers, conservaient tous de mauvais souvenirs des Zatbars. Évidemment, s'ils étaient là, perdus sur cette planète déserte et dangereuse, la faute leur en revenait. Souvent, lorsqu'ils songeaient à la Terre, ils en avaient le cœur serré et la gorge étreinte d'une angoisse irrépressible. Ils savaient la Terre assiégée par les redoutables armées zatbariennes, ils en connaissaient toute l'efficacité, aussi lorsqu'ils pensaient à leur famille, à leurs amis, là-bas sur Terre, ils ne pouvaient s'empêcher de trembler pour eux… Ils avaient aussi clairement conscience qu'ils ne les reverraient plus. Leur peine était immense, leur rage et leur sentiment de perte irrémédiable l'étaient tout autant…

Ils tournaient leur colère contre les Zatbars confondant un peuple tout entier dans leur haine. Même si Zermhatt était logé à la même enseigne qu'eux, peu leur importait, il était un Zatbar, un de ces êtres immondes par qui tous leurs malheurs étaient arrivés !

Sur son passage, Zermhatt sentait peser des regards lourds et hostiles qui, souvent, bien trop souvent, englobaient Samantha dans leur animosité. Seule sa force hors du commun empêchait certains Terriens d'aller plus loin que quelques regards malveillants…

L'ambiance dans la caverne était parfois lourde et même les grands feux qui brûlaient continuellement n'arrivaient pas à en chasser l'atmosphère glacée. Aussi le Zatbar et sa jeune compagne s'isolaient-ils le plus possible, préparant déjà leur prochaine expédition.

Ils souhaitaient tous repartir au plus tôt, ce qui était aussi la volonté du sergent McCormic. Ce dernier, très satisfait des renseignements glanés lors de la dernière expédition, échafaudait avec le commandant Zatbar maints projets, annotant des dizaines de feuilles, se livrant à des calculs compliqués et hermétiques pour tout autre. Ils discutaient ainsi autour du feu, à mi-voix, pendant de longues heures, souvent fort tard dans la nuit. Jeanne ou Kina leur servaient des tisanes, ils les remerciaient d'un simple hochement de tête, ne s'interrompant toutefois pas pour autant. Quelquefois Samantha se glissait à leurs côtés, essayant de s'intéresser à leur conversation, mais vaincue par la fatigue, bercée par le brouhaha de leurs voix, elle s'endormait la tête sur les genoux de Zermhatt, heureuse d'être seulement près de lui. Elle faisait alors des rêves grandiloquents et merveilleux où la Terre et la planète du soleil vert se fondaient en une seule et même entité, où les Zatbars et les Humains vivaient ensemble dans la paix…

Quelques jours plus tard, le même petit groupe d'explorateurs repartait en mission. Tous quittaient le campement de base le sourire aux lèvres, seul Oliis avait une mine chagrinée.

Au bout de quelques minutes de marche, Samantha s'aperçut du manque d'entrain peu habituel du jeune Kerness. Lâchant la main de Zermhatt, elle s'approcha de lui.

— Alors, Oliis, ça n'a pas l'air d'aller ! Tu n'es pas content de repartir ?

Le Kerness poussa un profond soupir et secoua négativement la tête.

— Je suis heureux de découvrir des choses, mais partir c'est dur…

La jeune fille le considéra sans comprendre. Doucement, il lui posa l'une de ses grandes mains spatulées sur l'épaule en murmurant :

— Bien sûr, pour toi c'est un peu plus simple, il part et tu le suis…

Il poussa à nouveau un long soupir en roulant ses grands yeux noirs et tristes :

— Mais moi, je pars et elle, elle reste !

— Oh pardon, Oliis j'ignorais que tu avais une amoureuse, mais pourquoi ne vient-elle pas avec nous ?

Oliis secoua négativement la tête :

— C'est impossible, elle a trop peur. Nous, les Kerness ne sommes pas comme vous autres Terriens, nous n'aimons pas l'aventure, le danger.

— Mais pourtant, toi, Oliis, tu es extrêmement courageux !

— Peut-être qu'il y a des exceptions, mais en tout cas, Kina est dans sa phase de féminité, elle ne pourrait pas affronter tout cela…

— Kina ! C'est donc Kina ton amoureuse ! s'exclama Samantha. Eh bien, toutes mes félicitations, elle est extrêmement jolie !

Oliis baissa la tête en rougissant de plaisir et attrapa une graminée qu'il mâchonna brièvement pour se donner une contenance.

— Tu sais, Oliis, Kina est sans doute triste que tu partes et elle doit avoir peur pour toi, mais tu es un héros, son héros…

— Tu as raison ! s'exclama le jeune Kerness, sa figure s'éclairant d'un sourire Je suis un héros ! répéta-t-il comme pour s'en convaincre, un héros !

Oliis retrouva alors sa bonne humeur coutumière et se remit à goûter à tout ce qui passait à portée de ses longues mains.

Peu à peu, la végétation changeait, laissant place à une faune et une flore différentes. Ils traversaient dorénavant de grandes forêts de feuillus, suivies par d'immenses prairies à l'herbe haute et grasse où paissaient de grands troupeaux d'animaux étranges.

Samantha était éblouie, elle aurait souhaité pouvoir prendre le temps de s'asseoir et découvrir les multiples facettes de ces bêtes. Mais peine perdue, Zermhatt ne s'arrêtait pas, leur mission, pour l'heure, n'était pas zoologique, mais géographique. Alors, la jeune Terrienne traînait, un peu en retrait, prenant en vitesse quelques notes hâtives, quelques croquis vite relevés de ces bêtes bizarres. Certaines, grosses comme des hippopotames avaient six pattes, elles étaient recouvertes d'une épaisse fourrure qui leur tombait jusqu'aux pieds, à la manière des yacks. Elle aperçut des petits qui tétaient leur mère et subodora qu'ils étaient des mammifères, végétariens puisqu'ils semblaient se régaler des hautes herbes de ces pacages naturels. À leur côté, de graciles et fines bêtes à la robe blanche, ressemblant à la fois à des antilopes et à des chevreuils, paissaient naturellement aux côtés des colossaux six pattes. De grands oiseaux roses aux longues pattes mauves, semblaient profiter du remue-ménage fait par le troupeau afin de gober les insectes affolés.

Que de choses à observer ! Samantha en restait bouche bée, puis fébrilement, elle écrivait sur son carnet, prélevait un brin d'herbe, une touffe de poils. Cependant, le petit groupe, sans l'attendre, continuait à avancer. Alors Zermhatt, en quelques foulées, revenait la chercher. Il lui prenait son carnet, son crayon, les glissait dans l'une des poches de sa combinaison beige, l'embrassait en riant de son air scandalisé et, la prenant par la main, la forçait à le suivre en lui promettant mille fois que, oui, ils reviendraient, oui, ils prendraient tout le temps qu'il faudrait pour les observer, oui, ils viendraient avec elle…

Rassurée, elle s'élançait en courant, heureuse, aussi légère et gracieuse que les antilopes qu'elle admirait quelques instants auparavant. La rattrapant sans peine, il la faisait alors rouler dans l'herbe haute où elle disparaissait en criant, de surprise feinte. Il la maintenait aisément sous son corps gigantesque, même si elle se débattait en riant, il l'embrassait alors presque violemment, goûtant avec un bonheur sans cesse accru au parfum de miel de sa bouche.

Au loin le petit groupe en profitait pour faire une courte pause afin de les attendre ; Oliis broutait avec avidité, Paul herborisait, Mary trouvait une pierre pour s'asseoir un instant et souffler un peu, quant à

Duncan et Pete ils se lançaient dans de grasses plaisanteries salaces en voyant le jeune couple disparaître dans l'herbe et les fleurs. Mary, furieuse, s'exclamait qu'ils feraient mieux de répéter tout ça devant le commandant plutôt que dans son dos ! L'Australien et l'Américain s'esclaffaient plus fort encore, car rien n'était plus drôle que de mettre Mary hors d'elle ! Puis le grand Zatbar, sa main grise enlacée dans celle de la Terrienne, revenait finalement vers le petit groupe. Les yeux si bleus de Samantha pétillaient de bonheur et quelques fleurs roses ou blanches restaient emmêlées dans sa longue chevelure. Duncan et Pete avaient repris leur sérieux, car un seul regard léonin du commandant leur suffisait à ravaler leurs plaisanteries. L'humour n'était pas la qualité principale du Zatbar !

Peu à peu, les forêts de feuillus et les pâturages laissèrent la place, sur des pentes de plus en plus escarpées, à des arbres de climats plus rudes. La marche devenait plus fatigante et, dès le quatrième jour, ils parvinrent aux pieds des gigantesques montagnes, dont les sommets enneigés se perdaient dans les nuages. Le froid était plus vif et déjà quelques plaques de neige disséminées çà et là, leur confirmèrent leur entrée dans le monde des éminences.

D'un commun accord ils décidèrent de ne pas monter plus haut, une autre fois ils reviendraient avec une expédition composée d'alpinistes plus aguerris. Ils découvriraient alors ce qui se cachait derrière ces sommets ; déjà, Zermhatt se prenait à rêver à d'autres expéditions qui l'emmèneraient bien au-delà de cette chaîne aux pics vertigineux. Paul éternuait et disait que ce serait sans lui, Mary murmurait que ce n'était plus de son âge et que la prochaine fois elle resterait au campement, bien installée au coin du feu ! Samantha se lovait simplement un peu plus contre Zermhatt, sans même qu'un seul mot soit prononcé, un seul regard leur suffisait pour se comprendre. Partout où tu iras j'irai, affirmaient ses yeux clairs. Zermhatt feignait un bref soupir, mais attirant la jeune fille entre ses bras, il l'embrassait fugitivement dans la nuque, respirant avec délice son parfum de fleurs sauvages, signifiant par là même et son assentiment et son bonheur de l'avoir en fin de compte à ses côtés…

Chaque jour, il l'appréciait un peu plus, chaque jour, il l'admirait et l'aimait plus encore que la veille… Il était subjugué par sa beauté, mais ce qui le fascinait encore plus que son attrait physique c'était son caractère. Elle était si gaie, si joyeuse, mutine et espiègle. En même temps elle savait se montrer forte et opiniâtre, courageuse jusqu'à l'inconscience, têtue et rebelle, emportée et forte tête, aussi bien que tenace, inventive avec une intelligence et une finesse de raisonnement qui le ravissait.

De surcroît, elle pouvait marcher des heures sans jamais se plaindre. Quel que soit le temps ou le terrain, elle avançait gaiement, chantonnant de sa voix musicale afin de se donner de l'entrain, alors même que ses compagnons Terriens grommelaient de fatigue ! Pour cela aussi, il l'aimait. Jamais il n'aurait cru qu'une aussi petite créature puisse cacher une aussi forte volonté ; cela le fascinait, l'étonnait et l'enchantait en même temps !

Puis, comme si le temps avait filé dans un sablier, ils furent de retour au camp de base, retrouvant toute cette société dans laquelle ils se sentaient étrangers.

Oliis retrouva Kina avec des transports de joie et toute l'admiration qu'il lut dans ses yeux lui confirma qu'il était bien un héros !

Chapitre 25

Zermhatt reprit ses conversations avec le sergent McCormic. D'après de nombreux calculs par rapport au temps standard Zatbar et au temps écoulé sur la planète du soleil vert, ils en vinrent à la conclusion que le prochain arrivage d'une cargaison de futurs colons n'allait plus tarder. Zermhatt affirma même qu'il aurait lieu d'ici trois jours.

Avec McCormic, ils passèrent une soirée entière à mettre sur pied un plan d'action qu'ils soumirent le lendemain même à tous leurs compagnons.

Ils constituèrent une petite troupe de vingt-cinq hommes, tous volontaires, auxquels ils firent subir une formation accélérée, en deux jours, digne de véritables Marines ! À la place de fusils-mitrailleurs, ils avaient des arcs, des flèches et des lances !

Puis, dès l'aube verte du troisième jour, ils partirent en bon ordre de marche vers le lieu où ils avaient été débarqués quelques semaines plus tôt.

Pour une fois, McCormic les accompagnait dans cette expédition un peu particulière. Cela semblait lui faire un bien extrême de quitter pour un moment son rôle de chef du camp.

Samantha était la seule femme à les accompagner, Zermhatt n'avait même pas essayé de la convaincre de rester. Il avait bien conscience que ce rendez-vous avec ses compatriotes risquait d'être dangereux, mais il savait aussi que jamais la jeune Terrienne n'aurait accepté qu'il affronte seul cette situation. Pour la première fois depuis bien des semaines, il allait revoir ceux de sa race qu'il lui fallait à présent considérer en ennemis. Samantha avait clairement conscience combien cette situation pouvait être difficile pour lui, aussi il était évident pour elle que sa place était à ses côtés !

Le plan mis au point par Zermhatt et McCormic, était simple : trouver les prisonniers des Zatbars avant leur réveil et les ramener à la grotte du camp de base avant la nuit et tous ses dangers.

Ils espéraient que la navette Zatbar serait déjà repartie à leur arrivée, mais dans le cas contraire, un petit groupe armé et résolu ferait un bon coup de bluff. Zermhatt et le sergent avaient néanmoins conscience qu'ils ne pourraient résister avec leurs arcs et leurs flèches face aux rayons laser et aux pistolets désintégrateurs des soldats Bartzangas. Ils espéraient que tout se passerait sans heurt ni violence : *Si vis pacem para bellum*.

Certains, lors de l'exposition du plan d'action, deux jours auparavant, s'étaient demandé pourquoi se donner tout ce mal pour aider ces autres naufragés, échoués comme eux sur cette planète hostile. Après tout, eux s'étaient bien débrouillés tous seuls : ceux-là n'avaient qu'à en faire autant !

Calmement, McCormic avait expliqué que s'ils n'incluaient pas ces nouveaux arrivants à leur groupe, non seulement ils se priveraient de compétences humaines peut-être précieuses, non seulement la simple morale d'entraide leur interdisait de les abandonner à leur sort, mais en plus ils risquaient de voir ce nouveau groupe les concurrencer et même pourquoi pas les attaquer !

Il était hors de question de commencer une nouvelle vie sur cette planète vierge avec un potentiel de guerre fratricide ! McCormic fustigea toute l'assemblée d'un regard noir, nul n'osa plus, alors, émettre la moindre critique et le sujet fut clos !

Les vingt-six hommes, l'ancien sergent des Marines compris, plus le Zatbar et sa jeune compagne, marchèrent une bonne partie de la journée, avançant pourtant à la cadence soutenue du puissant Zell. Avec un vif soulagement, ils parvinrent en début d'après-midi dans la prairie parsemée de fleurettes bleues où les Zatbars les avaient déposés, plusieurs semaines auparavant. C'est avec un drôle de serrement de cœur qu'ils retrouvèrent les lieux : tant de choses s'étaient passées depuis.

Le mausolée, érigé à la mémoire de ceux morts lors du transport, était là, son tumulus couvert d'une herbe dense.

Pour l'instant la prairie était déserte et seuls quelques papillons multicolores voletant de fleurs en fleurs l'animaient de leurs vols gracieux et de leurs chants lyriques.

Avec soulagement, toute la petite troupe se laissa choir dans l'herbe tendre, soufflant avec bonheur après cette longue marche forcée. Samantha se dirigea quant à elle vers la rivière qui coulait tout près puis, après avoir ôté ses lourdes chaussures, elle s'installa sur une pierre, trempant avec un soupir de béatitude ses pieds dans l'eau fraîche et cristalline.

Les soleils étaient hauts et chauds, sans doute était-ce le plein été à présent. La chaleur était forte, proche même de la canicule, mais cela ne la gênait pas. Elle sentait avec un bonheur animal les rayons lui caresser la nuque, le dos et les bras. Elle était fatiguée, moulue par la longue marche, pourtant elle n'aurait donné sa place pour rien au monde. Elle se sentait en paix, en harmonie totale avec elle-même et toute cette nature où elle n'était plus totalement une étrangère.

Elle s'amusa à voir quelques poissons gris-argent, s'approcher avec curiosité de ses deux pieds nus, se demandant peut-être quels étaient ces nouveaux venus ! Elle huma avec délice le parfum délicat des minuscules fleurettes bleues qui parsemaient la prairie, agitant leurs corolles fragiles au gré de la brise légère.

Une ombre immense lui cacha brusquement les soleils. Tirée brutalement de sa rêverie, elle releva vivement le visage, une main sur sa machette, prête à faire face à cet adversaire potentiel.

— Aurais-tu peur de moi, à présent, ma jolie Terrienne ? dit Zermhatt de son étrange voix rauque, tout en lui décochant un demi-sourire ironique.

— Zermhatt ! s'exclama la jeune fille avec soulagement. Je ne t'avais pas entendu…

Lui prenant doucement le visage entre ses mains grises, il darda le feu de son regard léonin dans le sien si limpide, s'y perdant quelques instants, puis dans un grondement, il lâcha :

— Bien sûr, tu ne m'avais pas entendu et vu trop tard… Ce n'était que moi, mais cela aurait pu être n'importe quoi d'autre, nous ne connaissons pas tous les dangers de ce monde Samantha, alors, ne t'éloigne plus !

Elle ouvrit la bouche pour protester, mais Zermhatt lui cloua les lèvres d'un baiser presque sauvage qui avouait toute la peur qu'il avait de la perdre.

Avec son autorité habituelle, l'ancien sergent des Marines organisa le campement, Zermhatt ayant affirmé que la navette n'arriverait à présent que le lendemain.

Après un court repos, ils se disséminèrent en petits groupes, certains partant chasser pour le repas du soir, d'autres ramassant du bois pour le feu.

Le lendemain matin fut bientôt là, salué par une aube majestueuse dans son embrasement d'émeraude. Après avoir passé une nuit émaillée de deux attaques d'arachnides géants, une nuit bien ordinaire pour cette planète !

Une à une, Zermhatt trempa brièvement ses flèches et sa lance dans la poche à venin de l'une des araignées. Puis il invita ses compagnons à en faire autant. Ensuite, ils dissimulèrent de leur mieux toutes les traces de leur campement, balayant le feu à présent éteint, le camouflant d'une façon rudimentaire sous des touffes d'herbes arrachées près de la rivière. En quelques minutes la prairie retrouva son aspect originel, comme si jamais aucun humanoïde n'en avait foulé le sol.

Après quoi, le sergent s'embusqua avec son petit groupe dans le bois qui bordait la pâture naturelle, plaçant ses hommes à intervalles réguliers, parfaitement invisibles derrière les arbres.

Mais Zermhatt intervint :

— Non ! Nous avons… Enfin, les Zatbars ont des détecteurs de chaleur sur leurs navettes, et extrêmement efficaces, croyez-moi ! Il faut leur faire croire qu'il n'y a que des animaux dans cette forêt. Jamais ainsi placés, nous n'arriverons à les surprendre ! Que tout le monde se mette à quatre pattes et se réunisse ici dans cette petite clairière, lorsque je le dirai vous reprendrez tout de suite le poste que le sergent vous avait désigné, d'accord ?

— Parfait, on fait ce qu'a dit le commandant. Exécution les gars et silence ! aboya McCormic.

Samantha se mordit les lèvres pour ne pas pouffer de rire devant le ridicule de leurs positions :

— Et là, on ressemble vraiment à des bébêtes des bois ? chuchota-t-elle en gloussant.

Zermhatt la fustigea du regard et grommela, à mi-voix :

— En tous les cas, nous ne ressemblons pas à une troupe d'humains armés, maintenant tais-toi !

Quelques minutes passèrent, puis les hommes commencèrent à grommeler, énervés par l'attente.

— Cela va durer encore longtemps…, murmura l'un d'eux.

— Bah ! Ils ne viendront peut-être même pas, si ça se trouve, ajouta un autre.

Tout à coup, Zermhatt se figea et d'un seul geste il imposa le silence.

— Nous n'attendrons plus, les voilà !

Aucun humain n'avait encore perçu le moindre son, pourtant le Zatbar, grâce à ses capacités sensorielles développées, avait déjà repéré le bruit si particulier d'une navette Zatbar en phase ultime de décélération, juste après son entrée dans l'atmosphère de la planète.

Ensuite tout se passa très vite, avant même qu'ils puissent se poser davantage de questions, la navette amorçait déjà sa préparation à l'atterrissage, son ombre s'étirant, noire et sinistre, dans la splendeur de ce petit matin.

Quelques secondes encore et elle se posa ou plutôt reposa sur un épais coussin d'air, semblant flotter à deux mètres au-dessus de l'herbe.

Au même instant, Zermhatt fit signe à ses compagnons, et chacun, aussi prestement et silencieusement que des apaches sur le sentier de la guerre prit sa position, arcs et flèches à la main.

La porte de la navette en acier étincelant s'ouvrit, une courte passerelle s'étira jusqu'au sol, livrant passage à quatre solides Bartzangas qui se postèrent de part et d'autre de la porte, fusils désintégrateurs à la main, suivant la procédure en vigueur. D'autres soldats descendirent ensuite de la soucoupe, portant chacun un terrien ou un Kerness avec autant d'égard qu'un sac de sable. Ils les déposèrent sans ménagement, encore endormis par le long voyage interstellaire, dans l'herbe haute de la prairie, puis ils repartirent vider la soute de la navette de tous ces occupants humanoïdes.

Tout à coup, la haute silhouette de Zermhatt se découpa, noire et grise à l'orée du petit bois. Campé sur ses interminables jambes, la mâchoire crispée en un masque dur, il interpella en Zaltrin les gardes Bartzangas, d'un ton sec et coupant de commandement.

Bien évidemment, aucun de ses compagnons ne comprit ce qu'il disait, ils le virent seulement s'avancer vers les Bartzangas qui le saluaient avec toute la déférence due à son rang de Seigneur de Guerre : la main droite sur le cœur en signe d'allégeance et la nuque ployée en soumission.

— Font bien des salamalecs…, chuchota dans la pénombre du petit bois, une voix à côté de Samantha. Ne faudrait pas qu'il s'amuse à nous trahir maintenant…

Samantha sentit son cœur battre un peu plus fort et sa gorge se nouer, comme si les propos à peine murmurés, faisaient écho à ses craintes les plus profondes, à celles qu'elle n'avait même pas osé se formuler à elle-même. Elle se morigéna, Zermhatt était droit et franc, il l'avait prouvé à maintes reprises, aussi elle se tourna vers l'homme qui avait émis des doutes sur le commandant Zatbar et lui lançant un regard glacial, elle jeta entre ses dents :

— Si quelqu'un ose encore émettre le moindre doute sur Zermhatt, je lui ferai goûter le fil de ma machette !

— Taisez-vous ! gronda McCormic, sans quitter pour autant la haute silhouette du commandant Zatbar du regard.

D'autres Bartzangas, là-bas, sortirent de la soucoupe, précédant un Zell reconnaissable à sa taille élancée, supérieure à celle des simples soldats ; pourtant, il n'arborait pas l'uniforme noir des véritables Seigneurs de Guerre, n'ayant que celui gris et or des cadets de l'Académie Militaire. Plus tard, lorsqu'il aurait à son actif plusieurs années de service et surtout réussi quelque fait de guerre important, alors il aurait enfin gagné son uniforme noir et le rang prestigieux de Seigneur de Guerre.

Pour l'instant, le jeune chef de navette, impressionné par la stature et le rang de Zermhatt, lui présenta son salut réglementaire. Même si Zermhatt s'était banni volontairement sur ce monde lointain, il n'en conservait pas moins son grade et tous ses attributs. Le jeune cadet, frais émoulu de son école, ne s'y était pas trompé !

Zermhatt lui parla quelques secondes, puis se tourna vers la forêt qu'il désigna d'un geste ample.

— Ça y est ce fumier nous a vendus ! grommela l'un des Terriens en pointant son arc et l'une de ses flèches empoisonnées sur la haute silhouette de Zermhatt

— L'emportera pas au paradis en tous les cas !

— Taisez-vous, bon sang ! Et baisse cet arc, tu vas te blesser, coupa l'ancien sergent d'un ton excédé.

Là-bas, les Zatbars échangeaient encore quelques mots lorsque soudain Zermhatt leva son bras gauche et l'abaissa à nouveau, sans pourtant quitter le jeune cadet du regard.

Le sergent McCormic s'exclama à mi-voix :

— C'est à nous de jouer les gars, en avant !

Comme un seul homme, les vingt-cinq Terriens avancèrent jusqu'à l'orée du bois, leur arc tendu et armé d'une flèche barbelée.

Le jeune officier qui n'était pas encore rompu à conserver une attitude inébranlable sursauta, son regard jaune allant de Zermhatt à la troupe résolue des Terriens.

Alors, se tournant vers ses soldats, il leur intima un ordre. Aussitôt les Bartzangas se précipitèrent dans la soute et commencèrent à sortir presque avec douceur leurs passagers toujours endormis. Sur un mot cinglant de Zermhatt ils s'appliquèrent à les déposer précautionneusement dans l'herbe haute. D'autres soldats sortirent de lourdes caisses en matière synthétique, qu'ils posèrent à côté, non loin de l'alignement impeccable des corps inertes.

Zermhatt surveillait le déchargement des marchandises, ouvrant une caisse d'un coup précis de sa machette, contrôlant son contenu, tout en gardant sous son regard implacable le bon déroulement du transfert des quelque deux cents futurs colons, encore plongés dans un sommeil artificiel. Il dénombrait au fur et à mesure les Terriens des Kerness, les hommes des femmes, les blessés et les morts.

Samantha, profitant de son inattention, s'avança résolument dans la prairie, malgré les injonctions répétées de McCormic qui lui ordonnait de retourner à sa place.

Elle fit semblant de ne pas entendre et marcha d'un pas vif jusqu'à un garde Bartzanga. Sans perdre contenance, malgré sa peur, elle déglutit avec difficulté, mais relevant la tête, rejetant ses mèches blondes en arrière, elle considéra sans faiblir le garde. Il la dévisagea d'un air goguenard. D'une voix sèche, dans le langage petit nègre mêlant l'anglais, le français et le Zaltrin, qu'elle avait appris lors de son séjour sur Zatbara, elle lui intima l'ordre de l'amener à son chef. Comme il ne faisait pas mine de bouger, elle s'avança d'un pas et répéta son ordre sur un ton qui n'admettait pas de réplique. Le soldat, conditionné à obéir, n'hésita plus et fit signe à la jeune Terrienne de le suivre.

Le jeune chef de navette se tenait bien droit en bas de la rampe de la soucoupe, les mains croisées derrière le dos, affectant une attitude martiale et un air sûr de lui, tout en considérant le déroulement de sa mission avec un brin d'inquiétude.

Nul ne lui avait parlé de ce commandant Zell, nul ne lui avait parlé des difficultés possibles et cette mission de routine ne ressemblait pas du tout à ce que son supérieur lui avait décrit ! Il jeta un coup d'œil inquiet à la bande d'humains qui brandissait toujours leurs arcs et leurs flèches avec un air peu amène, songeant que même si ses gardes Bartzangas attaquaient avec leurs désintégrateurs, les humains, là-bas, tout au moins certains d'entre eux pouvaient réagir, il y aurait alors fatalement des blessés peut-être des morts parmi ses soldats. Cela était non seulement intolérable, mais aussi une faute gravement sanctionnée.

Tout à coup, l'un des gardes s'approcha de lui, il était accompagné par une Terrienne tout à fait ravissante.

Il se tourna à demi vers elle, tout en conservant une attitude froide et supérieure.

Sans préambule, Samantha s'approcha de lui et plantant son regard résolu dans ses yeux jaunes, elle fit dans le langage véhiculaire entre Terriens et Zatbars :

— Monsieur, mon nom est Samantha, je viens vous présenter une requête.

À ces mots, le jeune Zatbar songea avec un brin d'espoir que si jamais elle lui demandait la grâce de l'emmener hors de cette planète sauvage, il aurait du mal à la lui refuser… Mais brisant ses illusions, la jeune fille poursuivit :

— Je voudrais que vous nous laissiez d'autres rations vitaminées, celles que nous avons nous conviennent, à nous humains, mais pas à lui, dit-elle en désignant Zermhatt du regard.

Il la dévisagea avec une surprise incrédule :

— De quoi ?

Samantha leva les yeux au ciel devant son air ahuri.

— Il ne vous a certainement rien demandé pour lui, alors c'est à moi de le faire, ses besoins énergétiques sont bien supérieurs aux nôtres, il a besoin de ces rations et je sais que vous en avez dans votre navette.

— Oui, c'est vrai, mais pourquoi vous donnerais-je satisfaction ? Que m'offrirez-vous en échange ?

— Du chantage ! Bravo ! Belle attitude pour un cadet !

Sous le sarcasme, le jeune Zell rougit imperceptiblement sous sa peau grise et perdit un peu contenance.

— Je n'ai rien à vous offrir en échange. Apprenez, Monsieur, que si le Seigneur Zermhatt Zell Am Zemam est ici, c'est pour moi, parce qu'il m'a fait le serment du Kerzack. Aimeriez-vous que je lui parle de votre petit chantage ?

Le jeune cadet blêmit, jetant un bref coup d'œil nerveux sur Zermhatt, puis il fit :

— C'est un banni à présent !

Samantha le considéra quelques instants puis elle chuchota avec un fin sourire glacial :

— Certes, il est banni, mais son père ne l'est pas… Saviez-vous qu'il siège au haut comité ? Comme cela serait mal venu s'il apprenait que son fils a été traité sans plus d'égard qu'un vulgaire humanoïde de race inférieure, j'ignore ce qu'il adviendrait de votre carrière…

Le jeune Zatbar devint d'un gris cendreux et son regard cuivré se voila de peur.

— C'est une menace ?

— C'est une constatation, maintenant vous allez donner immédiatement l'ordre à l'un de vos Bartzanga d'aller chercher des rations Zatbar pour six mois, nous sommes d'accord ?

Le jeune chef de navette s'apprêtait à ouvrir la bouche, lorsque soudain, la silhouette imposante de Zermhatt s'interposa entre lui et Samantha.

— Qu'est-ce qu'il se passe ici ? fit-il en grondant sourdement dans ce dialecte si particulier mêlé de Zaltrin et de langue terrienne.

Samantha posa doucement sa main sur le bras de Zermhatt en un geste à la fois tendre, familier et apaisant :

— Rien, il ne se passe rien, n'est-ce pas, Monsieur ? dit-elle en considérant le jeune Zatbar avec aplomb.

Ce dernier déglutit avec peine et acquiesça avec effort, tout en se redressant afin de considérer Zermhatt qui le dominait de plus d'une demi-tête.

— Tout va bien, Seigneur Zell Am Zemam !

Puis, se tournant vers l'un de ses gardes, il lui jeta brièvement un ordre que ce dernier s'empressa d'exécuter.

Zermhatt dévisagea quelques secondes le cadet, puis Samantha, se demandant ce que cette dernière avait encore bien pu inventer.

De plus en plus mal à l'aise sous l'œil implacable de son supérieur, le jeune Zatbar salua comme à l'Académie et partit faire semblant de vérifier le bon déroulement du déchargement des futurs colons !

D'une main, Zermhatt prit le menton de la jeune terrienne, la forçant à le considérer bien en face.

— Qu'est-ce que tu as manigancé, encore ? Te rends-tu compte qu'il pouvait te faire abattre s'il le souhaitait ?

Samantha, pour toute réponse, lui lança un sourire éblouissant et chuchota d'une voix douce :

— Je sais seulement que je t'aime, Zermhatt…

Chapitre 26

La mission de récupération des humains et Kerness avait parfaitement réussi, aussi, maintenant qu'ils étaient enfin tous réunis dans l'abri sûr et rassurant de la grotte, à se régaler du somptueux festin organisé par Kina et Jeanne, ils pouvaient enfin se congratuler les uns et les autres.

Les vingt-six hommes partis volontaires afin de ramener les prisonniers des Zatbars furent accueillis en véritables héros devant le succès incroyable de leur expédition. Même Zermhatt et Samantha furent chaleureusement ovationnés lorsque McCormic affirma que sans le Zatbar, rien n'aurait pu être possible.

Ces nouveaux arrivants, épuisés par la longue marche, par la chaleur à laquelle ils n'étaient pas encore habitués, stupéfaits par la sollicitude de leurs nouveaux compatriotes, effarés de voir plusieurs soleils illuminer le ciel, ébahis devant l'organisation des colons, avaient légitimement un peu de mal à s'adapter !

Ils mangeaient avec circonspection le ragoût de lapin-marmotte aux herbes, considérant d'un œil tout à fait ahuri non seulement leur nouveau monde, mais aussi leur nouveau foyer et leurs nouveaux compagnons. Certains voyaient des Kerness aux longs membres graciles pour la première fois et d'autres, mal remis de leurs épreuves antérieures, jetaient des regards mauvais au gigantesque Zatbar qui, partageant sa table avec le sergent McCormic, dévorait avec appétit d'épais morceaux de gibier. La jeune fille blonde et mignonne qui s'affichait ouvertement avec le Zatbar attirait, elle aussi, de nombreux regards… Tous n'étaient pas méchants ou agressifs, certains n'étaient que curieux, mais aucun n'était indifférent.

Petit à petit, les nouveaux venus s'accoutumèrent à ce qui devait devenir leur vie, leur planète et leurs compagnons. Cela n'allait pas toujours sans heurt, car la capacité d'hébergement de la caverne n'était pas illimitée, c'est pourquoi, loger plus de quatre cents personnes, les nourrir et s'occuper de tous leurs besoins fondamentaux, tenait par certains côtés, du miracle.

L'équipe de Jeanne, aux cuisines, fut augmentée, celle des chasseurs fut doublée, mais malgré cela le travail était considérable.

Les balbutiements d'un jardin potager pas encore suffisamment au point pour produire quoi que ce soit, hélas.

Il fallait se résoudre à l'évidence, la grotte était trop peuplée : il faudrait se décider un jour ou l'autre à scinder la société en deux et à fonder un autre camp.

Comme à leur habitude, Zermhatt et McCormic discutaient de leurs divers problèmes partageant tous deux la même vision à long terme. Ils savaient que d'ici peu, il leur faudrait des volontaires afin de partir créer un autre camp, une autre société, un autre village. Les grottes de la falaise, près de la mer, semblaient l'endroit idéal pour cela.

Toutefois, ce n'était encore qu'un simple projet, il fallait surtout pour le moment intégrer les nouveaux arrivants, noter leurs compétences et tenter d'utiliser au mieux leurs capacités et leurs idées.

L'ancien sergent et le Zatbar mettaient aussi sur pied un autre projet d'expédition, ainsi leurs discussions, leurs notes, leurs calculs duraient tard dans la nuit.

Souvent, d'autres personnes venaient participer activement au débat, suggérant telle ou telle idée, émettant telle solution. Quelquefois, si les problèmes revêtaient une importance d'une certaine envergure et qu'ils semblaient soulever un débat bien particulier au sein des colons, alors ils avaient recours au vote. C'est ainsi qu'ils décidèrent de créer une école et que la nouvelle institutrice fut élue parmi trois candidates ! Les enfants qui bénéficiaient jusque-là de relatives vacances reprirent une vie d'écoliers !

Un matin, Zermhatt vint retrouver Samantha qui, comme à son ordinaire buvait une tasse brûlante de tisane, assise à même la large pierre devant la grotte, les pieds pendouillant dans le vide, le regard perdu vers l'horizon où les soleils commençaient déjà leur course quotidienne. Elle aimait ce moment où les soleils se levaient, où plus particulièrement le soleil vert émergeait à l'horizon, éclaboussant le monde d'émeraude.

Debout derrière elle, le Zatbar admira quelques instants le paysage de collines et de forêts qui s'étendait à leurs pieds.

— Assieds-toi, Zermhatt, regarde comme c'est beau ! murmura sa jeune compagne en lui jetant un bref coup d'œil.

L'immense Zatbar s'accroupit simplement derrière elle et posant ses deux mains sur ses épaules, il l'attira contre lui afin de l'embrasser dans la nuque. La jeune fille frissonna de plaisir. Lorsqu'elle se tourna vers lui, il était déjà debout la dominant de toute sa stature.

— C'est tout ? chuchota-t-elle avec une petite moue.

Zermhatt sourit intérieurement, mais conserva un masque froid, imperturbable.

— C'est tout pour le moment, car je n'ai pas le temps, j'ai encore beaucoup de choses à régler et d'ailleurs tu devrais toi aussi te préparer…

Samantha leva la tête, cherchant à comprendre :

— Mais de quoi tu parles ?

— Eh bien, de la prochaine expédition. Nous partons dans deux jours pour examiner de plus près les six pattes !

Avec un cri de joie, Samantha bondit sur ses pieds, lui sauta au cou, l'embrassa, s'élança en courant, revint l'embrasser pour repartir de plus belle !

Zermhatt éclata d'un rire franc et massif devant tant d'exubérance, laissant pour quelque instant tomber son masque.

Samantha crut qu'elle n'aurait jamais le temps de tout organiser pour le départ : il lui fallait des cordes, des lanières de cuir, des carnets pour ses notes, tant de choses ! Elle demanda à McCormic s'il était un jour possible d'envisager d'inventer un microscope pour ses analyses… L'ancien sergent la dévisagea quelques secondes, se demandant si elle se moquait de lui, mais devant son air sérieux et la candeur de ses grands yeux, il éclata d'un rire aussi tonitruant que celui de Zermhatt !

Sous l'œil un brin goguenard de l'ancien sergent et du Zatbar, elle courait d'un bout à l'autre de la grotte, rassemblait du matériel, trouvait avec l'aide d'Oliis et de deux autres Kerness, des dizaines de mètres de corde, tout en grommelant qu'on aurait pu la prévenir plus tôt !

Après plus de quinze jours de relative tranquillité, depuis leur retour au camp de base, Samantha se démenait pour être prête au jour dit, se demandant avec un brin d'angoisse si, non seulement elle le serait, mais si surtout elle pourrait réunir tout ce que nécessitait une telle expédition !

Le jour du départ arriva et dès l'aube, la petite troupe habituelle s'ébranla, augmentée de deux nouveaux : un robuste Argentin, Roberto, éleveur de chevaux, ainsi qu'un jeune Kenyan, répondant au nom de Koumaré qui, sur Terre, faisait le difficile et dangereux métier de garde-chasse, en plein cœur d'un sompteux parc naturel, au pied du Kilimandjaro.

Zermhatt en tête, comme d'habitude, la jeune et blonde Terrienne à ses côtés, comme toujours, entraînait toute la petite troupe au rythme rapide de ses longues foulées.

Les soleils étaient déjà bien hauts dans le ciel limpide de cette chaude journée, lorsque Zermhatt fit enfin halte, pour une courte pause.

Chaque membre de l'expédition s'arrêta avec un vif soulagement, s'asseyant qui sur un rocher déjà attiédi par les soleils, qui dans l'herbe et les fleurs odorantes, sortant des gourdes d'eau fraîche ainsi qu'un délicieux en-cas composé de pains et de pâtés de lapin-marmotte, fabriqués à leur intention par Jeanne.

Zermhatt, installé sur le tronc d'un arbre abattu par quelque tempête, avala avec satisfaction l'une de ses rations vitaminées. Son regard jaune croisa un instant celui de sa jeune compagne, aussi limpide que ce ciel d'été, doucement, il lui sourit, dévoilant pour elle seule toute la tendresse de son âme.

Si les deux nouveaux compagnons d'expédition furent étonnés par les rapports existants entre le Zatbar et la Terrienne, ils n'en montrèrent rien. Depuis leur capture sur Terre, tant de choses les avaient interloqués que celle-ci, après tout, n'était pas la plus incroyable.

Finalement, ils parvinrent enfin dans les alpages, au bas de l'imposante chaîne de montagnes, dont les pics neigeux se perdaient dans les nuages.

Sur les pentes de ces pâturages naturels, d'importants troupeaux d'animaux étranges et variés broutaient paisiblement.

La petite troupe, non moins hétéroclite d'humains, Kerness et Zatbar confondus, installa son camp au pied d'un éboulis rocheux qui leur permettait d'avoir une vue dominante sur toute la vallée, ainsi que sur les pentes douces et herbeuses de la montagne.

Leur présence ne semblait pas déranger les animaux qui, leurs mufles disparaissant dans l'herbe haute, continuaient à brouter en mastiquant mollement d'épaisses touffes de graminées, se contentant de les observer d'un œil plus curieux qu'effrayé.

Sous le regard stupéfait de Samantha, Zermhatt, aidé par Oliis, déballa de larges panneaux de peau méticuleusement cousus entre eux, puis, à l'aide de quelques branches soigneusement écorcées, ils ne mirent pas longtemps à monter ce qui ressemblait à une tente.

Samantha s'exclama joyeusement :

— Wouah ! Nous avons même une tente ! Quel luxe ! Et pas n'importe quoi, la canadienne de Rahan, mes amis !

Les Terriens s'entre-regardèrent et éclatèrent eux aussi de rire, sous le regard de Zermhatt et d'Oliis qui ne comprenaient parfois rien à la culture terrienne. Devant tant de gaieté, les énormes herbivores levèrent eux aussi la tête, fixant de leurs gros yeux paisibles ces étranges et nouvelles créatures, mais pas plus que le Zatbar ou le Kerness ils ne comprirent la raison de cette hilarité !

Les petites et graciles antilopes qui se mêlaient aux colossaux six pattes tressaillirent, prêtes à bondir de toute la légèreté de leurs longues pattes agiles, loin de tout danger ; cependant, les étranges animaux, là-bas, près des rochers, leur semblèrent après examen, plus bruyants qu'effrayants, alors elles se remirent à brouter les herbes parfumées.

En peu de temps, le campement fut monté et deux tentes, rustiques mais solides, trônèrent près du feu de camp que Pete avait allumé.

Roberto, se saisissant de son arc et de ses flèches, déclara :

— Bon, je vous ramène le repas dans deux minutes !

Mais Koumaré, le jeune Kenyan, l'arrêta d'un geste :

— Non, nous ne devons pas chasser !

Roberto haussa les sourcils, sans comprendre :

— Pourquoi ? Nous ne sommes pas dans un parc naturel mon pote ! Nous ne sommes même pas sur Terre, si tu t'en souviens !

Furieux du ton condescendant de l'Argentin, Koumaré serra les poings et s'exclama :

— Va chasser ! Abruti ! Et dans cinq minutes tout le troupeau aura disparu et nous mettrons des jours entiers à le retrouver, ainsi ils sauront que nous représentons un danger, nous ne pourrons plus les approcher… Alors, vas-y, puisque tu es si intelligent !

Le jeune Argentin blêmit, mais avant même qu'il ait pu répondre et que les propos s'enveniment un peu plus, Samantha coupa d'un ton ferme :

— Koumaré a raison, ces animaux n'ont encore jamais vu d'humains, euh… Des bipèdes, bon enfin de créatures telles que nous, c'est pour cela qu'ils ne se sont pas enfuis dès notre arrivée. Alors, essayons de ne pas les effrayer. Roberto, Duncan et Pete, allez donc trouver du gibier un peu plus haut, et essayez de revenir vite… J'ai faim !

Une fois les trois hommes partis, Zermhatt se tourna à demi vers la jeune Terrienne. Il la considéra de son regard jaune, murmura avec une sorte d'admiration :

— J'ignorais encore tout de tes talents de chef !

Puis l'attirant contre lui, il chuchota à son oreille :

— Tu aurais fait un excellent officier formateur, en tout cas diablement plus sexy que celui que j'avais à l'académie…

Samantha le dévisagea quelques secondes, avant de répondre :

— Toi, le contact avec les humains, cela ne te vaut rien ! Si tu commences à penser comme eux, où allons-nous !

Chapitre 27

Les jours qui suivirent furent riches, intenses, fatigants, mais nul au sein du petit groupe ne songea à se plaindre. La découverte de ces animaux étranges, ces fameux six pattes à qui ils n'avaient pas encore donné d'autre nom, ouvrait un certain champ de possibilités : peut-être pourraient-ils les domestiquer, afin de se servir de leur force comme bête de somme, mais aussi pourquoi pas les élever pour leur viande ou encore leur fourrure ?

Mary et Samantha, promues au rang de scientifiques de l'expédition, mettaient tous leurs moyens en œuvre, afin de mieux connaître ces curieux et placides herbivores.

L'un d'eux, qui s'était imprudemment éloigné du troupeau, fut abattu rapidement et sans bruit, si efficacement que les autres six pattes ne relevèrent même pas la tête ! Il fut sacrifié sur l'autel de la science pour une autopsie, tout ce qu'il y a de rigoureux. Samantha et Mary opéraient tandis que Paul, transformé en secrétaire, prenait des notes d'une écriture fine et précise. Après avoir constaté que les gros animaux étaient non seulement des herbivores, mais en plus des mammifères, puisqu'ils allaitaient leur unique petit, grâce à deux mamelles situées entre leurs pattes avant, ils découvrirent qu'ils étaient des ruminants. Oliis, nommé goûteur en chef, se coupa une large tranche de viande juteuse qu'il mastiqua vigoureusement sous l'œil intéressé de ses compagnons ; Samantha avec son impatience habituelle s'exclama :

— Alors ? Elle est bonne, non ?

Oliis acheva placidement de lécher ses longs doigts fins, avant de répondre à la jeune Terrienne qui bouillait de connaître son verdict.

— Elle est délicieuse, en effet…, murmura le fin Kerness de sa voix mélodieuse si particulière.

Sans plus attendre, Roberto, l'Argentin, tendit la main afin de se couper une tranche de viande, mais Oliis stoppa son geste de l'un de ses immenses bras gracieux :

— J'ai dit qu'elle était bonne en effet, mais pour d'autres races que les humains… Ou les Zatbars, ajouta-t-il en se tournant vers Zermhatt. Pour vous tous, elle est tout simplement mortelle.

— Mortelle ! répéta Samantha avec doute. Goûtes-en un autre bout, pour être sûr !

Le Kerness sourit de toutes ses dents étrangement pointues :

— Cette viande contient une toxine qui agit comme une sorte d'antipoison, ces animaux sont immunisés contre un poison ou un venin quelconque… Pratique !

Le regard du Zatbar croisa un instant celui de Samantha, c'est d'une seule voix qu'ils s'exclamèrent :

— Les araignées !

Oliis hocha la tête, cependant emportée par la fièvre de sa découverte, elle poursuivit, réfléchissant à voix haute :

— Imaginez ça, ces gros bestiaux ont eu une sélection naturelle qui les a immunisés contre leur principal ennemi ! Confirmons cette intuition par une démonstration scientifique. Zermhatt, pourrais-tu te munir de l'une de tes flèches empoisonnées au venin d'araignée et nous abattre l'un de ces six pattes ?

Zermhatt se leva souplement, se saisissant de son arc et de son carquois, il se dirigea vers le troupeau des herbivores qui broutaient paisiblement en contrebas de leur campement. Pendant ce temps, Samantha continua ses explications du même ton qu'elle aurait mis à la présentation d'une thèse :

— Nous sommes tous d'accord sur l'efficacité du venin des arachnides ? Nous sommes tous d'accord pour convenir qu'il suffira d'une seule flèche empoisonnée pour tuer un six pattes ?

Chacun dans le petit groupe approuva, tandis que Samantha d'un geste de la main, montrait la scène qui se déroulait à leurs pieds.

— Eh bien il ne nous reste qu'à observer !

Lentement, le Zatbar s'était approché sans faire le moindre bruit du troupeau ; il progressait tel un lion à l'affût, parvenant grâce à une connaissance innée de la chasse à se fondre parmi les herbes, à se rendre parfaitement invisible malgré sa taille. Le spectacle en lui-même était impressionnant, suffisamment en tout cas pour confirmer la supériorité physique des Zatbars, s'il avait fallu le faire ! Koumaré exprima ouvertement ce que chacun pensait tout bas :

— Ça, c'est clair, pour chasser, y'a pas meilleur !

Plus bas, Zermhatt, avec une lenteur calculée, avait encoché une flèche, puis bandé son arc en direction de l'animal qu'il avait déjà sélectionné. Toute son attention était fixée sur sa cible, il imagina dans son esprit le trajet de sa flèche, lorsque l'animal et son bras ne firent qu'un il décocha son trait. Sans même avoir besoin de le voir il savait déjà où sa flèche s'était profondément fichée dans la chair de l'animal.

Comme piqué par une mouche furieuse, le six pattes sursauta et s'ébroua afin de chasser l'insecte importun, mais le dard barbelé resta planté dans son flanc. Il se secoua encore une fois ou deux en mugissant de contrariété. Finalement, puisque rien d'autre ne se passait, il se remit tout bonnement à brouter. En quelques foulées, Zermhatt rejoignit ses compagnons qui observaient avec surprise le comportement du gros herbivore. Un instant, son regard croisa celui si clair de la jeune Terrienne, dans lequel il lut tellement d'amour, d'admiration mêlés à une confiance sans limite, que son cœur battit un peu plus fort et qu'une poigne brutale lui étreignit la gorge. Serait-il toujours à la hauteur ? Pourvu qu'il n'ait jamais besoin de la décevoir… Elle lui tendit la main, bien qu'il n'en eût évidemment nul besoin, afin de l'aider à grimper sur le petit tertre où ils avaient établi leur campement, juste pour le prétexte de sentir la chaleur de ses doigts sur sa peau.

Le six pattes, lui, était toujours en excellente forme, ce qui confirma de manière éclatante la théorie de Samantha, sur son immunité au venin d'arachnide. Demeurait le problème de cette viande non consommable, ce qui vu la taille des animaux était une perte non négligeable. La jeune fille, contrariée de se heurter à ce problème qu'elle n'avait pas envisagé, passa une bonne partie de la nuit à y réfléchir, se tournant et se retournant sous sa couverture en peau de lapin-marmotte jusqu'à ce qu'une idée s'impose à elle, avec une logique éclatante.

Bondissant alors hors de ses couvertures, elle se précipita vers le feu qu'elle activa sous l'œil interloqué de Duncan dont c'était le tour de garde ; puis elle coupa à l'aide de son solide couteau de chasse une tranche de viande du six pattes, qu'elle déposa sur une pierre brûlante du foyer. La viande grésilla, dégageant une appétissante odeur qui tira ses compagnons du sommeil. Mal réveillés, hirsutes, ces derniers dévisagèrent la jeune fille de manière fort peu amène, ne goûtant vraisemblablement pas l'humour de la situation ! Zermhatt lui-même grommela dans sa langue natale quelques expressions visiblement peu aimables, considérant la jeune fille de son regard de loup. Celle-ci, sans se démonter, acheva de faire cuire sa viande puis se précipita afin de réveiller Oliis qui, malgré tout son remue-ménage, dormait toujours du sommeil du juste.

— Goûte ça, Oliis ! Allez, réveille-toi bon sang ! s'exclama Samantha en secouant le pauvre Kerness tout endormi.

Bien qu'ahuri d'être ainsi tiré de son sommeil, Oliis prit machinalement la viande que lui tendait la Terrienne et la mâchonna mollement. Tout à coup, son visage fin s'éclaira et ses yeux brillèrent d'une excitation comparable à celle de Samantha :

— Tu as raison, tu as trouvé ! s'écria-t-il.

Samantha poussa un hululement de triomphe et coupa d'autres morceaux de viande qu'elle mit aussitôt à cuire sur les braises.

— Sam ! À quoi tu joues ? gronda Zermhatt, mais ce fut le Kerness qui lui répondit, la bouche pleine :

— Elle a trouvé comment annihiler l'effet de la toxine et rendre la chair du six pattes comestible, grâce à la chaleur de la cuisson !

Après un pareil succès, les idées et autres initiatives parfois loufoques de la jeune fille, furent prises beaucoup plus au sérieux. Personne ne s'avisa de rigoler quand elle se mit en tête de capturer un six pattes afin de l'apprivoiser. Elle jeta son dévolu sur celui que Zermhatt avait blessé quelques jours auparavant. Grâce à l'expérience de Koumaré, ils réussirent à attraper l'énorme bête ; Samantha, au grand dam de Zermhatt, s'occupa non seulement des soins, mais aussi du dressage et de la mise en confiance du gros animal. Celui-ci se révéla d'une douceur peu en rapport avec sa taille et sa force ainsi que d'une docilité très prometteuse pour son avenir d'animal domestique.

Samantha passa de longues heures en compagnie du Zatbar à observer le comportement des paisibles ruminants, mettant à profit le formidable instinct de chasseur de son compagnon ainsi que ses sens non moins incroyables. Parfaitement dissimulés dans l'herbe haute, assis côte à côte, immobiles, en symbiose presque totale avec cette nature pourtant étrangère, en accord si entier l'un envers l'autre qu'il leur semblait ressentir ce que l'autre pensait. Appuyée contre la rassurante épaule de Zermhatt, Samantha se laissait aller tout entière à cette plénitude. Elle sentait son souffle dans ses cheveux, elle percevait les sourds battements de son cœur, son bras lui entourant la taille en un geste de tendre habitude et ses doigts effleurer les siens. Elle aima ces longs moments où ils partagèrent en parfaite osmose la même vision, celle d'un monde où chacun pouvait avoir sa place.

Ils passèrent ainsi de longues nuits à observer le comportement étonnant des placides animaux, la jeune Terrienne blottie dans la chaleur rassurante des bras du Zatbar, s'abandonnant à lui corps et âme en une confiance aveugle et totale. Doucement, comme s'il avait craint de rompre ce charme presque magique qui les unissait, mais ne pouvant pourtant pas résister à la douceur de sa peau, à son odeur sucrée d'herbes et de fleurs sauvages, il resserrait un peu plus son étreinte percevant son corps mince, s'abandonner contre lui. Il l'embrassait alors, éprouvant beaucoup de difficultés à maîtriser son trouble.

Ces quelques semaines de cette expédition un peu particulière, firent encore évoluer leur connivence, leur complicité, renforçant leur amour, étoffant leur tendresse. Pourtant, il était écrit que rien dans ce monde ou un autre ne peut durer, que rien n'est immuable, et que rien n'est jamais parfaitement acquis, la douceur de ces journées ne fut qu'une éphémère parenthèse…

Un beau matin, Samantha tomba malade ; elle dissimula son état de fatigue, ses nausées et ses vomissements intempestifs aussi longtemps qu'elle le put. Elle ne voulait pas laisser tomber ses observations pour ce qu'elle prit au début pour un léger embarras gastrique. Cependant, son état ne s'améliora pas, bien au contraire, la moindre nourriture lui donnait d'irrépressibles haut-le-cœur, sa fatigue s'accrut la faisant somnoler tout au long de la journée.

Par un bel après-midi, alors qu'elle ramassait simplement quelques branches pour le feu, elle sentit brusquement le monde tourner autour d'elle, le sol monta à sa rencontre à une allure étonnante puis elle ne vit plus rien. À travers des limbes épais, elle entendit Zermhatt l'appeler de sa voix rauque, où pour la première fois elle percevait de la peur ; elle essaya de le rassurer, mais aucun son ne sortit de sa bouche, elle essaya d'ouvrir les yeux, mais ses paupières étaient si lourdes… Elle sentit les mains de Zermhatt sur son visage puis un liquide frais lui couler dans la bouche, alors lentement elle reprit connaissance. Zermhatt la soutenait, la couvant d'un regard inquiet, presque affolé. Tous leurs compagnons d'expédition faisaient cercle autour d'eux, la mine aussi anxieuse. D'un sourire, la jeune fille tenta de les rassurer :

— Tout va bien ! Zermhatt, je t'assure ça va.

Pendant quelques secondes le Zatbar la considéra d'un regard où la peur faisait place au soulagement. Sans même la quitter des yeux, il lança d'un ton qui n'admettait aucune réplique :

— Duncan ! Tu t'occupes du matériel, Koumaré tu harnaches le six pattes, nous rentrons au camp de base. Exécution !

— Attends ! Nous n'allons pas tout laisser tomber parce que j'ai eu un léger étourdissement...

— Nous rentrons au camp, il n'y a rien à discuter de plus.

— Écoute, je me sens très bien maintenant ! Protesta vigoureusement la jeune fille pourtant encore très pâle.

Du bout des doigts, Zermhatt lui caressa le visage :

— Sam, nous partons !

Comme elle s'apprêtait à contester, il lui posa une main sur la bouche :

— Tais-toi ! Pour une fois, pour une seule fois, tais-toi et obéis !

Les yeux d'ordinaire limpides de la jeune fille prirent une teinte métallique de colère, cependant bâillonnée par Zermhatt elle ne put émettre un seul son, elle tenta de se soustraire à sa poigne, mais bien sûr ce fut peine perdue. Il l'attira contre lui, la serrant presque brutalement. Il la sentait palpiter d'impuissance entre ses bras tel un oiseau captif.

— Chut ! Chut, Sam, ce n'est pas si grave. Nous reviendrons, je te le promets ! Ce que nous vivons ici est loin d'être un jeu, il n'y a pas d'hôpital prêt à nous accueillir si jamais quelque chose nous arrive… Alors la prudence doit être une règle !

Il la serra un peu plus fort sur son cœur et l'embrassa doucement, effleurant sa peau si tendre, respirant avec une sorte d'ivresse l'odeur de fleurs et de soleil de ses cheveux.

— Je t'aime, ma jolie Terrienne, et je refuse de te perdre !

Chapitre 28

Leur retour au camp de base, après ces quelques semaines d'absence, fut un véritable triomphe. Accueillis comme des héros au retour d'une campagne guerrière, succès dû pour une bonne part à l'étonnement suscité par l'arrivée de Samantha juchée à califourchon sur le dos du gros six pattes, dont elle semblait s'être faite un indéfectible ami.

L'animal, en sus de la légère Terrienne, portait gaillardement tout le matériel de la petite équipe ; il avançait nonchalamment de sa démarche chaloupée, simplement guidé par une sorte de licol et les exhortations véhémentes de sa cavalière ! Toute la population de la grotte, humains et Kerness réunis, s'attroupa avec une curiosité mêlée de crainte autour de l'énorme ruminant, chacun voulant toucher, caresser son poil roux, touffu et emmêlé. L'animal, Polochon puisque tel était le nom que Samantha lui avait attribué, demeura d'un calme inébranlable, continuant flegmatiquement à mâchouiller une vieille touffe d'herbe !

Le sergent McCormic sembla très satisfait des résultats de l'expédition, mais Zermhatt ne prit que brièvement le temps de le saluer. Aidant Samantha à descendre de sa monture, il l'entraînait déjà vers la doctoresse, Annie Martin, qu'il avait repérée parmi la foule compacte.

Cette dernière, afin d'effectuer plus sereinement son auscultation s'enferma en tête à tête avec Samantha dans son pseudo-cabinet médical, renvoyant le Zatbar, sa nervosité et son anxiété attendre dehors !

— Nous voici tranquilles, entre femmes. Qu'est-ce qu'il t'arrive, Samantha ? questionna Annie en s'asseyant en face de la jeune fille.

— Eh bien, je ne sais pas, cela fait plusieurs jours que j'ai mal au cœur…

— Des vomissements ?

— Oui, surtout le matin.

— D'accord, nous allons examiner tout ça. Déshabille-toi et installe-toi sur la table d'examen.

Après quelques minutes de palpations, Annie fit signe à sa jeune amie de se rhabiller puis de prendre place sur le tabouret, un peu rustique qui faisait face à une épaisse planche posée sur quatre pieux fichés en terre, faisant office de bureau.

— Alors ? demanda Samantha, malgré tout un peu inquiète.

— On peut dire que tu as beaucoup de chance, après tout j'aurais pu être cardiologue ou gérontologue, heureusement, j'ai choisi d'être gynéco, ce qui va grandement nous aider dans ton état !

— Je ne comprends rien à ce que tu racontes ! Je suis malade, oui ou non ?

— Tu n'es pas malade, tu es enceinte !

— Ce… Ce n'est pas possible… Tu t'es trompée ! balbutia Samantha, stupéfaite.

— Ah ça non ! Crois-moi, tu attends bel et bien un enfant, c'est un tout début de grossesse, disons un mois et demi, deux mois à peu près.

— Mais, je… Je croyais que les relations entre humains et Zatbar étaient stériles ? s'étonna la jeune fille.

— C'est le cas, en effet.

— Alors il y a une erreur soit d'un côté soit d'un autre, parce que mes dernières relations sexuelles avec un humain remontent à l'époque où j'étais encore sur Terre !

Un peu troublée, la doctoresse considéra son amie, droit dans les yeux, n'y lisant toutefois qu'une franchise qui la laissa un peu plus perplexe.

— Écoute, ne t'en fais pas, il y a toujours une explication à chaque chose, pour l'instant nous savons que tu es enceinte, alors repose-toi, ne fais pas d'efforts physiques intenses, le reste s'expliquera un jour ou l'autre. D'accord ?

Samantha hocha la tête, sans répondre elle sortit telle une somnambule de la grotte, s'habituant peu à peu à la surprenante nouvelle. Une fois sur le parvis, Zermhatt se précipita vers elle et lui prenant le visage entre ses mains, il plongea ses yeux dans les siens :

— Alors ?

— Je ne suis pas malade, je suis enceinte ! murmura-t-elle d'une voix où la surprise faisait place à la joie.

Son compagnon la considéra, l'air incrédule :

— Pardon ! ? Qu'est-ce que tu dis ?

— Je suis enceinte ! répéta Samantha, dont le regard bleu pétillait à présent de bonheur. Nous allons avoir un bébé ! ajouta-t-elle avec une joie incrédule.

Toute la physionomie du Zatbar se raidit, ses traits se durcirent, il recula d'un pas lâchant la jeune fille comme si son contact le brûlait. Il blêmit autant que sa peau grise le lui permettait, tandis que ses yeux brillèrent d'un éclat glacial presque féroce. Décontenancée, elle s'avança vers lui, mais il la repoussa, brutalement :

— Tu vas avoir cet enfant ! Pas moi ! Il n'y a jamais eu de mutant entre nos deux races ! Alors qui en est le père ? Qui ? gronda-t-il d'une voix que la colère rendait plus âpre encore.

Désemparée, les yeux noyés de larmes, Samantha le dévisageait, le cœur battant à tout rompre :

— Zermhatt ! Je sais ce que tu crois, mais c'est faux ! Je ne t'ai pas trompé !

L'attrapant par un bras elle le força à la regarder droit dans les yeux :

— Je t'aime, Zermhatt Zell Am Zemam, alors je t'en supplie, aie confiance en moi !

D'une brusque rotation du poignet, il se dégagea, la rejetant d'un simple regard dans lequel brillait un dangereux éclat. Les larmes coulant sur ses joues, sans qu'elle y fasse attention, elle s'avança une fois encore vers le Zatbar qui la dominait de toute sa stature.

— Zermhatt…

— Les races inférieures ne sont bonnes que pour se distraire et rien d'autre ! Je ne veux plus te voir, tu ne m'amuses plus…

Sur quoi il tourna les talons, laissant la jeune Terrienne plantée là, médusée, le cœur broyé…

Toute la journée ainsi que les suivantes, Zermhatt s'obstina à fuir Samantha ; il passa beaucoup de temps à discuter avec l'ancien sergent des Marines, mais sitôt qu'elle s'approchait afin de se joindre à eux, il se levait, le visage fermé, le regard dur, et s'éloignait sans se retourner, laissant la jeune fille déconcertée, malheureuse… Elle se laissait tomber telle une masse à côté de McCormic, qui ne cherchait nullement à prendre parti dans la querelle, bien qu'une sorte de solidarité masculine jouât en faveur du Zatbar. N'avait-il pas lancé, de son ton sec, à la jeune fille en plein désarroi : « Qu'elle ne pouvait s'attendre à une autre attitude de la part du Zatbar qu'elle avait trahi ! »

Par chance, Annie et Mary n'avaient pas abandonné leur jeune amie. Elles tentaient de lui remonter le moral et la soutenaient d'une indéfectible amitié. Pourtant, elles-mêmes doutaient de la véracité des propos de Samantha...

Un soir, le sergent dévoila finalement le projet sur lequel il travaillait en compagnie du Zatbar. Ce dernier comptait créer une nouvelle colonie dans le réseau de cavernes situé près de la mer. Il demandait donc aux volontaires de s'inscrire sur une liste pour un départ prochain.

La première, Samantha se précipita afin de prendre le stylet, mais Zermhatt la fustigea d'un regard glacial et lui jeta d'un ton non moins dur :

— Non ! Il n'y a pas de place pour toi dans ma colonie !

Puis il passa le stylet à l'un des Kerness.

Tout à coup, Samantha en eut marre, une colère irrépressible monta inexorablement en elle, qu'elle ne chercha même pas à canaliser. Ses yeux lançant des éclairs rageurs, elle s'avança résolument vers Zermhatt. Serrant les mâchoires, elle refusa de se laisser impressionner. Elle soutint sans ciller son regard jaune aussi aimable que celui d'un loup.

— Tu n'es plus sur Zatbara, tu n'es plus à la tête de l'un de tes vaisseaux, tu n'es plus un Seigneur de Guerre, ce n'est plus à toi de décider, nous sommes sur un monde neuf que nous voulons libre !

Sous l'invective, Zermhatt blêmit, ses traits se durcirent et ses yeux brillèrent d'une lueur dangereuse, sa voix glacée claqua, tel un fouet :

— Tu te trompes, Terrienne ! Je suis Zermhatt Zell Am Zemam Seigneur de Guerre, j'ai été banni non déchu, des chefs il en faudra toujours, même ici... Je vais bâtir cette colonie, c'est donc moi qui décide !

La colère de la jeune fille s'envolait peu à peu, laissant place à une peine immense, intense qui la brûla d'un feu de glace. Elle s'approcha un peu plus près du Zatbar, le dévisageant d'un regard de noyée, perdu, désespéré, dans lequel il vit toute la force de son amour, si profond, si sincère... Un instant son regard jaune vacilla, mais tout aussitôt il reprit le contrôle de ses émotions, restaurant son masque glacial, impénétrable. Presque doucement, presque tendrement, Samantha lui prit sa large et puissante main dans la sienne, si petite et si fragile à côté ; elle lui desserra les doigts afin d'en découvrir la paume. Délicatement elle effleura, en un geste qui était presque une caresse, une ligne blanche, fine qui lui barrait toute la paume d'un trait indélébile. Il tressaillit à ce contact si doux, trop doux qui l'obligeait à se rappeler, qui faisait remonter tant de souvenirs... Son regard se voila, mais serrant les dents il retira brutalement sa main. Samantha murmura alors de cette voix si musicale qu'il aimait tant, ses yeux si bleus débordant de larmes qu'elle ne sentait même pas couler :

— Tu as fait le Serment du Kerzack, pour moi... Ça aussi tu l'as oublié ?

— Je n'ai rien oublié, moi ! Et je ne trahirai aucun de mes serments, j'ai juré de te protéger, rien de plus ! Tu seras en parfaite sécurité ici... Maintenant va-t'en, tu nous retardes !

Un instant encore, elle le considéra, le cœur serré par un étau, comme ne pouvant croire ce qu'elle avait parfaitement entendu... En trébuchant elle recula, puis bousculant ceux qui faisaient la queue afin d'inscrire leur nom sur la liste de la future colonie, elle s'enfuit droit devant elle, pour se perdre dans l'obscurité des grottes. Elle ne vit pas le regard de Zermhatt, brillant d'une émotion que même lui avait du mal à dissimuler, la suivre jusqu'à ce qu'elle disparaisse dans le dédale rocheux…

Chapitre 29

À l'unanimité, le départ fut fixé au lendemain matin. Aussi, bien avant l'aube verte, l'effervescence au sein du camp était totale. Chacun courant de-ci de-là afin de réunir leurs maigres biens, ou encore afin de faire des adieux émus à ceux qui avaient choisi de rester.

Samantha, selon son habitude, demeura assise les jambes ballantes dans le vide, au bord du parvis rocheux, attendant là, comme chaque jour, les premiers rayons du soleil vert.

C'est là que ses amis, Duncan, Paul, Pete et Mary la trouvèrent, son visage d'ordinaire si souriant, blême d'un chagrin qu'elle ne pouvait pas cacher. Ses yeux, délavés par les larmes, ne reflétaient plus qu'une tristesse infinie qui leur fit mal. Sans même quitter l'horizon du regard, où s'allumaient déjà les premières lueurs de l'aube, Samantha murmura d'une voix blanche, qu'ils ne reconnurent pas :

— Ça y est, vous êtes prêts… Vous partez… Je vous souhaite que toute aille bien, que vous fassiez beaucoup de découvertes, et… Et que vous bâtissiez une belle colonie…

Sa voix se brisa sur les derniers mots.

Ses amis, désolés devant l'ampleur de sa peine, se regardèrent, consternés ; Duncan réagit le premier, la saisissant par les épaules il la força à se lever puis la serrant dans ses bras, il chuchota :

— Nous serons toujours tes amis, Sam, quoi qu'il arrive, tu pourras toujours compter sur nous, tu le sais, mais tu sais aussi que notre place est aux côtés du commandant.

Elle tressaillit à ce simple mot qui évoquait pour elle tant de souvenirs, qui résumait par une sorte de raccourci tout ce qu'était le grand Zatbar. Duncan resserra un peu plus son étreinte, la berçant doucement. À ce moment, Pete lui aussi s'approcha et la serra maladroitement dans ses bras, faisant d'un ton qu'il voulait léger :

— Il faudra bien quelqu'un pour veiller sur lui, n'est ce pas ? Qu'est-ce qu'il deviendrait sans nous ?

Mary elle aussi, s'efforçant de prendre une voix naturelle, que l'émotion cassait pourtant, s'exclama :

— Ne t'inquiète pas, Sam, nous nous occuperons de lui et toi, ne sois pas si triste, c'est un coléreux, ça lui passera…

— Fais attention à toi, Sam, ajouta Paul, la gorge serrée.

Puis comme à regret, ils s'éloignèrent après une ultime tape amicale sur l'épaule. Oliis et Kina à leur tour s'approchèrent de la jeune Terrienne.

— Vous aussi vous partez, fit celle-ci d'une voix amère, mais elle se reprit et ajouta : Vous avez raison, vous serez bien là-bas ! J'espère que tout ira bien pour tous les deux… Et je vous envie…

Spontanément, Kina la serra dans ses longs bras délicats, trop émue pour prononcer un mot, tandis qu'Oliis, ses grands yeux embués de larmes, murmurait :

— Tu nous manqueras, Sam, tu nous manqueras pour tellement de raisons, et je sais que tu lui manqueras à lui encore plus…

— Merci, Oliis… Merci.

— Partez sans regret, moi je reste et je veillerai sur elle ! résonna une voix claire et mélodieuse, propre aux Kerness.

À quelques pas des trois amis se tenait une jeune Kerness aux grands yeux noirs, brillants, au sourire doux, au long visage avenant et aux traits délicats bien que ses pommettes et son front soient marqués de fines cicatrices formant d'étranges dessins géométriques.

À sa vue, Kina sursauta en s'écriant :

— La sorcière Karbala !

Oliis recula en entraînant sa compagne, fuyant plus qu'ils ne prirent congé !

Avec étonnement, la jeune terrienne dévisagea la Kerness qui lui faisait face, ne lui trouvant a priori rien d'effrayant ; cette dernière fit un gracieux mouvement de bras qui sembla chasser d'un seul geste toutes les vicissitudes de cette vie. Avec un sourire, elle se présenta :

— Je suis Ki-lun

— Et tu es une sorcière ?

— Non ! Je suis une prêtresse de l'île de Karbala.

— Pourtant, ils ont eu peur de toi ?

— Oui, mon peuple a été longtemps opprimé à cause de nos croyances, de nos coutumes et du pouvoir qu'elles nous donnent. Comme les autres Kerness ne nous comprennent pas, ils nous traitent de sorciers ! Ce genre de chose n'arrive donc pas sur ta planète ?

— Si…, murmura Samantha. Mais ce qui m'étonne, c'est que cela arrive sur la tienne, je pensais… Je prenais les Kerness pour une race profondément pacifique…

— C'est ce que nous sommes, mon peuple n'est pas massacré, nous sommes juste mis très pacifiquement au ban de notre société…

— Je suis désolée ! s'exclama Samantha. Peut-être pourrions-nous être amies, entre déchues et mises à l'écart nous devrions nous entendre, non ?

Au loin là-bas, la petite troupe des colons s'ébranlait déjà, le Zatbar à leur tête les entraînant de ses larges foulées, sans se retourner, ni regarder une seule fois en arrière. À ses côtés, la très reconnaissable silhouette de Stecy tentait de rester à sa hauteur…

Bien évidemment, le départ de près de la moitié de la population de la caverne, dont tous les Kerness attirés par la proximité de la mer, à l'exception de Ki-lun, créa un grand vide au camp de base. Heureusement, McCormic et son habituelle autorité firent merveille pour redynamiser les troupes !

Samantha, déjà mal acceptée à cause de sa liaison avec un Zatbar, fut paradoxalement encore plus rejetée après sa rupture ! Elle s'isola du groupe soudé des Terriens, prenant peu à peu ses quartiers dans une grotte adjacente où elle avait installé le paisible six pattes, préférant soudain la compagnie muette de Polochon à celle de ses concitoyens ! Annie continuait à la soutenir de toute son amitié, mais étant le seul médecin de leur petit groupe, elle n'avait que peu de loisirs à consacrer à sa jeune amie. Étonnamment, Steve, le Marines américain, s'instaura comme son protecteur et chevalier servant, au vif désarroi de Samantha d'ailleurs ! Pourtant, celle qui la soutint inconditionnellement tout au long de ces mois de solitude fut Ki-lun, la prêtresse Kerness.

Une véritable amitié, aussi soudaine qu'un coup de foudre, les avait unies ce fameux jour où le groupe s'était scindé, afin de créer cette colonie du bord de mer. La patience et la douceur de Ki-lun furent un baume apaisant pour le cœur blessé de la jeune Terrienne. Elle savait écouter sans juger, elle savait conseiller sans ordonner, et sa manière si particulière d'aborder la vie en fit une aide précieuse pour Samantha.

— Tu sais, Sam la Terrienne, rien n'arrive par hasard. Nous, les Karbala, nous croyons à ce que tu appellerais le destin, chacun a un rôle à jouer. Tu n'as pas été déportée par hasard sur cette planète, et ton amour pour Zermhatt fait aussi partie d'un tout, d'une sorte de logique qui parfois nous dépasse. Ta venue ici et notre rencontre semblent tellement improbables qu'elle n'en est que plus évidente, je suis là pour t'aider et te guider dans cette phase floue que tu traverses.

Après quelques mouvements délicats de ses longs bras graciles qui enveloppaient Samantha d'une sorte de douceur et de bien-être apaisant, la prêtresse Kerness reprenait de sa voix musicale :

— Tu es ici parce que tu es celle qui sent…

— Je ne sens rien ! protestait la jeune fille.

— Si, tu sens la planète, tu sens son cœur battre…

— Une planète n'a pas d'organes, de cœur ou je ne sais quoi d'autres, c'est une sphère de roche et de gaz, affirmait Samantha.

Ki-lun regardait son amie de ses grands yeux noirs, profonds et doux, continuant, sans se démonter, à lui exposer sa propre vision du monde visible et invisible…

Elle seule croyait Samantha, lorsque celle-ci affirmait haut et fort que Zermhatt était le père de cet enfant qu'elle portait, elle seule la soutenait. Elle était la seule à qui la jeune Terrienne pouvait se confier, avec qui elle pouvait rire et pleurer, parler de Zermhatt, de leur histoire, de leur amour… Avec Ki-lun, elle pouvait ouvrir son cœur, sans crainte d'être jugée ou incomprise, elle pouvait parler et parler encore du Zatbar qui obsédait ses jours et ses nuits. Grâce à sa perception si particulière, si éloignée de tout matérialisme, du monde qui l'entourait, Ki-lun semblait lire dans l'âme même des êtres ; cela n'était bien évidemment pas du goût de tous ! Elle savait dire de sa voix musicale quelques vérités que certains auraient préféré ne pas savoir…

Même Samantha avait parfois du mal à entendre certaines choses, ainsi il lui paraissait difficile d'imaginer que Zermhatt lui aussi pouvait non seulement souffrir de la situation, mais en être extrêmement malheureux. Elle avait tendance à s'imaginer la victime, cependant Ki-lun lui ouvrait les yeux sur une autre réalité : celle du Zatbar…

Alors peu à peu, au fil des mois, la colère de Samantha s'apaisa, bien que sa peine restât entière. Cette rupture si brutale, après toutes ces semaines de pleine et totale connivence, avait été un choc d'autant plus rude pour la jeune Terrienne, mais aussi pour Zermhatt, ce que ne manquait pas de le souligner Ki-lun.

— Il t'aime. Sans doute n'a-t-il jamais pu s'imaginer s'attacher à quelqu'un. Il t'a montré tant de preuves de son amour : pour toi, il a fait le serment du Kerzack, pour une inférieure, pour une femelle… Il a accepté d'être banni, déporté sur cette planète hostile, lui, un Seigneur de Guerre ! Il s'est battu, il a risqué sa vie… Tout cela, il l'a fait pour toi, par amour pour toi ! Et toi, qu'as-tu fait pour lui ? Hors le trahir ?

Samantha, en larmes, s'exclamait :

— Je ne l'ai pas trompé ! Ce n'est pas vrai !

Ki-lun, la prêtresse Kerness, la prenait alors dans ses longs bras graciles, la serrant tendrement contre elle, tout en chuchotant à son oreille :

— Peut-être… La vérité n'existe pas, ce qui compte c'est ce que lui croit. Comment peut-il s'imaginer que tu ne l'as pas trahi ? C'est impossible ! Sa colère l'aveugle, tout ce qu'il voit c'est qu'un autre a posé ses mains sur toi…

— C'est faux, Ki-lun, c'est totalement faux ! Je n'y comprends rien… Mais il n'y a eu que lui… Je l'aime… Comment aurais-je pu ?

Chapitre 30

Malgré sa peine et sa détresse, la vie devait continuer. Elle ne pouvait que serrer les dents et avancer ; pas pour elle, non, mais pour cet enfant à venir qui distendait son ventre et remuait déjà si joyeusement.

Alors afin d'occuper ses journées à autre chose qu'à pleurer sur son sort, Samantha installa peu à peu une sorte de laboratoire expérimental dans la grotte où elle s'était retirée en compagnie du six pattes. Là, elle se mit à étudier les araignées…

De temps en temps, on lui apportait des spécimens inconnus, les enfants lui amenaient des œufs gluants et non encore éclos, ou bien les chasseurs lui déposaient avec un dégoût non dissimulé des arachnides blessés.

Avec l'aide de Ki-lun, elle disséquait, analysait, notait, classait. Parfois, elles découvraient des caractéristiques très intéressantes. Ainsi, au bout de plusieurs semaines d'expériences, elles trouvèrent un venin qui, injecté à une certaine dose, n'était pas mortel, mais plongeait la victime dans un profond sommeil. Cela pouvait être particulièrement intéressant pour l'avenir de leur médecine, afin d'effectuer des opérations par exemple. L'anesthésie venait sans doute d'être redécouverte sur la planète du soleil vert !

Son esprit à l'imagination fertile lui suggéra que le fil des arthropodes pouvait aussi avoir un intérêt pour leur communauté. Avec la passion et l'enthousiasme qu'elle mettait en toutes choses, avec l'aide bienvenue de Ki-lun, elles s'attaquèrent toutes deux à ce nouveau défi. Le travail acharné permettait à la Terrienne sinon d'oublier, mais du moins de s'occuper l'esprit et le corps dans une tâche qui requérait toute son attention. Ainsi, elle n'avait guère le loisir de se pencher sur sa détresse morale. Celle-ci était si grande qu'il lui semblait qu'elle ne pourrait pas continuer à vivre avec, comme compagne, une telle souffrance. Les mois passaient, mais la douleur était toujours là, aussi intense, aussi glaçante que le jour où Zermhatt était parti, sans un adieu, sans se retourner…

Heureusement, Ki-lun était là, rassurante, l'obligeant à regarder devant, à ne pas se complaire dans son chagrin : pleurer ne servait à rien, il fallait avancer et suivre son destin.

Grâce à ce travail éreintant qu'elle s'imposait, elle parvint à faire des découvertes très intéressantes. La grotte, dans laquelle hors Ki-lun ou Steve nul n'acceptait plus de pénétrer, s'était peu à peu transformée en une sorte de laboratoire digne de Mélusine ou de toute autre sorcière !

Partout, suspendues au plafond, placées en vrac sur le sol, où que le regard se posât, des araignées, des dizaines et des dizaines de cages d'araignées, de toutes tailles et de toutes races, grouillaient dans un cauchemardesque enchevêtrement. Au milieu de ces horreurs, Samantha, que sa grossesse rendait paradoxalement plus belle et plus resplendissante encore, allait et venait en toute quiétude, se livrant à de mystérieuses recherches qu'elle ne dévoilait qu'une fois son but atteint. Ainsi avec l'aide bien appréciable du jeune Marines, qui la secondait avec toute la bonne volonté d'un amoureux transi, elle avait conçu un système de cage et de poulies qui permettait de récupérer sans l'abîmer ou le rompre tout en l'enroulant astucieusement sur une bobine en bois, le fil de soie fin et solide d'une espèce particulière d'arachnide. Une fois sec, ce qui ne prenait que quelques jours, Ki-lun le tissait sur un métier à tisser qu'elle avait elle-même confectionné et qui correspondait parfaitement à sa morphologie.

C'était tout un spectacle de la voir travailler, ses longs bras délicats paraissant voler au-dessus de son ouvrage, alors que naissait sous ses doigts effilés une somptueuse pièce de tissu, d'une finesse incomparable. Ki-lun, dont la dextérité manuelle surpassait encore celle des autres Kerness, confectionna pour Samantha des vêtements souples légers et aériens qui l'enveloppèrent, elle et sa grossesse déjà bien avancée, comme une caresse.

Toutes deux, elles inventèrent des teintures à l'aide de plantes et de terre colorées, sous l'œil un brin effaré de Steve qui les secondait pourtant sans aucune contestation !

En riant de son air ébahi, Samantha s'exclamait :

— Je rêve de bleu profond et de rouge éclatant ! Je veux des jaunes violents, du vert sensuel et des violets provocants ! Nous ne voulons plus de ces combinaisons symbole de notre asservissement et de la négation de notre identité !

Dans un tournoiement de ses cheveux dorés, elle se précipitait afin de tourner une mixture épaisse et bouillonnante qui cuisait doucement sur le feu, laissant le jeune Américain plus interloqué que jamais !

Parallèlement à ces expériences raffinées de « haute couture », elle menait une analyse poussée sur les œufs d'araignées, cherchant à comprendre pourquoi celles-ci craignaient le rayonnement du soleil vert. C'était un mystère qui la tenaillait. Elle avait soumis des œufs à l'action des soleils et il n'avait fallu que quelques heures pour les tuer. Les mêmes œufs, provenant de la même nichée avaient parfaitement éclos dans la grotte, à l'abri des soleils.

Qu'est-ce qui les avait tués ?

La question taraudait Samantha, comme autrefois le problème de la viande non comestible des six pattes l'avait interpellée. Elle prit d'autres œufs, ceux d'araignées géantes, et les soumit chaque matin aux tout premiers rayons du soleil vert. Elle voulait savoir quel était l'astre responsable de la mort des arthropodes. À côté de ça, elle prit un autre lot d'œufs qu'elle exposa le même laps de temps aux rayons en plein zénith. Bien sûr, la voir se promener toute la journée avec des paniers emplis d'œufs gluants qu'elle étalait minutieusement sur le parvis rocheux n'améliora pas sa popularité ! Peu de personne lui adressait la parole, mais elle n'en avait cure, appliquant les conseils de Ki-lun, elle suivait son destin.

Le froid, glacial de ce premier hiver sur cette planète, surprit les Terriens, mais heureusement, la prévoyance et l'esprit de décision de l'ancien sergent leur évita le pire. Grâce aux six pattes, ils eurent non seulement de la viande en suffisance, mais ils purent aussi se confectionner des vêtements chauds. La neige tomba en abondance, enveloppant tout d'une ouate étincelante et glacée, transformant les paysages en de doux moutonnements cotonneux.

Au printemps, ils pourraient mettre en place des cultures, pour l'instant leur approvisionnement demeurait tributaire de la viande. Plus tard, cela changerait, des colons, anciens agriculteurs ou maraîchers, avaient à ce sujet bien des idées !

Les communications avec le camp du bord de mer furent interrompues et ne pourraient reprendre qu'aux beaux jours. Samantha ne pouvait s'empêcher de penser à Zermhatt. Que devenait-il ? Elle s'inquiétait pour lui : avait-il à manger en suffisance ? Lui restait-il assez de barres vitaminées ? N'avait-il pas froid loin d'elle ?

Alors, lorsque l'inquiétude, la peur et le chagrin étaient les plus forts, elle laissait tout en plan et partait, seule, dans quelque coin reculé et isolés des collines. Là, le visage fouetté par le vent, les cheveux emmêlés par ses doigts invisibles, elle fixait cet horizon lointain, inaccessible, où une mer inconnue scintillait. Sans même sentir les larmes rouler sur ses joues pâles, elle demeurait ainsi de longues minutes, son cœur débordant de douleur, d'amour et de tristesse. Épuisée, elle s'allongeait à même une pierre tiède ou dans l'herbe sèche, se laissant bercer par le contact rassurant de cette planète qui l'accueillait en enfant perdue et retrouvée. Alors elle ne pensait plus à rien…

Cependant, avec l'arrivée de l'hiver, ces moments de solitude ne furent plus vraiment possibles. Parfois pourtant, bravant le froid et la neige, elle s'aventurait sur les hauteurs de la grotte, contemplant le paysage frigorifié où tout n'était que blancheur aussi loin que le regard pouvait porter. Le cœur aussi glacé que le corps, ne s'apercevant même pas du froid vif qui la faisait trembler, elle s'asseyait dans la neige comme pour un rituel païen. C'est là que Steve la trouvait, le regard perdu vers cet horizon maritime, des larmes gelant sur son visage. L'enveloppant dans une chaude couverture en poils de six pattes, il la prenait dans ses bras, l'emportant sans volonté vers la chaleur bienfaisante de la grotte.

Steve était toujours là, à ses côtés, prêt à la soutenir, à l'aider ou à lui apporter le réconfort de son épaule. Chaque jour, il l'aidait à balayer la neige tombée durant la nuit d'un coin du parvis rocheux, afin d'y étaler les œufs des araignées pour les soumettre à l'action du soleil vert. S'il était répugné par le contact gluant des cocons, il ne le montrait pas.

Samantha, malgré sa grossesse à présent bien avancée, semblait toujours avoir autant d'énergie et de vitalité. Elle se concentrait avec fougue et passion à l'étude des aranéides afin d'oublier, quelque part, le mal que lui avait fait le Zatbar. Sa tristesse et son état ne l'avaient en rien enlaidie, bien au contraire ! Heureuse, elle eut été resplendissante, là, elle arborait une sorte de voile tissé par son chagrin, sa détresse, mais aussi par sa fierté et son orgueil qui lui conféraient une aura mélancolique, mystérieuse et distante. Elle était belle, brûlant d'un feu intérieur qui lui illuminait le visage et les yeux d'une chaleur ardente, intense, presque magique…

Chapitre 31

Pendant de longues semaines, elle s'occupa de ses cocons avec rigueur et sollicitude, se consacrant tout entière à ses expériences, manipulant ses œufs avec délicatesse, s'en occupant avec une attention presque maternelle. Ceux exposés aux rayons du soleil jaune se desséchèrent très vite. Au contraire des autres qui résistèrent vaillamment. Un beau matin les cocons se fendillèrent et une première patte noire et poilue se faufila par une minuscule fissure. En peu de temps, à force de trémoussements vigoureux, la petite bête jaillit enfin dans un ultime soubresaut, sous l'œil incrédule de Ki-lun, répugné de Steve et ravi de Samantha ! Cette dernière attrapa le bébé araignée, déjà grosse comme la main, avant même que le jeune Marines puisse l'arrêter.

— Sam ! Fais attention elle est peut-être dangereuse.

L'araignée escaladait déjà sans aucune hésitation les bras de la jeune fille sans que celle-ci ne fasse un geste pour la repousser. Steve voulu s'avancer, mais l'une des longues mains de la prêtresse Kerness l'empêcha d'aller plus loin :

— Laisse-la faire, elle est celle qui sent… Elle ne risque rien.

— Mais…

— Aie confiance, viens avec moi, nous devons la laisser seule.

À contrecœur, il suivit Ki-lun, non sans se retourner plusieurs fois avec inquiétude ; Samantha, les yeux mi-clos, laissait l'araignée lui grimper sur les épaules, le visage, les cheveux… Elle ne semblait éprouver aucune crainte, pire même elle paraissait ravie ! Elle ne s'aperçut même pas de leur départ, son attention entièrement focalisée par sa nouvelle et surprenante amie !

En peu de temps, chacun su que Samantha avait réussi à faire éclore des œufs d'arachnides, mais survivraient-elles aux rayons du soleil vert aux étranges pouvoirs ?

Quelques heures plus tard, après que tous les cocons eurent éclos, Samantha apparut sur le parvis rocheux sous les regards à la fois horrifiés et dégoûtés de la foule venue assister à la fin de son expérience.

À première vue, la jeune fille protégée du froid vif, par une longue cape tressée en poils de six pattes noire, ne semblait guère différente de son ordinaire. Pourtant, en y regardant de plus près, on apercevait d'étranges mouvements sur l'étoffe épaisse qui, telles des ombres plus obscures que la nuit lui parcouraient les épaules, le dos, les bras. Rejetant sa capuche en arrière elle offrit son visage aux rayons hivernaux des soleils, ses cheveux illuminant un instant l'atmosphère de neige et de glace de leur couleur chaude et réconfortante ; elle étendit les bras et les secoua doucement faisant ainsi tomber, une à une dans la neige les quatorze araignées fraîchement sorties de leurs cocons. Un frisson de répulsion parcourut la foule des humains réunit là, bien que les bébés arthropodes ne soient encore en rien comparables à ce qu'elles seraient une fois adultes c'est-à-dire lorsque leurs tailles multipliées par cinq cent elles dépasseraient les trois cents kilos…

Les petites araignées, encore malhabiles sur leurs courtes et robustes pattes, sautaient et roulaient dans la neige, taches sombres et aussi improbables que des flaques d'encre de chine. Quelques cris d'horreur et de franche répulsion s'échappèrent de la foule, pourtant les nouveau-nés n'avaient encore rien de terribles. Samantha les trouvait même attendrissants, avec leurs petits corps dodus et leurs courtes pattes encore gauches, qui les faisaient trébucher et sautiller comiquement !

Tout leur corps, pattes comprises, était recouvert d'un poil soyeux, luisant tel du velours d'une magnifique couleur de jais, leurs quatre paires d'yeux d'un rouge étincelant surveillaient tout ce nouvel univers avec attention.

Pendant quelques minutes, elles se promenèrent dans la neige, sans que les rayons du soleil vert ne semblent leur faire un quelconque effet ; puis leurs pattes refroidies, elles remontèrent bien vite sur les épaules de Samantha, qu'elles avaient unanimement prise pour mère. Celle-ci lança un sourire à Ki-lun dont elle croisa le regard et s'exclama :

— Expérience satisfaisante, passons à la deuxième étape, allons nourrir ces bébés !

Les bébés araignées, gavés de minuscules morceaux de viande de lapins-marmottes, parfaitement choyés par leur mère adoptive, survécurent non seulement très bien à leur tout premier jour, mais se fortifièrent étonnamment vite ; il fallut donc que la population de la grotte s'adapte avec plus ou moins de facilité à ces nouvelles mascottes…

Partout où Samantha se rendait, les petits arthropodes la suivaient ou la précédaient, courant le long des boyaux de roche ou galopant en un groupe compact sur les murs ou les plafonds de la grotte, au vif effroi des autres occupants ! Après quelques jours et de multiples cris, la présence des étranges compagnes de Samantha fit peu à peu partie du paysage quotidien et banal du camp.

Les relations étrangement étroites qui unissaient la jeune Terrienne à ses nouvelles protégées n'étaient pas vraiment explicables scientifiquement, elle n'avait pas vraiment de théorie là-dessus et quelque part, peu lui importait. Elle vivait une relation intense, basée sur un ressenti et une empathie profonde. Jamais encore elle n'avait connu une telle communion de pensée, aucun humain n'avait pu avoir un accès aussi net, direct, une connexion aussi parfaite avec ses pensées les plus intimes, ni ses parents ni encore moins ses amis. À quelques brèves occasions elle avait ressenti ce phénomène de totale appartenance avec Zermhatt, lorsqu'il lui semblait qu'ils pouvaient se comprendre d'un seul regard… Ce qu'elle éprouvait pour les petites araignées n'avait rien à voir avec un sentiment quelconque d'amour ou d'affection, c'était bien autre chose, les bêtes faisaient comme partie d'elle-même. Jusqu'alors, elle avait toujours été seule, maintenant, quatorze complices étaient là, partageant ses émotions, adhérant telle une seule et même entité à ses idées.

Leur interrelation était si intense que Samantha pouvait communiquer avec elles grâce à une sorte de télépathie, elle pouvait leur intimer certains ordres, tout comme les araignées pouvaient, elles aussi, lui envoyer certains flashs d'images ou d'actions dont elles étaient les témoins.

Parmi elles, l'une s'instaura presque immédiatement en tant que chef et leader du petit groupe. Ce n'était ni par sa taille ni par sa force, qui ne différait en rien de ses sœurs, mais par sa capacité surprenante à prendre des décisions et à les imposer ! Elle avait une particularité étrange, un simple oubli génétique qui, peut-être, avait été un facteur déterminant de son comportement : il lui manquait simplement une patte, aussi Samantha la surnomma 7ème.

7ème avait un attachement très exclusif pour sa mère adoptive, elle ne pouvait consentir, au contraire de ses sœurs plus dociles, à en être séparée ne fussent que pour quelques minutes. Cela n'allant pas sans quelques contraintes auxquelles Samantha dut se plier ; ainsi, la nuit elle couchait les petites araignées dans une cage douillettement garnie de paille, où elles pouvaient se reposer en toute quiétude les unes sur les autres selon leurs habitudes. Seule 7ème ne l'entendait pas de cette manière ! Elle s'évada, de toutes les façons possibles et imaginables, afin de rejoindre Samantha et se lover dans la chaleur de son cou. De guerre lasse, la jeune femme finit par ne plus l'enfermer avec les autres. Alors, 7ème, victorieuse, se glissait dans un repli de ses vêtements et aussi immobile qu'un lourd bijou luisant, elle se faisait oublier.

Chapitre 32

L'hiver, glacial, se termina au grand soulagement de tous et le printemps s'annonça brutalement dans un joyeux éclatement de bourgeons d'où jaillirent de tendres corolles de pétales fragiles, de délicates feuilles aux verts encore pastel, des chants d'allégresse des oiseaux, revenus aussi soudainement qu'ils étaient partis, depuis des destinations et des contrées inconnues.

La neige avait brusquement fondu, laissant place à une herbe courte, vigoureuse, qui semblait croître à vue d'œil sous les rayons à nouveau tièdes des soleils, à la grande joie de Polochon que Samantha laissait gambader à sa guise, certaine qu'il ne s'éloignerait pas du camp. Il pouvait ainsi à loisir se gaver de l'herbe neuve, juteuse et tendre, dont il avait été privé pendant les trop longs mois du rigoureux hiver. Alors, comme si la neige et le froid n'avaient jamais existé, la nature vive et impétueuse reprit ses droits, pour un moment abandonnés. Partout, les fleurs s'épanouissaient, les arbres se couvraient de feuilles alors que mille et un petits animaux réapparaissaient en de timides sorties, hors de leurs caches hivernales.

Les communications avec le camp du Bord de Mer purent à nouveau reprendre, chacun put enfin donner et avoir des nouvelles des autres colons, savoir comment chacun avait pu affronter la rudesse de la saison passée.

McCormic, jamais à court d'idée, proposa d'organiser une grande fête afin de célébrer le retour d'un temps plus clément, en invitant bien entendu tous les habitants de l'autre camp. Pendant les longues journées où ils avaient été bloqués dans la vaste grotte, certains, plus mélomanes que d'autres, avaient confectionné d'étranges et saugrenues instruments de musique dont ils tiraient pourtant des airs harmonieux.

Un peu de musique, quelques chansons, un bon repas, des danses pourquoi pas, ajouté à cela le plaisir de se retrouver après tous ces interminables mois hivernaux et la fête serait on ne peut plus réussie, songeait l'ancien sergent. Une occasion de se réjouir telle qu'ils n'en avaient pas encore eu beaucoup jusqu'à présent.

Les préparatifs de la fête du Renouveau, comme certains se plaisaient à l'appeler, occupèrent toute la communauté de la grotte avec une égale effervescence, dans une humeur joyeuse qui faisait plaisir à voir et à entendre ; partout des rires fusaient et chacun allait et venait, vacant avec affairement à ses tâches, un sourire aux lèvres. Cela faisait bien longtemps que l'atmosphère du camp n'avait été aussi détendue.

Seule Samantha se tenait à l'écart de toute cette joyeuse agitation, ne sachant trop s'il lui fallait être heureuse ou pas de revoir ses anciens amis, en particulier le Zatbar qui, après tous ces mois, occupait encore toutes ses pensées. Pas une journée, pas une heure, pas une minute sans que son esprit ne se tourne vers lui, que son cœur ne batte un peu plus fort pour lui… Elle avait peu à peu appris à vivre avec son ombre, à retrouver une sorte d'équilibre précaire dans cette absence, le revoir enfin était une sorte de rêve et de cauchemar tout à la fois… Elle redoutait ce moment tout en comptant les jours qui la séparaient de la date choisie pour la fête. Mille et une questions se bousculaient dans sa tête, tandis qu'une sorte de panique la submergeait au fur et à mesure que les jours passaient, la rapprochant inexorablement de l'instant où il serait là, occupant l'espace de sa monumentale silhouette et la considérant de son regard indéchiffrable…

Heureusement Ki-lun était là, à ses côtés, la soutenant de son indéfectible amitié, la rassurant de sa voix douce aux inflexions mélodieuses, dont quelques mots accompagnés de gestes délicats semblaient tisser autour d'elle une aura protectrice. Pourtant, à aucun moment, la prêtresse Kerness ne leurrait la jeune femme avec des propos d'un optimisme lénifiant. Au contraire, elle lui rappelait qu'il était un Zatbar, un Seigneur Zell qui plus est, sa nature ne le portait donc pas spontanément à la plus grande mansuétude !

Samantha souriait en hochant la tête, comment aurait-elle pu oublier ce qu'il était ? Dans un geste inconscient de protection millénaire, elle posait une main sur son ventre distendu par huit mois de grossesse, et 7ème, son araignée favorite lovée dans son cou, elle reprenait confiance.

Finalement, le jour tant attendu arriva. En fin d'après-midi, tous ceux du camp du Bord de Mer furent là, toute une cohorte d'humains, Kerness et un grand nombre de six pattes portant d'impressionnants fardeaux. La colonne s'étirait sur plusieurs centaines de mètres et avançait aux accents de joyeuses chansons, accompagnées par d'incroyables instruments de musique tant à cordes qu'à vent, ou encore à percussion !

Samantha se tenait juchée sur le faîte de la colline qui abritait la grotte, en compagnie de Ki-lun et de Polochon. Ce dernier, peu sensible à l'intensité du moment, broutait avec détermination toutes les herbes qui étaient à sa portée ; quant à

Ki-lun, elle semblait heureusement un peu plus concernée par les événements !

La Terrienne, assise sur une pierre attiédie par les soleils, ses longs cheveux dorés flottants dans l'air léger, la prêtresse Karbala debout à ses côtés, gardait les yeux rivés sur la longue colonne. Elle ne perdait rien du spectacle se déroulant à ses pieds. Hypnotisée, elle ne pouvait en détacher son regard, cherchant avidement des visages familiers parmi toute cette joyeuse foule. À la tête s'avançait une haute silhouette qui dépassait toutes les autres, entraînant la troupe au rythme soutenu de ses foulées. Le cœur battant à tout rompre, presque aussi pâle qu'une morte, Samantha contemplait le retour du puissant Zatbar avec une joie et un bonheur qui la faisait presque suffoquer.

Perdue à l'abri de la végétation, invisible de tous, elle pouvait à loisir scruter de son regard, aussi tendre que ce ciel de printemps, le moindre geste du Zatbar. La même brise qui se jouait de ses mèches dorées passait doucement ses doigts dans les courts cheveux gris argent de Zermhatt.

Presque fugitivement, Ki-lun avait posé l'une de ses délicates mains sur l'épaule de son amie, en un geste protecteur, sans doute savait-elle déjà… Doucement, elle resserra la pression de ses longs doigts spatulés lorsqu'elle sentit la Terrienne trembler imperceptiblement, tout en murmurant des mantras apaisant dans sa langue natale. Elle n'avait aucunement besoin de regarder pour savoir ce qui bouleversait autant sa jeune amie ; là-bas, tout en bas, à leurs pieds, le Zatbar aidait une femme blonde à descendre d'un paisible six pattes alezan…

Livide, Samantha s'était levée, son regard bleu, d'ordinaire si tendre, avait à présent la dureté de l'acier, sa main droite, sans trembler, s'était emparée de son solide couteau de chasse. Les dents serrées sur un rictus de rage et de douleur, elle jeta d'une voix que Ki-lun ne lui connaissait pas :

— Je vais la tuer... La tuer...

De toute la force de ses longs bras, la prêtresse ceintura son amie. Elle arracha de ses doigts crispés l'arme tranchante, qu'elle laissa tomber sur les roches grises. Puis, la forçant à la regarder droit dans les yeux, elle la secoua par les épaules tandis que Samantha se débattait afin d'échapper à cette poigne étonnamment puissante pour une personne aussi gracile.

— Laisse-moi, Ki-lun ! Lâche-moi, cela ne te regarde pas !

— Sûrement pas ! Tu veux la tuer ? Je te comprends, mais la violence ne résout aucun problème, alors écoute-moi !

Éperdue, Samantha croisa le regard sombre et doux de Ki-lun, alors que peu à peu sa colère refluait, laissant place à une détresse et une souffrance sans limite :

— Tu ne comprends pas, lui... Et cette fille... Stecy..., balbutia-t-elle d'une voix blanche.

Avec une grande délicatesse, Ki-lun la serra contre elle, tout en chuchotant de sa voix étrangement mélodieuse :

— Je suis heureuse de ta réaction, Samantha la Terrienne, tu as le feu en toi, tu as la colère du volcan et la force de la lave, mais dompte ces éléments en fusion. Te laisser aller à cette puissance destructrice ne t'apporterait que chaos et confusion...

— Laisse-moi, plus rien n'a d'importance maintenant…, s'exclama la jeune fille, frémissant d'une rage impuissante.

— Au contraire, tu as tout à y perdre ! Tu pourrais y perdre ton fils !

Alors, parce que ces simples mots étaient les seuls qui pouvaient encore l'atteindre, Samantha s'affaissa lentement sur le sol, son visage inondé de larmes salvatrices…

Chapitre 33

Après trois jours de voyage plutôt fatigants à travers collines et vallées, les colons du Bord de Mer furent heureux de se reposer, la fête étant prévue pour le lendemain soir.

C'est avec un égal plaisir que le grand Zatbar et le sergent Américain se retrouvèrent, pouvant ainsi à nouveau confronter leurs opinions et soumettre leurs idées à leurs alter égaux.

Sans que rien ne transparaisse dans son attitude, Zermhatt était à la fois inquiet, mal à l'aise. Jamais encore il n'avait expérimenté ce panel d'émotions ! Tout le voyage avait été une épreuve. Chaque pas le rapprochait un peu plus de Samantha dont le souvenir le brûlait… Il s'était préparé à la revoir, peut-être un enfant rose et vagissant dans les bras, et même si cette pensée le faisait presque hurler de rage, il s'était conditionné à cette idée. Il n'avait certes pas envisagé le fait qu'elle ne soit pas là, à guetter son retour ! Déstabilisé, il n'osait poser aucune question à McCormic, concernant la jeune française, ne souhaitant sans doute pas que l'ancien sergent le taxe d'une outrageuse sensibilité. Il était toujours un Zell, un Seigneur de Guerre, un redoutable guerrier !

Rongeant son frein, il demeurait sur son incertitude. Il avait beau sonder la foule de son regard incisif, nulle trace de la jeune fille… Cette première soirée ainsi que toute la journée du lendemain, il les passa dans un état de frustration et d'interrogation qui allèrent crescendo. Finalement, les soleils se couchèrent et la fête tant attendue débuta enfin.

Après quelques danses aux sons des surprenants instruments de musique, McCormic se leva et fit signe à chacun de prendre place autour des tables qui avaient été disposées dans la grotte, face à une sorte d'estrade en bois sur laquelle il monta. D'un bref et strident sifflement, il imposa le silence à la foule dense d'humains et de Kerness, qui s'installaient autour des tables débordantes de mets tous plus appétissants les uns que les autres.

— Nous allons profiter du repas afin de vous présenter ce que chaque camp a découvert pendant l'hiver, vous avez déjà tous eu un aperçu de cette productivité en écoutant ces musiciens, que nous retrouverons, soyez rassurés, après ce succulent repas ! Pour le moment, je vais laisser ma place à celle qui la première va vous parler de ses découvertes. Je n'ai pas besoin de la présenter, vous la connaissez tous, elle nous a terrorisés tout l'hiver avec ses élevages, personne ne le croyait et pourtant c'est elle qui a fait sans aucun doute la plus importante découverte, je vous demande d'applaudir... Samantha !

Avec une prestance de reine, la tête haute, souriante, la jeune femme traversa la salle sous les regards surpris et curieux. Aidée par le sergent qui lui tendit la main, elle se retrouva sur l'estrade. Une sorte de chuchotement étonné parcourait la foule, était-il dû à la stupéfiante beauté de la jeune fille ? À sa grossesse très avancée, qu'elle arborait fièrement, tel un étendard ? Ou bien à cause de ses vêtements, si éloignés de la triste combinaison laissée par les Zatbar ?

En effet, pour cette occasion si particulière, Ki-lun lui avait confectionné une longue jupe noire, fluide et mouvante, en soie d'arachnide, une ample chemise d'un rouge éclatant qui l'enveloppait d'une sorte de caresse presque sensuelle, ainsi qu'une large ceinture en soie noire qui soulignait et mettait du même coup son ventre rond en valeur. Une fine tresse mêlée de fils rouges et noirs se confondait avec sa chevelure dorée qui coulait librement jusqu'à ses reins.

— Le rouge pour le feu qui brûle en toi, lui avait expliqué la prêtresse Karbala, qui est aussi ta force, le noir qui est le symbole de la puissance sombre de la destruction et de la violence guerrière, qui évidemment le représente, lui, le Seigneur Zatbar.

Devant la mine peu convaincue de la jeune terrienne, Ki-lun ne s'était pas démontée, mais avait ajouté :

— Nous, les Karbala, nous croyons à la force des énergies vitales qui sont en nous, que nous symbolisons par des couleurs primaires, c'est une manière non seulement de nous renforcer, mais aussi de nous soigner !

Samantha avait alors éclaté de rire, le premier depuis le retour du Zatbar, et s'était exclamée :

— Et tu crois ainsi me guérir de Zermhatt ?

Ki-lun avait souri, dévoilant ses petites dents pointues :

— Non, je veux juste renforcer ton naturel et que tu puisses l'affronter sereinement.

Était-ce dû aux conseils avisés de la prêtresse ou à ses vêtements si harmonieux, mais Samantha se sentait de manière surprenante tout à fait à l'aise, debout, seule, petite silhouette fragile face à cette foule compacte qui la considérait d'un air ébahi et interloqué. Elle avait beaucoup redouté ce moment. Pourtant, elle ne ressentait aucune peur, au contraire elle se sentait à nouveau forte et sûre d'elle. Cela faisait longtemps qu'elle n'avait plus ressenti une telle confiance. Rassurée par cet état de plénitude,

7ème émergea d'un repli du vêtement et s'installa sur son épaule gauche, considérant le parterre étrange d'humanoïdes, de ses yeux rouges et luisants.

Sur un « je te cède la parole » le sergent descendit de l'estrade et rejoignit la table qu'il partageait entre autres avec le Zatbar. Ce dernier ne pouvait détacher son regard indéchiffrable de la jeune femme. Pas un muscle de son visage ne frémit et rien ne laissa transparaître le trouble de son cœur…

En quelques mots, Samantha présenta à une assistance médusée le fruit de ses travaux : le venin d'araignée anesthésiant, le tissu en soie d'arachnide et la découverte incroyable du rayonnement du soleil vert sur les arthropodes, qui ouvrait un vaste champ de possibilités. En effet, si tel était la conséquence sur un type précis d'êtres vivants, quels pouvaient en être les réactions sur d'autres ? Sur ceux comme les humanoïdes qui ne semblaient en ressentir aucun effet : y avait-il une sorte d'irradiation négative à craindre à plus ou moins court terme, ou tout au contraire les rayons verts pouvaient-ils avoir une action positive sur les mammifères ?

La question demeurait entière, néanmoins, la jeune française avait eu le mérite de dévoiler un pan du mystère qui les entourait dans cet univers inconnu, et soulever une interrogation à laquelle nul n'avait encore songé.

Elle passa sous silence l'apprivoisement très spécial des quatorze petites araignées, non par une envie quelconque de dissimulation, mais simplement parce que pour elle, l'expérience était en cours et semblait loin d'avoir donné tous ses résultats.

Samantha, aidée par Steve, descendit de l'estrade. Elle fut aussitôt remplacée par quelques musiciens et chanteurs qui se lancèrent dans un potpourri de tubes français ou anglophone, bientôt repris en chœur par toute la salle, aussi survoltée que lors d'un concert sur la lointaine Terre !

Après un petit sourire de remerciement au jeune Américain, elle se dirigea droit vers la table où se trouvait l'ancien sergent ainsi que le Zatbar. Le cœur battant, elle s'approcha d'eux, masquant son trouble sous un sourire un peu figé, tandis que Zermhatt s'appliquait à ne lui prêter aucune attention et faisait semblant, avec beaucoup de talent, de s'intéresser à la musique terrienne !

McCormic, très heureux de l'ambiance de la fête, accueillit la Française avec une affection bourrue, mais sincère :

— Ah ! Samantha ! Wonderfull ! Assieds-toi avec nous !

La jeune fille, d'une simple négation de la tête, rejeta son offre, tandis que 7ème s'agitait nerveusement sur son épaule. Elle dit en relevant la tête dans une sorte de geste de défi, qui fit voleter ses longues mèches dorées :

— Non merci, c'est gentil, mais je voudrais juste parler quelques instants avec toi, Zermhatt, c'est possible ?

La requête de la jeune fille jeta un froid sur tous les convives qui partageaient la table. Même McCormic perdit tout à coup son bel entrain ! Ainsi interpellé, Zermhatt tourna vers Samantha son regard jaune, tandis que le moindre de ses gestes évoquait ceux d'un tigre. Avec la souplesse d'un félin, il se mit debout, sans quitter la jeune fille du feu de son regard. Avec une de lenteur calculée, il s'approcha d'elle, jetant de sa voix aux inflexions rauques :

— Ne bouge surtout pas, Sam, tu as un arachnide sur l'épaule...

Tout en dégainant sans bruit, son lourd couteau de chasse.

Samantha ouvrit de grands yeux ronds d'incompréhension puis, réalisant de quoi il parlait, elle éclata d'un rire cristallin. Attrapant sa compagne favorite dans sa main droite, qu'elle recouvrait d'ailleurs tout entière de sa masse noire et velue, elle la montra à Zermhatt :

— Il n'y a aucun danger, c'est seulement 7ème, une de mes araignées apprivoisées !

Le bébé aranéide se tortilla afin de grimper le long du bras de sa mère adoptive, pour se lover à nouveau dans la tiédeur de son cou, sous l'œil médusé du Zatbar ! L'attrapant par le bras, Samantha ajouta :

— Puis-je te parler, seule à seule, quelques instants ?

Tout en jetant un regard meurtrier à Stecy qui faisait mine de s'approcher.

Zermhatt acquiesça et la suivit sur le parvis rocheux, désert pour le moment.

Là, sous le scintillement des lunes et de ces étoiles inconnues, Samantha se tourna vers le Zatbar qui la considérait du haut de sa stature, sans mot dire.

Perdant un peu contenance, elle prit une profonde inspiration, faisant d'une voix qu'elle voulait ferme, mais qui était néanmoins voilée par une émotion qu'elle n'arrivait pas à cacher :

— Je… Je suis très heureuse de te revoir Zermhatt, je voulais déjà que tu le saches… Je… Je me suis beaucoup inquiétée pour toi, j'ai eu peur qu'il t'arrive quelque chose… Et… Enfin, c'est idiot… Puisque tout allait fort bien, n'est-ce pas ? Mais peu importe, je suis soulagée de te voir en aussi bonne forme. Je suis vraiment très heureuse de te revoir…

Rejetant sa tête en arrière dans un tournoiement de ses longues mèches blondes afin de le considérer bien en face, son regard bleu si tendre croisa le sien, jaune, impassible.

Pendant quelques secondes, le temps fut suspendu. Comme toujours Zermhatt lut à cœur ouvert dans le regard de la jeune Terrienne. Il y vit toute sa candeur, toute la force de son amour et toute l'ampleur de sa souffrance… Une poigne lui serra violemment la gorge, tandis que son cœur battait sourdement dans sa poitrine. Craignant sans doute que l'émotion qui l'étreignait ne transparaisse dans son regard, il détourna la tête, rompant le contact presque magique qui s'était à nouveau instauré entre eux. Afin peut-être de nier cette connivence, il fit d'une voix trop rauque :

— C'est tout ce que tu avais à me dire ?

Afin de l'empêcher de s'enfuir, Samantha posa une main sur un bras, en murmurant :

— Tu m'as tellement manqué Zermhatt, j'ai cru… J'ai cru devenir folle sans toi…

Lui prenant délicatement l'une de ses larges mains grises dans la sienne, elle la posa doucement sur son ventre rond, distendu par plus de huit mois de grossesse. Sous ses doigts, il sentit des ondes mouvantes glisser, fluides, puis soudain, était-ce un minuscule pied ou bien un petit poing serré qui vint se nicher au creux de sa paume, comme si l'enfant à naître recherchait volontairement ce contact. En proie à des émotions violentes et contradictoires, il retira brutalement ses doigts, bien qu'il sentît toujours ce contact étrange de cette vie qu'il avait tenue au creux de sa main. Avec une sorte de rage que même lui avait du mal à contenir, il jeta d'une voix sèche, coupante, glaciale :

— C'est toi qui as choisi ! Il ne te convient donc plus ce terrien ? Ce Steve… Car c'est bien lui, le père, n'est-ce pas ? Sois déjà satisfaite que je ne l'aie pas tué, alors ne me demande rien de plus !

— Non, Zermhatt, non ! Tu te trompes ! le coupa la jeune fille, éperdue, au bord des larmes, lorsque tout à coup la voix claire et mélodieuse de Ki-lun résonna derrière eux :

— Tu as certainement raison Seigneur, ta colère semble tellement légitime…

Zermhatt, surpris, lui coupa un peu âprement la parole :

— Une prêtresse Karbala ? Ici ?

Lançant un fugace coup d'œil à la Terrienne, il ajouta :

— Avec toi ?

Sans se départir de sa sérénité, Ki-lun précisa, tout en traçant dans l'espace d'éphémères volutes de ses longs doigts graciles :

— Rassure-toi, Seigneur, je ne suis là qu'en tant qu'amie de Samantha…

Son regard sombre soutenant sans ciller celui acéré du Zatbar, elle précisa :

— Rien de plus, mais rien de moins…

— Je n'ai peur ni de toi ni de ta magie ! gronda Zermhatt.

Paisiblement, gracieusement, Ki-lun agita ses fines mains semblant écarter du même coup toutes les vicissitudes pouvant se trouver sur sa route.

— Loin de moi l'idée de te faire peur ! Comment en aurais-je les moyens ? Nous sommes tous si insignifiants face à ta puissance, Noble Seigneur ! Je voulais simplement t'approuver et te dire que tu avais certainement raison ! Mais as-tu envisagé qu'il y ait une chance, une chance infime, presque inexistante… que Samantha dise la vérité ? Peux-tu imaginer cela ? Y as-tu pensé au moins ?

D'un ton cinglant, Zermhatt s'exclama :

— Oui, j'y ai pensé !

— Cependant, c'est impossible ! clama Stecy en se coulant près de lui. Comment se fait-il que je ne sois pas moi-même enceinte ? Car ce n'est pas faute d'avoir essayé, n'est-ce pas…, ajouta-t-elle d'une voix faussement caressante, accompagné d'un sourire entendu.

À ces mots, Samantha blêmit, tandis que 7ème faisait dangereusement grincer ses mandibules. Heureusement, l'une des mains spatulées de Ki-lun se posa sur son épaule, apaisante, paraissant tout à coup repousser ces ténèbres qui semblaient vouloir l'engloutir. De sa voix douce, elle lâcha :

— Effectivement, quel argument !

Balayant ainsi d'un mot son intervention. Puis elle précisa, une lueur froide brillant dans son regard d'ordinaire si limpide :

— Aucun enfant ne voudra jamais pousser dans ton ventre, Terrienne ! Tu es une fille à soldats, pas une mère ! L'attrapant par un bras, elle murmura d'un ton glacial : Nous les Karbala nous lisons dans les âmes… Regarde mes yeux ! Regarde ! Ce que tu y vois est le reflet de ton âme…

Stecy, livide ne pouvait détacher ses yeux de ceux de la prêtresse. Bientôt gagnée par une telle panique, elle s'arracha à l'emprise de Ki-lun et partit en courant, droit devant elle, vers le refuge illusoire de la grotte, néanmoins poursuivie par la voix mélodieuse de la prêtresse :

— Tu ne peux pas t'enfuir ! Tu emmèneras toujours ce que tu es ! Se tournant vers Zermhatt elle ajouta : Fais attention, Zatbar, de ne pas toujours te fier à la simple logique mathématique, écoute plutôt ton cœur, car même toi tu en as un, Seigneur…

Dans un ultime geste gracieux, elle regagna l'ambiance chaude et amicale de la caverne, laissant Zermhatt et Samantha à nouveau seuls.

Grâce à l'intervention de Ki-lun, Samantha avait plus ou moins réussi à reprendre le contrôle de ses émotions, même si son cœur battait trop fort et que son visage était encore d'une pâleur peu habituelle.

Avec effort, elle murmura d'une voix qu'elle essaya de raffermir :

— Ce n'est pas pour te faire une scène de jalousie que je voulais te parler Zermhatt, bien que crois-moi, j'en meurs d'envie ! Mais pour te dire que je te pardonnais…

— Que tu… Quoi ? s'étrangla-t-il presque.

— Laisse-moi finir ! Pour tout ce mal que tu m'as fait, que tu nous as fait, je te pardonne… Parce que je sais que je t'aime trop pour vivre sans toi. Finalement, tout ça comparé à l'amour que je te porte, c'est sans importance ! Alors je voulais juste savoir si toi aussi, un jour, tu serais capable de me pardonner pour une faute que je n'ai pas commise. Mais peu importe où se trouve la vérité… Sauras-tu nous redonner une chance ? fit-elle d'une voix qu'elle voulait assurée, mais qui se brisa sur les derniers mots.

Ses yeux brillaient de larmes qu'elle ne retenait qu'à grand-peine. Zermhatt se dressait face à elle aussi froid, distant et inébranlable qu'une statue de granit.

Au bord des larmes, elle murmura :

— Tout à l'heure, dans la salle, lorsque tu as cru que 7ème m'attaquait, je t'ai retrouvé, tel que tu es vraiment, tel que tu as toujours été avec moi. Mais à présent, tu es là, si froid… Si… Que je ne peux même pas croire que ce soit toi ! Alors je vais te laisser. Je me suis promis de ne pas pleurer devant toi, il vaut donc mieux que je parte tout de suite !

Elle tenta avec courage d'esquisser un pauvre sourire tremblant, tandis que des larmes roulaient doucement sur ses joues, telles des perles dans la nuit… Elle s'éloigna de quelques pas, puis se tourna une dernière fois vers le Zatbar qui n'avait pas plus bougé qu'un monolithe de pierre.

— Je t'aime, Zermhatt. Si un jour tu veux me voir, tu sais où me trouver. Pour toi je serai toujours là…

Ensuite, elle disparut dans la gigantesque caverne, ne laissant derrière elle que les fugaces fragrances de son parfum de fleurs sauvages.

Une fois seul, Zermhatt tourna le dos à l'entrée de la grotte et marcha jusqu'au bord du parvis rocheux. Pendant un long moment, il se tint là, le regard perdu dans la nuit, à tenter simplement de juguler son cœur qui battait trop fort, et qui lui criait de courir à la poursuite de sa tendre Samantha, de la serrer dans ses bras et de ne plus jamais les ouvrir de peur de la perdre à nouveau. Son odeur était là, entêtante et douce, si douce… Tandis que sa silhouette, rendue encore plus sensuelle par sa grossesse, dansait, tentatrice, si tentatrice devant ses yeux.

Tout à coup, tel un intrus, une main se posa sur son bras ; brutalement forcé de revenir à la réalité, il sursauta. Pour la première fois de sa vie, il n'avait pas entendu quelque chose s'approcher de lui ! Pourtant son cœur battit un peu plus fort avec l'espoir, fou, insensé que ce fut Samantha.

— Sam ! s'exclama-t-il d'une voix presque tendre, en se tournant vers son interlocuteur.

Cependant toute sa physionomie se durcit, lorsqu'il reconnut Stecy à la place de celle qu'il espérait.

— Oh Zermhatt, oublie un peu cette idiote larmoyante ! Elle était d'un ridicule avec son gros bide ! Et les choses qu'elle a dites ! J'en rigole encore ! Toi ? Le père ? Allez, oublie cette conne et viens t'amuser avec moi…

Au fur et à mesure qu'elle parlait, les traits de Zermhatt se crispaient tandis que ses yeux s'éclairaient d'une lueur dangereuse. Pourtant, Stecy ne semblait s'apercevoir de rien.

— Tais-toi !! gronda-t-il sourdement ponctuant sa phrase d'une insulte en Zaltrin qui claqua, sèche, telle un coup de fouet.

— Mais quoi ? J'ai raison tu le sais !

— Nul n'a le droit d'émettre le moindre jugement sur Samantha, toi encore moins que quiconque ! Demain matin, à la première lueur du soleil vert je partirai. Tu es libre de venir, mais si tu le fais, je crains de ne pouvoir résister à la tentation de te tuer. Alors un conseil : ne croise plus jamais ma route !

Abandonnant la Terrienne à son sort, il gagna vivement la grotte, soulagé d'avoir pris une décision ; soulagé de ne pas avoir cédé à sa faiblesse que Ki-lun aurait appelée son cœur…

Stecy resta hébétée, peu à peu envahie par une peur glacée. Elle savait fort bien que le Zatbar ne mentait pas et qu'il pourrait tout à fait lui briser la nuque si par malheur elle se retrouvait sur son chemin. Par degré, sa peur fit place à l'humiliation d'avoir été rejetée. Alors la jalousie qu'elle avait toujours éprouvée envers la jeune française rejaillit avec force.

— Tout est sa faute ! hurla-t-elle, seule dans les ténèbres…

Chapitre 34

Allongée dans l'herbe haute et les graminées odorantes, le corps tout entier bercé par le contact chaleureux et tiède de cette terre accueillante, Samantha laissait son esprit vagabonder en suivant la course lente des nuages dans ce ciel d'un bleu étrange, aux reflets turquoise en raison du rayonnement du soleil vert.

Des oiseaux, de tailles et de races diverses, animaient les airs de leurs vols gracieux et de leurs chants mélodieux à la recherche, sans doute, d'une âme sœur. Tandis que de petits insectes, enfin sortis de leur léthargie hivernale, prenaient plaisir à escalader un brin d'herbe neuf, une fleurette éclose du matin ou bien le corps immobile de la jeune fille ! De curieux scarabées d'un vert étincelant chatouillaient ses mains et ses bras nus, tandis qu'une chenille poilue partait à l'assaut de sa longue chevelure dorée, pour l'heure éparse dans l'herbe tendre.

Tout à coup, une ombre s'interposa entre elle et les soleils tandis qu'une voix acerbe l'interpellait :

— Par ta faute il m'a laissée dans ce camp pourri ! Mais tu ne l'emporteras pas comme ça ! Tu es toute seule, personne n'est là pour t'aider et un accident, cela arrive si vite…, ricana Stecy, que Samantha reconnut à peine, tant la haine qui la consumait déformait son visage.

— Stecy ? interrogea la Française avec stupeur.

Elle se redressa sur un coude afin de plus aisément considérer son interlocutrice.

— Oh oui, Stecy, c'est bien moi ! Et maintenant, tu vas passer un sale quart d'heure !

— Attends !

— Tu as peur ? Tu as raison !

Samantha haussa les épaules.

— Mais non, je n'ai pas peur.

— Eh bien tu devrais, grinça Stecy tout en brandissant un long couteau de chasse qu'elle avait dissimulé sous ses vêtements.

Le regard de Samantha se durcit tandis qu'un éclat dangereux le traversa tout à coup. Elle éclata d'un rire froid en s'exclamant :

— Tu voudrais que j'aie peur de toi ? Avec ça ? Tu es bien naïve…

Puis elle se rallongea confortablement dans l'herbe. Stecy, folle de rage, s'avança d'un pas vers la jeune femme, la lame du poignard étincelante aux soleils, quand soudain, avec une souplesse dont nul ne l'aurait cru capable au vu de son état, Samantha se redressa et bondit sur ses pieds, faisant face à Stecy.

Elle murmura alors d'une voix glaciale que nulle peur ne faisait trembler, son regard aussi froid, implacable et coupant que le coutelas Zatbar dont Stecy la menaçait.

— Je ne t'ai jamais appréciée, mais depuis que tu es revenue je ne rêve que de te tuer. Aujourd'hui, tu m'en donnes une si belle occasion, c'est peut-être même trop facile…

— Tu es dingue ! ricana l'autre. C'est moi qui tiens le poignard ! De toute manière, j'ai toujours su que tu étais dingue ! S'amouracher d'un Zatbar, faut être totalement folle !

Samantha posa son index sur ses lèvres, chuchotant d'une voix trop calme, trop douce :

— Chut… Si j'étais à ta place je ne dirais plus un mot, je jetterais un petit coup d'œil à mes pieds, et je ne bougerais pas… Surtout pas…

Autour des deux jeunes femmes, l'herbe bruissait, se courbait, agitée par un phénomène invisible qui cerclant autour d'elles, se rapprochait de manière fulgurante, inexorable.

— Mais qu'est-ce que…, ne put que s'exclamer Stecy, avant de pousser un hurlement de terreur lorsqu'elle vit la première patte noire et velue émerger de l'herbe et se poser sur sa chaussure.

Déjà d'autres araignées se lançaient à l'assaut, grimpant aisément le long de son pantalon beige. Un éclair de triomphe traversa le regard d'ordinaire si clair de Samantha, tandis qu'elle ajoutait de cette voix trop calme :

— Alors, qui a peur, hum ? Bon, donne-moi ce couteau, tu risques de te blesser…

Il n'avait fallu que quelques secondes pour que les quatorze petites araignées recouvrent entièrement Stecy de leur masse grouillante, malgré ses cris et ses soubresauts intempestifs !

La jeune française considéra la scène un instant encore, puis elle s'éloigna de quelques pas avant de se retourner en précisant :

— Au fait, le venin de ces adorables bébés est aussi toxique que celui des adultes, alors si j'étais à ta place je ne bougerais pas, je ne crierais même pas de peur de les énerver un peu plus… Un accident est si vite arrivé, n'est-ce pas ?

Elle se détourna à nouveau dans un tournoiement de ses longs cheveux, parcourant quelques mètres avant de se lâcher une dernière fois :

— Aujourd'hui, ce n'est qu'un simple avertissement, mais ne croise plus jamais ma route, ni celle de Zermhatt.

Abandonnant Stecy à son triste sort, elle disparut derrière un bouquet d'arbres, tandis que les petites araignées continuèrent quelques secondes encore à se promener sur leur victime, escaladant ses cheveux, s'amusant à se glisser sous ses vêtements et chatouiller sa peau de leurs longues pattes poilues. Puis, répondant à un ordre ou un signal inaudible pour tout autre qu'elles-mêmes, elles descendirent de leur perchoir, dans un semblable mouvement et disparurent aussitôt dans l'herbe haute, laissant Stecy plantée là comme si rien, jamais ne s'était passé…

Chapitre 35

Les jours, puis bientôt les semaines, s'écoulèrent, paisibles, si semblables les unes aux autres que rien ne semblait les différencier ; la saison à nouveau clémente égrenait ses journées douces et chaudes, puis l'été exubérant passa lui aussi.

Samantha vivait à l'écart de tous, isolée volontaire dans sa tour d'ivoire qu'était sa grotte-laboratoire, plus que jamais emplie d'arachnides divers et variés, mais tous semblables dans la répugnance qu'elles inspiraient de manière quasi unanime !

Pour Annie Martin, la gynécologue, le cas de Samantha relevait du plus profond mystère. Elle avait beau faire et refaire ses calculs, cela ne changeait rien au fait que la jeune fille n'avait toujours pas accouché, que le terme de sa grossesse était largement dépassé puisqu'elle débutait gaillardement son douzième mois !

Le bébé se portait à merveille au vu des vigoureux coups de pied qui bosselaient le ventre de sa mère. Quant à cette dernière, hormis un tour de taille qui aurait fait pâlir de jalousie un cachalot, elle tenait une forme olympique et vaquait à ses occupations, multiples et variées, sans faiblir ! La jeune médecin se posait bon nombre de questions, se demandant si Samantha n'aurait pas eu raison. Au fur et à mesure que Samantha n'en finissait plus de peaufiner son bébé, les gens autour d'elle commençaient à la considérer d'un œil différent, alliant curiosité et perplexité. Pourtant, elle n'en avait cure, appliquant les conseils de Ki-lun, elle suivait son destin.

Un après-midi, alors que le temps fraîchissait déjà, annonçant par mille et un signes subtils le retour prochain de la saison froide, un émissaire provenant du camp du Bord De Mer se présenta à McCormic. Il était porteur d'un message urgent pour une certaine Samantha. Lorsqu'il pénétra dans la grotte où l'ancien sergent lui indiqua qu'il trouverait la jeune femme, une angoisse sourde lui serra la gorge au vu des centaines d'arachnides grouillants, de toutes races et de toutes tailles, débordant de cages emplies de toiles et de cocons. Au milieu de ce cauchemar, une jeune fille aux longs cheveux dorés et au regard clair lui tendit la main, le saluant d'un sourire qui sembla illuminer tout son antre. Plus troublé qu'il ne l'aurait souhaité, il toussota afin de s'éclaircir la gorge avant de délivrer le message oral dont il était le porteur :

— Miss Samantha, je viens de la part de l'une de vos amies, Mary, celle-ci est malade…

— Est-ce grave ? s'exclama la Française en lui coupant la parole ; un instant elle avait cru, elle avait espéré, elle avait rêvé que c'était Zermhatt qui lui faisait parvenir un message.

En quelques secondes, sont fol espoir s'était mué en inquiétude pour sa vieille amie.

L'émissaire secoua la tête en signe d'ignorance, tout en ajoutant :

— Nous avons au camp un excellent médecin, un ancien militaire, autoritaire certes, mais qui semble très compétent. Rassurez-vous Miss, elle est entre de bonnes mains. En revanche, elle souhaiterait vous voir, alors si vous pouviez… Je repars demain, dès l'aube verte, alors si vous voulez faire la route en ma compagnie, je serais très heureux de vous servir d'escorte.

Englobant sa silhouette d'un simple coup d'œil, il ajouta :

— Mais peut-être que dans votre état…

Samantha secoua la tête :

— Non, non tout ira bien, demain matin, je serai prête !

Les quatre jours que dura le voyage, passèrent presque comme un rêve pour Samantha, confortablement juchée sur le dos de Polochon. Elle se laissait bercer par sa démarche chaloupée, tout à coup à nouveau heureuse, emplie d'un sentiment de plénitude qu'elle n'avait plus éprouvé depuis de trop longs mois. Elle sortait enfin de son refuge, enfin, de son isolement volontaire ; elle avait hâte de revoir Mary, hâte de connaître son état de santé, hâte aussi de retrouver tous ses autres amis, Pete, Duncan, Paul, Oliis… Et tant pis si Zermhatt n'approuvait pas sa venue, après tout elle ne venait pas pour lui !

Lorsqu'ils parvinrent au camp du Bord De Mer, le soulagement qu'éprouva le jeune messager fut presque comique. Tout au long du voyage, il n'avait cessé de craindre que la jeune femme accouche au milieu des bois ! Perspective qui ne le faisait pas rire du tout, mais alors pas du tout ! À son vif étonnement, ils arrivèrent sans incident et Samantha, hormis son tour de taille plus qu'intéressant, semblait en pleine forme.

Aussitôt descendue de son robuste six pattes, il l'emmena à l'infirmerie auprès de son amie.

Trottant à la suite de son guide, Samantha ne pouvait s'empêcher d'être impressionnée par les nombreux travaux effectués parmi le réseau complexe des cavernes : certains boyaux avaient été agrandis afin de faciliter le passage, de nombreux escaliers avaient été taillés à même la roche, partout des lampes à huile éclairaient les couloirs de leurs lueurs tremblotantes.

En quelques minutes à peine, ils parvinrent dans une petite salle faisant office d'infirmerie. Un Terrien, d'une quarantaine d'années environ, se tenait devant une paillasse taillée à même la paroi, encombrée de matériel hétéroclite : pots en terre cuite emplis de plantes variées, paniers débordants de feuilles et de fleurs, éprouvettes en verre opaque, réceptacles de quelques cultures ou expériences en cours. Sur des étagères, fixées le long des murs, étaient posés des centaines de petits pots en terre soigneusement étiquetés ; l'homme, un pilon en bois à la main malaxait énergiquement une étrange préparation, aidé par une jeune Kerness qui versait goutte à goutte une huile épaisse et odorante.

Au bruit qu'ils firent en entrant dans la salle, ils tournèrent tous deux la tête. Un grand sourire illumina alors le doux visage de la Kerness qui, posant précipitamment son flacon, se jeta sur Samantha l'entourant à l'étouffer de ses quatre longs bras. Cette dernière, remise de sa surprise, lui rendit son étreinte en riant doucement :

— Kina ! Comme je suis heureuse de te voir !

— Jolie Samantha, tu es venue ! Je le savais ! Viens vite, Mary t'attends…

Poussant un rideau en laine de six pattes, dissimulant une autre salle, elle l'entraîna à sa suite sans plus attendre.

C'était une toute petite grotte, sobrement meublée d'un lit et d'une table en bois sur laquelle étaient posées quelques fioles, une carafe en terre, un bol. Allongée au creux du lit, appuyée sur des coussins moelleux en soie d'arachnide, se trouvait Mary, émaciée et livide. Le cœur de Samantha se serra de tristesse et de désolation, son amie jadis si pleine de vie et d'enthousiasme se tenait là, le regard éteint, tel celui d'une morte…

— Sam ! C'est bien toi ?

La jeune fille se précipita au chevet de son amie, n'osant la serrer entre ses bras par crainte de lui faire mal, elle lui prit simplement la main et l'embrassa doucement à la manière Zatbar.

— Et qui espérais-tu donc ? Un beau et preux chevalier montant un fougueux six pattes blanc ? Hélas, ce n'est que moi ! s'exclama-t-elle d'un ton faussement joyeux tout en s'asseyant précautionneusement sur le bord du lit.

Un faible sourire illumina le visage exsangue de la malade, tandis que son regard étincela de joie.

— Sam ! Je suis heureuse, heureuse… Alors, ce bébé, montre-le-moi… Il doit avoir, combien à présent ? Deux ou trois mois ? Non ?

Samantha considéra son amie quelques secondes sans comprendre, puis elle secoua la tête en riant :

— Il n'est pas encore né !

Mary dévisagea la jeune fille, tandis qu'un large sourire transfigurait son visage émacié :

— Je le savais ! Tu avais raison, tu as toujours eu raison ! Je suis si heureuse que tu sois là !

Quelques instants leurs regards se croisèrent. Sans qu'aucun mot n'ait eu besoin d'être prononcé, elles se comprirent pleinement et totalement.

— Merci, Mary, merci pour ta confiance… Mais parle-moi plutôt de toi, que s'est-il passé ? De quoi souffres-tu ?

Mary secoua la tête en un geste désinvolte, comme si sa maladie n'avait plus aucune importance.

— Ce n'est rien… Écoute, tu dois être fatiguée après un tel voyage, surtout dans ton état ! Va te reposer nous aurons tout le loisir de discuter après.

Samantha poussa un bref soupir en s'étirant, tout en passant machinalement une main sur son ventre distendu :

— Tu as raison les voyages ne sont plus ce qu'ils étaient ! Dire que je trouvais le TGV pas assez confortable !

— Les sièges étaient même un peu raides, ajouta Mary en riant.

— Eh ben, ça se voit qu'on ne connaissait pas les six pattes… Car là, le concept confort est tout à fait à revoir !

— Kina ! appela Mary. Peux-tu montrer à Samantha où elle pourra se détendre après ce long voyage ?

La gracieuse Kerness qui venait d'entrer dans la pièce, hocha affirmativement la tête. Cependant, Mary ajouta :

— Tu la conduis bien dans la chambre dont je t'ai parlé, n'est-ce pas ?

— Ne t'inquiète pas, je ferai ce que tu m'as dit ! Tu viens, Samantha ?

Étouffant un bâillement, la jeune fille se tourna vers sa vieille amie, murmurant un « à tout à l'heure » puis elle suivit Kina qui l'entraîna de sa démarche souple et ondulante, à travers de longs couloirs et des escaliers sans fin, que Samantha parcourait avec étonnement et admiration. Se pouvait-il que ce fût ces mêmes boyaux qu'elle avait arpentés, quelques mois auparavant en compagnie de Zermhatt ?

Comme toujours, penser au Zatbar lui fit mal. Résolument, elle s'efforça de le chasser de ses pensées, même si, elle le savait, il lui serait presque impossible d'y parvenir, surtout maintenant qu'elle se trouvait ici, dans son fief. Alors, pour tenter de rejeter son image dans des limbes lointains, elle demanda à Kina :

— Dis-moi, sais-tu ce qui est arrivé à Mary ?

Kina hocha tristement la tête, tout en roulant de grands yeux noirs, désolés :

— Il y avait ce coquillage, sur la plage, un jour de grande marée… Un coquillage, c'est innocent… Tu la connais, scientifique et biologiste avant tout, elle ne s'est pas méfiée, mais qui l'aurait fait, d'ailleurs ? Voilà c'était une espèce venimeuse, il l'a piquée à l'aide d'un dard effilé comme une aiguille. Depuis elle ne va pas bien du tout. Notre médecin cherche un antidote… Je suis très inquiète…

Tout en discutant, elles étaient enfin parvenues tout en haut d'un escalier un peu raide, devant une solide porte en bois sombre que Kina poussa résolument.

— Nous sommes arrivées, ici tu seras bien.

Chapitre 36

Samantha pénétra dans une petite salle inondée de soleil, dont la vive luminosité lui fit cligner les paupières ; la stupéfaction lui coupa la parole. Lentement, elle parcourut la chambre du regard, admirant la large baie vitrée qui donnait sur une sorte de balcon rocheux, surplombant l'océan, immense et bleu.

Contre un mur, une cheminée en pierres réchauffait la pièce, lui conférant un aspect douillet, confortable, paisible. Sur le sol étaient jetées de grandes peaux de bêtes aux poils clairs et doux, dans un coin une table du même bois sombre que la porte, surchargée de paperasseries diverses, devant le feu une petite table basse, un canapé en bois recouvert d'épais coussins en poils de six pattes qui parut certes rudimentaire à la jeune Terrienne, néanmoins confortable. Dans un renfoncement de la paroi en pierre, un lit immense semblait appeler Samantha pour une sieste réparatrice ; pourtant elle ne faisait aucun mouvement, elle restait debout, plantée au centre de la pièce, les yeux agrandis de stupéfaction. Elle ne pouvait détacher son regard d'une fresque murale, gigantesque, peinte à même la roche, occupant tout le pan de mur, face à la porte. Elle représentait un incroyable univers spatial : à gauche une gigantesque planète verte d'où s'élançait une flotte de vaisseaux intergalactiques dans un ciel sombre où scintillaient quelques étoiles, à l'autre extrémité une petite planète bleue éclairée par un soleil lumineux, au centre, une autre planète illuminée cette fois par deux soleils dont l'un était vert… Pourtant ce qui laissait Samantha sans voix ce n'était pas tant la représentation de la Terre et de

Zatbara qui semblaient évoluer au sein d'une même galaxie, mais le portrait d'une jeune fille à la longue chevelure dorée et aux tendres yeux bleus qui, peinte en superposition de tout ce cosmos paraissait en être la déesse…

Bouleversée, le cœur de la Terrienne battait à grands coups. Cette pièce, c'était bien sûr celle qu'elle avait découverte plusieurs mois auparavant. Cette jeune fille sur les parois de roche c'était…

— C'est moi, n'est-ce pas, Kina…

La Kerness approuva d'un simple geste, tandis que Samantha ajoutait d'une voix presque inaudible :

— C'est sa chambre…

Le simple « sa » ne pouvant que désigner sans ambiguïté possible le Zatbar.

— Écoute, repose-toi, Mary a pensé que tu te plairais ici…

Doucement, presque timidement, Samantha s'avança dans la salle, caressant du bout des doigts le bureau surchargé de papiers et de notes diverses, frôlant la fresque murale, effleurant d'une main un coussin soyeux posé négligemment sur le lit.

— C'est donc ici qu'il vit… Il sait que je suis là ? murmura-t-elle.

La jeune Kerness se troubla et balbutia :

— Il est en mer en ce moment. Repose-toi ! Si tu as besoin de quoi que ce soit je serai à l'infirmerie.

Une fois seule, Samantha contempla le décor, le cœur battant à tout rompre. Ainsi, il ne l'avait pas oubliée ni reléguée dans un recoin obscur de sa mémoire…

« Zermhatt, pourquoi es-tu si têtu et si orgueilleux », songea-t-elle amèrement. Puis elle posa sur l'un des tapis un sac en cuir brun qu'elle dissimulait sous sa longue cape en poils de six pattes et l'ouvrit en murmurant doucement :

— Nous sommes arrivées, les filles !

Une patte puis deux apparurent et, en quelques instants, les quatorze petites araignées sortirent de leur refuge en sautillant et s'ébrouant joyeusement, ravies de pouvoir à nouveau se promener librement. Elles se mirent en devoir d'explorer ce domaine inconnu, enregistrant de nouvelles connaissances, de nouvelles odeurs, restant perplexes cependant devant la large vitre lisse, froide et translucide !

Laissant les petites araignées donner libre cours à leur curiosité, Samantha s'allongea sur le lit, parmi les coussins chamarrés et les chaudes couvertures qui conservaient encore l'odeur du grand Zatbar. Fatiguée, elle se pelotonna sous une couverture et s'endormit très vite, apaisée. Elle rêva de retrouvailles tendres, merveilleusement romantiques avec Zermhatt ! Lorsque, au beau milieu de ces rêves délicieusement irréels, la jeune fille fut accablée par la vision bien trop réaliste de son amie, Mary, qui se tenant simplement debout près de son lit, lui disait en souriant :

— Je suis venue te dire adieu, ne sois pas triste, là où je vais je serai bien, loin de la souffrance. Je voulais te revoir avant de partir, c'est chose faite, mais je voulais surtout que tu viennes afin de te réconcilier avec le commandant. Loin de toi, il est malheureux, il ne l'avouera jamais… Il est bien trop arrogant et obstiné pour faire le premier pas ! Alors ça sera à toi de le faire, à présent que tu es ici tu trouveras bien un moyen, j'ai confiance dans l'avenir qui s'ouvre pour toi et pour Zermhatt. Prends soin de toi, Samantha…

Puis l'étrange vision s'estompa peu à peu, jusqu'à devenir translucide et disparaître totalement, comme une fumée se dilue…

L'intensité de la scène était telle qu'elle réveilla brutalement la jeune fille, dont le cœur battait à tout rompre. Encore sous le coup de son rêve, elle s'assit, son regard faisant le tour de la salle, mais nul spectre fantomatique ne s'y trouvait. Seules les petites araignées créaient d'étranges ombres mouvantes, toutes entièrement livrées à leur exploration.

Sans plus réfléchir, Samantha se drapa de sa longue cape noire et, appelant ses fidèles compagnes, elle se précipita hors de la pièce. Elle dégringola l'escalier en pierre, courut dans les couloirs et les boyaux de roche, bousculant quelques personnes au passage, mais elle ne s'en aperçut même pas, obnubilée par une seule pensée : retrouver l'infirmerie et demander des nouvelles de sa vieille amie.

Elle poussa le rideau en laine de six pattes qui dissimulait l'entrée de l'infirmerie et pénétra en tornade dans la pièce, faisant sursauter le médecin et son assistante Kerness !

— Mary ! Comment va Mary ! balbutia-t-elle, hors d'haleine.

Kina s'approcha d'elle, ses grands yeux noirs emplis de tristesse, elle l'entoura de ses longs bras, murmurant d'une voix blanche :

— Samantha, elle est partie il y a quelques minutes à peine… Ne sois pas triste, elle semblait heureuse. Elle nous a quittés en souriant…

Assise sur un rocher noir battu par les flots, Samantha tentait de juguler ses émotions, sa tristesse et sa peine. Seule la beauté de cette plage immense, de cet horizon sans limite, de l'océan dont le bleu intense se confondait avec celui du ciel, pouvait l'apaiser. Un vent frais lui battait le visage, emmêlant ses longs cheveux sans même qu'elle n'y prenne garde, séchant les larmes qui coulaient sans qu'elle s'en aperçoive. Son regard bleu restait perdu vers cet horizon sans fin, où rien ne venait arrêter ni le regard ni les pensées.

Les bébés araignées, tout à la joie de nouvelles découvertes, se roulaient dans le sable fin, à la poursuite de quelques crabes imprudents. Elles n'avaient pas osé suivre Samantha sur ces rochers glissants qui s'avançaient bien trop à leur goût, dans toute cette eau ! Avoir les pattes mouillées ne faisait pas partie de leurs rêves les plus fous, mais plutôt d'un cauchemar désastreux ! Aussi sursautaient-elles avec effroi sitôt qu'une vague plus forte que les précédentes venait lécher le sable sec.

Samantha, seule dans sa peine et son désarroi, fragile silhouette battue par le vent et les embruns, secoua la tête. De toute son âme, de tout son cœur elle appelait une autre présence, un autre cœur qui battrait à l'unisson du sien, une épaule solide et rassurante contre laquelle elle pourrait se laisser aller, enfin… Alors, réponse à sa prière ou étrange coïncidence, son regard fut attiré par un mouvement incongru sur cette mer encore inexplorée. Stupéfaite, elle se releva afin de considérer plus facilement le phénomène. Là, une barque voguait gaillardement sur les vagues. C'était une petite embarcation d'aspect certes rudimentaire, mais qui semblait solide et dont la coque largement renflée paraissait insubmersible ! Elle avançait grâce à une voile carrée en tissu blanc qui s'ornait d'un magnifique dessin représentant une sirène à la longue chevelure dorée. À son bord, six humanoïdes s'activaient à la faire avancer et surtout à rentrer à bon port !

Debout à la proue, tel un capitaine au long cours, se tenait la haute et très reconnaissable silhouette du grand Zatbar. Le cœur de Samantha battit un peu plus fort, un peu trop vite, tandis que son regard si clair croisait celui de Zermhatt.

Il ne s'attendait pas à la voir, pas ici. Pas une seconde il n'avait envisagé la possibilité qu'elle se tienne là, dressée sur ces rochers battus par les vagues, aussi belle et fière qu'une hiératique figure de proue. Pris de court, trop surpris pour même conserver son masque imperturbable, il ne put juguler le trouble de son cœur, ni l'émotion intense qui le submergea d'une vague violente, brûlante, irrépressible qui avouait tout son amour. Pour une fois, son regard refléta son bouleversement, toute l'étendue de ses sentiments qui le secouait aussi violemment qu'un tsunami. Ses yeux jaunes se mêlèrent à ceux si bleus, si tendres de la jeune fille, lisant en elle le même trouble, les mêmes émotions qui lui embrasaient le cœur et l'âme. La légère embarcation avançait inexorablement sans qu'ils puissent cependant rompre ce lien presque magique de leurs regards et de leurs âmes emmêlées.

Tout à coup, une rafale de vent plus violente qu'une autre s'engouffra dans la cape de Samantha, la faisant voler autour d'elle, telle la voile sombre d'un navire, révélant son ventre distendu par une trop longue grossesse. Cette vision fit à Zermhatt l'effet d'un électrochoc. Pris de court, il avait tout simplement occulté cette future maternité ! Un bref instant, il l'avait oubliée… Brutalement, son visage se figea, ses traits se durcirent, il serra violemment les mâchoires, son regard devint brusquement aussi froid et glacé qu'une lame. Furieux contre la jeune Terrienne, furieux contre lui-même, il se détourna, affectant de jeter un ordre à l'un de ses compagnons.

Une fois encore rejetée, Samantha sentit son cœur se briser. Un froid mortel l'envahit tout entière. Pour qu'il ne la voie pas pleurer, pour qu'il ne puisse même pas soupçonner le mal qu'il lui faisait, elle s'enfuit, tombant à moitié sur les rochers glissants, s'écorchant les mains sur leurs arêtes tranchantes. Mais peu lui importait, elle ne sentait plus rien hormis cette peine immense qui transformait son cœur en désert de glace. Elle ne pensait plus, mue uniquement par un instinct qui lui dictait de courir, de mettre le plus de distance possible entre elle et le Zatbar.

Elle ne voyait plus rien, ses yeux débordant de larmes, elle courait droit devant elle, n'ayant qu'une seule idée : partir, partir loin le plus loin possible de celui qui avait ce pouvoir incroyable de la tuer ou de la ressusciter d'un seul regard…

Combien de temps courut-elle ? Des heures ? Quelques minutes à peine ? Elle n'en savait rien… Tout à coup, elle trébucha sur une pierre et tomba brutalement sur le sol. Hors d'haleine, elle resta quelques secondes étendue-là, à même la terre. Soudain, une douleur fulgurante lui vrilla le corps, la faisant du même coup reprendre pied avec la réalité. Avec un étonnement mêlé de peur, elle constata qu'elle se trouvait en haut de la falaise : depuis combien de temps en avait-elle suivi le bord ?

Avec inquiétude, elle lança un bref coup d'œil aux soleils : le jaune brillait encore vivement, cependant le vert commençait sa lente et inexorable descente. Déjà plusieurs de ses rayons semblaient se diluer dans la mer au sein de laquelle il paraissait vouloir disparaître tout entier. Aveuglée par sa détresse, elle n'avait plus songé à rien… Ses petites araignées, qui l'avaient suivie dans sa fuite éperdue, lui grimpaient dessus, affolées, la harcelant pour qu'elle se lève et qu'elles quittent très vite cet endroit afin de se trouver un abri pour la nuit à venir. Guidées par leur instinct, elles savaient que lorsque le dernier rayon aurait disparu il leur faudrait se terrer dans quelque cache secrète, à l'abri des membres cannibales de leur propre famille. Samantha, bien consciente du danger, se mit péniblement debout, lorsqu'une nouvelle douleur violente, brutale, la fit se plier en deux. Elle laissa échapper un cri de souffrance et de surprise, rajoutant un surplus de désarroi à ses petites compagnes.

— Oh non ! songea-t-elle avec terreur, pas le bébé, pas maintenant !

Aussi soudaine qu'elle était venue, la douleur disparut. La jeune fille en profita pour respirer un grand coup puis, mettant à profit le court répit, elle avança de quelques pas, cependant bien vite rattrapée par une autre contraction, qui la laissa à nouveau chancelante, le souffle court et les jambes flageolantes. Serrant les dents, elle se força à marcher, un pas puis un autre, son regard fixé sur un point invisible, tout au bout de la falaise, là-bas, où devait se situer l'énorme saillie rocheuse du camp. Pour l'instant, seule la lande déserte, la plage et l'océan s'étendaient à perte de vue. Peu encline à un quelconque défaitisme, Samantha s'efforça d'avancer, encouragée par ses compagnes qui lui ouvraient la route en trottinant devant elle. Pourtant, malgré sa volonté la lutte contre le soleil vert semblait bien inégale. Plongeant inéluctablement un à un ses rayons dans la mer, bientôt c'est tout entier qu'il aurait disparu.

Dans un gémissement de douleur et d'impuissance, elle s'écria :

— Je n'y arriverai jamais !

Une contraction plus violente que les précédentes la terrassa, la faisant tomber à genoux. Dans un brouillard de douleur, elle intima un ordre à ses compagnes qui filèrent aussi vite que le leur permettaient leurs courtes pattes. Seule 7ème hésita un instant, mais Samantha réitéra mentalement son ordre, alors sans perdre une seconde, elle bondit à la suite de ses sœurs.

Zermhatt, agité d'émotions diverses et opposées faites de colère, de frustrations, de dépit et d'amour trahi, ne parvint à reprendre le contrôle sur lui-même, du moins en apparence, qu'une fois la barque amarrée dans la gigantesque grotte qui faisait office de port.

Il gagna ensuite la salle commune où crépitait un bon feu, et qui, jouxtant la cuisine, servait aussi de cafétéria. À toute heure du jour et de la nuit, chacun pouvait y trouver de quoi se restaurer.

Fatigué par ces quelques jours passés en mer dans la minuscule embarcation, assailli par tous ces sentiments, malheureux de la position si radicale qu'il affichait, tout en ayant la plus grande difficulté à l'assumer, pour une fois il se sentait dépassé…

Il s'assit lourdement sur un banc, tandis qu'une diaphane Kerness lui apportait un plateau sur lequel elle avait disposé une assiette emplie à ras bord d'un ragoût odorant, une tranche de pain frais, quelques drôles de fruits violacés ainsi qu'une cruche pleine de tisane brûlante. Elle disposa le tout sur la table en bois épais et s'éclipsa très vite, intimidée par l'attitude du commandant Zatbar.

Sous son masque froid, dissimulé par une impassibilité de rigueur, il cachait une tout autre réalité faite de doutes et de regrets… Souvent, bien trop souvent, les paroles de la prêtresse Karbala prononcées ce soir-là, lors de la fête du Renouveau, le poursuivaient l'empêchant de trouver le sommeil. Son cœur battait alors plus fort, vite, bien trop vite, et si… Si Samantha ne mentait pas ? Une fois encore le doute s'insinua dans son esprit, la revoir de cette manière, après toutes ces semaines, tous ces mois, elle lui avait semblé encore plus belle et plus désirable que dans ses souvenirs. Il se servit un verre de tisane, comme pour se donner une contenance, mais sa large main tremblait imperceptiblement... Perdu dans ses pensées il n'avait pas touché à son repas.

Tout à coup, des cris de terreur et d'horreur le tirèrent brutalement de sa méditation. Il se leva souplement, cherchant du regard d'où pouvaient bien provenir les cris. Déjà, plusieurs humains déboulaient en courant du couloir menant à l'une des sorties du camp. Zermhatt s'avança avec méfiance afin de comprendre la cause de tout ce remue-ménage, lorsqu'il fut soudain environné par une troupe compacte de petites araignées noires.

Ces dernières, après avoir parcouru plusieurs boyaux et semé une panique incroyable, avaient enfin trouvé celui qu'elles recherchaient. Elles firent cercle autour de lui, l'empêchant ainsi de partir au cas où l'envie lui viendrait. Puis l'une d'elles l'escalada hardiment et s'installa en quelques secondes tout en haut, perchée sur l'une de ses épaules. À ses pieds, les autres araignées ne bougèrent plus, semblant même faire un effort de concentration, tandis que celle juchée sur son épaule, à qui il manquait d'ailleurs une patte, se dressa afin d'effleurer sa tempe de ses courtes pattes velues. Le contact un peu étrange le fit frémir, mais il ne bougea pas. Il avait reconnu 7ème la compagne, bizarre mais docile, de Samantha. Brutalement, une image s'imposa à lui : celle de la jeune femme allongée sur le sol, blessée et souffrante. Par un étrange processus de télépathie, il ressentit une douleur violente, qui lui serra le ventre.

Il crispa les mâchoires pour ne pas hurler sous le coup de la souffrance, comprenant tout à coup que cette douleur n'était pas la sienne, mais celle de Samantha.

Voyant que leur message était passé, les petites araignées trottinèrent vers la sortie. Zermhatt, sans plus réfléchir, attrapa son long coutelas et les suivit. Samantha était en danger, rien d'autre ne comptait.

Galopant de toute la puissance de leurs petites pattes, les araignées lui montraient le chemin menant à leur maîtresse. Suivant aisément le rythme soutenu par les arachnides grâce à ses longues foulées, Zermhatt courait tout en jetant de fréquents et inquiets coups d'œil aux soleils, espérant trouver très vite la jeune Terrienne. Bientôt, ils n'auraient plus assez de temps pour retourner au camp…

Enfin, il distingua une silhouette étendue à même le sol, sur l'herbe rase et les cailloux pointus. Son cœur bondissant à la fois de joie et de peur, il accéléra l'allure et se précipita vers elle. Il s'agenouilla à ses côtés, inquiet de son manque de réaction, tandis que ses compagnes noires et velues lui grimpaient dessus, la recouvrant presque tout entière ! Doucement, il les repoussa du plat de la main, lorsque Samantha ouvrit les yeux, le considérant avec un intense soulagement.

— Zermhatt ! Tu es venu…, balbutia-t-elle dans un souffle.

Il lui releva la tête, la serrant contre lui :

— Je serai toujours là pour toi, murmura-t-il de sa voix rendue encore plus rauque par la peur, puis s'avisant de la progression du soleil vert, il ajouta : Il faut partir, tout de suite ! Où es-tu blessée ? Peux-tu marcher ?

Samantha le dévisagea un instant avant d'éclater de rire, malgré les contractions qui lui taraudaient le ventre :

— Je ne suis pas blessée, Zermhatt ! Je vais juste avoir le bébé !

Zermhatt sursauta et son regard se figea, glacial… Au prix d'un redoutable effort, Samantha se releva, elle sentait son ventre aussi dur et tendu qu'une barre d'acier. Elle s'efforça de respirer ainsi qu'Annie lui avait appris puis, lorsque la contraction se fut un peu atténuée, elle fit d'une voix qu'elle voulait ferme :

— Zermhatt ! Je vais avoir ce bébé que cela te plaise ou non ! Alors soit tu nous aides soit tu pars ! J'en ai plus qu'assez de ton mépris ! Et…

Une nouvelle contraction lui coupa momentanément la parole, la faisant se plier en deux. Balayant d'un seul coup tous ses doutes, Zermhatt se précipita vers elle, la soulevant sans aucun effort entre ses bras, il la serra contre sa poitrine avec une sorte de joie sauvage, sentant son corps à la fois frêle et rondi s'abandonner contre lui. Un instant, leurs regards se croisèrent, Samantha lui sourit de ce sourire si doux qui lui avait tant manqué… Il détourna les yeux afin de masquer son émotion, bien que son cœur tambourinât à grands coups, il s'exclama :

— Peut-être devrions-nous y aller ?

— C'est toi qui décides, nous ferions un si délicieux repas pour un arachnide !

Chapitre 37

Confortablement allongée dans le lit où elle avait fait la sieste, Samantha pouvait se laisser aller, tout en songeant avec terreur à leur course précipitée, à l'effrayante araignée qui les avait pris en chasse, une fois l'ultime rayon vert disparu. Heureusement, vu depuis ce lit, leur fuite ne paraissait plus si dramatique !

Zermhatt affectait de ranimer le feu, lorsque le médecin entra en coup de vent dans la pièce. Il s'avança droit vers la jeune fille :

— Alors, qu'est-ce qu'il se passe ici ? s'exclama-t-il d'un ton sec qui lui était habituel.

Zermhatt se releva et s'approchant aussitôt du Terrien, ses traits crispés n'auguraient rien de bon :

— Es-tu aveugle ? Ne vois-tu pas qu'elle va avoir son bébé ?

Il fit un autre pas et, dominant son interlocuteur de toute sa taille, il ajouta :

— Elle souffre, alors fais quelque chose et vite !

L'ancien médecin militaire haussa les sourcils, mais ne se laissa pas plus que ça impressionner par le Zatbar.

— Bien, commandant, je vais déjà l'ausculter et voir où nous en sommes, d'accord ?

Sans même attendre une quelconque réponse, il s'approcha du lit où reposait Samantha et lui demanda :

— Voyons un peu s'il ne s'agit pas d'un faux travail…

Délicatement, il palpa son ventre distendu, tout en disant :

— Il est prévu pour quand ce bébé ?

Prise de court Samantha bafouilla un « je ne sais pas », entrecoupé par une violente contraction qui la fit crier de douleur, à son grand désarroi.

Zermhatt, plus inquiet qu'il ne voulait bien le laisser paraître, lui prit la main entre les siennes, puis l'attirant tendrement contre lui il la serra dans ses bras en lui murmurant des mots étranges, en Zaltrin, pendant toute la durée de la contraction.

Légèrement perplexe, le docteur la questionna :

— Bon, très bien, mais depuis combien de temps es-tu enceinte ?

Samantha lança un bref coup d'œil à Zermhatt et répondit :

— Douze mois, ou un peu plus…

Avec un magnifique ensemble, le Zatbar et le Terrien sursautèrent, offrant un même visage stupéfait, pour des raisons pourtant opposées !

En effet, Zermhatt s'exclama :

— Mais c'est trop court !

Tandis que le médecin s'écriait :

— Mais c'est impossible ! C'est beaucoup trop long !

Avec un bel ensemble, ils se dévisagèrent faisant d'une même voix :

— Qu'est-ce que tu dis ?

Cela aurait été fort risible pour Samantha, si une nouvelle contraction ne l'avait pas assaillie à ce moment précis !

— Attendez ! Attendez ! fit le médecin en essayant de comprendre quelque chose à la situation. Tu dis être enceinte de douze mois ?

Zermhatt lui coupa sèchement la parole :

— Elle ne le dit pas, elle l'est ! Cet enfant va être prématuré ! Il serait temps d'agir !

Les deux Terriens, ébahis, le considérèrent avec stupéfaction puis réfléchissant un instant, le docteur s'écria :

— Mais, commandant, ce n'est pas une Zatbar ! C'est une Terrienne ! Les Zatbars portent leurs enfants seize mois, en revanche les femmes humaines ont une grossesse de seulement neuf mois !

— Neuf mois, répéta Zermhatt, incrédule.

— Évidemment une grossesse de plus de douze mois est totalement impossible ! Tu dois te tromper !

Pourtant, avant même qu'elle puisse répondre, Zermhatt fit de son étrange voix rauque, tout en la regardant droit dans les yeux :

— Elle a raison ! Elle a toujours eu raison…

Tendrement, il prit la main de la jeune femme et posant ses lèvres dans le creux de son poignet, il murmura :

— Pardonne-moi…

Une à une des larmes perlèrent des yeux de la jeune Terrienne et roulèrent sur ses joues ; des larmes de soulagement.

Tout à coup, la voix sèche du médecin les interrompit :

— Bon, OK ! Temps mort ! Je renonce à comprendre quoi que ce soit, mais il faut que je procède à un examen plus approfondi.

Samantha hocha la tête en murmurant :

— Eh bien faites ! Qu'attendez-vous !

Après un minutieux examen gynécologique, le médecin expliqua d'un ton professionnel :

— Le col n'est pas encore totalement ouvert, respire à chaque contraction, comme a dû te montrer Miss Martin. Tu peux rester allongée ou bien t'asseoir, comme tu préfères, évite de te lever et de marcher. Je reviens dans un petit moment pour contrôler l'évolution du travail. Ne t'inquiète pas, tout va bien se passer.

Il lui tapota brièvement l'épaule dans un geste d'encouragement un peu maladroit. Discrètement, il fit signe à Zermhatt de le suivre. Ils s'éloignèrent de quelques pas afin que Samantha n'entende pas leur courte conversation :

— Il y a un problème ? s'exclama Zermhatt à mi-voix, sans pouvoir dissimuler son inquiétude.

— Commandant, je suis médecin militaire ! Je ne suis pas obstétricien ! Mais je ferai tout ce que je peux... Le bébé me paraît très gros, nous verrons, lorsque le col sera totalement dilaté, ce que nous ferons...

Le saisissant durement par le bras, le grand Zatbar murmura d'un ton lourd de menaces :

— Qu'est-ce que tu veux dire ?

Le médecin se dégagea d'un geste sec, en disant :

— Je parle d'une césarienne ! Maintenant commandant, retourne auprès d'elle, je pense qu'elle a besoin de toi.

Pendant un temps indéfini, comme suspendu, irréel, les contractions s'étaient échelonnées, de plus en plus rapprochées, pourtant Samantha n'avait pas trouvé cela aussi pénible qu'elle le redoutait, car Zermhatt était là...

Appuyée contre son épaule, soutenue par ses bras, malgré la douleur de plus en plus forte, elle se sentait bien. Ses petites araignées cramponnées au plafond de la grotte, considéraient la scène avec perplexité et effroi, serrées les unes contre les autres, grinçant des mandibules et se tassant un peu plus à chaque nouvelle contraction. Zermhatt semblait tout aussi désemparé que les petites bêtes.

Il ne savait ni comment aider ni comment soulager sa jeune compagne. Il se sentait gauche, inutile. Il lui était insupportable de la voir souffrir ainsi. Il ne pouvait qu'être là et toute sa force ne lui servait à rien…

Entre deux gémissements, Samantha riait de son air si démuni et c'est elle qui le rassurait ! Il ne savait plus que penser de cette grossesse, de cet enfant qui serait bientôt là. Finalement, qu'il n'en soit pas le père ne lui paraissait plus aussi primordial : tout ce qui comptait, c'était que tout se finisse vite et qu'elle ne souffre plus. Ensuite, jamais plus il ne la laisserait…

L'ultime instant arriva enfin, Samantha était fatiguée, mais à la vive surprise du médecin elle gardait un moral à toutes épreuves.

— Bon, nous allons essayer comme ça. Commandant, tu lui soutiendras la nuque et les épaules. Samantha, quand je le dirai, tu bloqueras ta respiration et tu pousseras. OK ?

Elle hocha la tête, attrapa ses genoux avec ses mains, tandis que Zermhatt l'aidait en la soutenant. Le médecin posa une main sur son ventre distendu afin de percevoir la prochaine contraction, puis tout à coup, il s'exclama :

— Vas-y, pousse ! Voilà ! C'est très bien ! Continue ! Pousse ! Pousse ! Allez, respire… À la prochaine il est là !

Pourtant au lieu de souffler une seconde et de reprendre quelques forces, elle se tourna vers Zermhatt en l'interpellant, riant à moitié :

— Zermhatt, je te signale juste que c'est moi qui dois pousser ! Pas toi ! Parce que si tu continues à forcer de cette façon, mon cou et mes vertèbres vont lâcher !

Penaud, Zermhatt marmonna :

— C'était pour t'aider…

Mais déjà le médecin signalait la nouvelle contraction et Samantha, trop occupée, ne put lui répondre.

— Ça y est ! Je vois la tête ! s'exclama le docteur. Vas-y pousse ! Voilà ! Je l'ai ! Pousse encore ! Une épaule, l'autre, le voici ! C'est un sacré gaillard ! Bravo ! s'écria-t-il d'un ton dénué de tout professionnalisme, en posant délicatement le nouveau-né sur le ventre de sa mère.

Celle-ci pleurait de joie en balbutiant.

— Qu'il est beau ! Mais qu'il est beau ! Tout en caressant le petit corps potelé qui se ratatinait contre elle.

Zermhatt, considérait la scène d'un œil dubitatif, ne sachant qu'éprouver pour cette minuscule chose rouge et fripée qui n'avait que peu de rapport avec le souvenir qu'il avait de bébés Zatbar.

Le médecin coupa le cordon et enveloppa le nourrisson dans une couverture en laine de Six Pattes puis il le tendit à Zermhatt :

— Prends-le commandant, je dois m'occuper de Samantha.

D'une voix qui n'admettait aucune réplique, il le lui posa dans les bras.

Décontenancé, ayant perdu beaucoup de sa superbe, il n'osait plus ni bouger ni respirer, le cœur agité d'une houle de sentiments violents et opposés ; cet enfant qui ne pesait rien entre ses bras semblait plus lourd qu'une montagne pour son cœur. Ce bébé Terrien rose, tellement rose… Une sourde colère lui étreignait la gorge, pendant un moment il avait cru…

Furieux contre lui-même, contre l'enfant, contre le monde entier, il s'approcha de la baie vitrée où le soleil couchant jetait ses ultimes feux, embrasant la mer, illuminant l'horizon. Il baissa la tête, écartant la couverture, il contempla le nouveau-né le cœur étreint d'une émotion qui le faisait trembler. Alors le bébé, comme conscient de cet examen, souleva les paupières qu'il avait tenues fermées jusqu'à présent. Ouvrant les yeux sur le monde, il considéra sans ciller le Zatbar, de ses yeux jaunes aussi semblablement dorés et insondables que ceux de Zermhatt…

ÉPILOGUE

Samantha, fatiguée, admirait avec attendrissement la haute silhouette de Zermhatt qui, tenant son fils entre ses bras, le berçait avec une douceur dont nul ne l'aurait cru capable. Il déposa à regret le bébé endormi aux côtés de sa jeune maman, qui le caressa sans même qu'il s'éveille.

Zermhatt s'assit lui aussi sur le lit, ne pouvant se résoudre à laisser Samantha, bien qu'elle en ait certainement besoin. Doucement, il prit son visage entre ses mains et l'embrassa en chuchotant :

— Merci, Sam, merci ma jolie Terrienne…

— Je t'aime, Zermhatt ! Je t'ai toujours aimé et ce bébé en est la preuve… Pourtant, nous avons un grave problème…

Zermhatt la dévisagea avec inquiétude, mais une lueur malicieuse brillant dans son regard, elle poursuivit sans se démonter :

— Oui, évidemment, il lui faut un nom à ce petit bonhomme…

Un sourire éclaira le visage du Zatbar, qui s'exclama à mi-voix :

— Nous l'appellerons Zoltan, car dans nos légendes, Zoltan fut le premier Zatbar. Dans ma langue, Zoltan signifie le maître des forces. Zoltan Zell Am Zemam… C'est pas mal, non ?

Samantha approuva d'un simple sourire, trop émue du bonheur si vif qui éclatait dans les yeux de Zermhatt pour seulement esquisser un mot.

Un instant, son cœur se serra à la pensée de ses parents, de sa famille laissée là-bas sur cette lointaine et inaccessible planète bleue. Elle aurait tant souhaité partager son bonheur avec son père, sa mère, ses frères. Elle aurait tellement aimé pouvoir les rassurer, leur dire qu'elle allait bien et qu'elle était heureuse. Mais eux-mêmes, que devenaient-ils ? Comme l'aurait dit Ki-lun, ils suivaient leur propre destin. Le sien se trouvait sur cette étrange planète, aux côtés de Zermhatt et de leur fils, premier mutant entre deux races antagonistes, et pourtant maintenant sa famille…

D'un battement de cils, elle chassa résolument la tristesse et la nostalgie qui lui étreignaient le cœur. Elle ne les oublierait pas, mais ils faisaient partie du passé, sa vie et son avenir étaient ici. Rassérénée, elle se tourna vers Zermhatt et se blottit dans ses bras.

Les petites araignées, rassurées, descendirent sans bruit du plafond afin de venir, curieuses, voir de plus près l'objet de tout ce chamboulement. La première, 7ème s'avança et toucha délicatement le nouveau-né du bout des pattes, puis une à une elles s'approchèrent, lui rendant une sorte d'hommage et d'allégeance…

Isabelle Morot-Sir, République Tchèque.
www.isabelle-morot-sir.com
Texte protégé, toute reproduction réservée.
Couverture : Towani.
Mise en forme : Jeanne Sélène.
Fonts : Arial.
Imprimé via KDP.
Dépôt légal : premier trimestre 2020.
ISBN : 979-10-96202-73-7